AF238712

Pedalpilot
Doppel-Zwo

Roman

Pedalpilot
Doppel-Zwo

Roman

Die Handlungen und Personen des Romans sind erfunden. Ähnlichkeiten mit lebenden oder toten Personen sind zufällig. Das Hamburg des Romans orientiert sich an dem Hamburg, in dem ich 2005 als Fahrradkurier gearbeitet habe. In Bezug auf konkrete Adressen habe ich mich in der Geschmacksrichtung des jeweiligen Viertels an die Realität gehalten, den Rest aber frei gestaltet.

Bibliografische Informationen der Deutschen Nationalbibliothek:
Die Deutsche Nationalbibliothek verzeichnet diese Publikation in der Deutschen Nationalbibliografie; detaillierte bibliografische Daten sind im Internet unter www.dnb.de abrufbar.

Covergestaltung: Anina Takeff // Manja Schönerstedt (www.ahoibuero.de)
Stadtplan: Teresa Cortez (www.teresacortez.com)
Autorenfoto Umschlag: Sebastian Stumpf
Lektorat: Laura Hofmann // Franziska Herbst
Korrektorat: Julia Vaje

ISBN: 978-3-945491-00-3

Danksagung

Mein Dank geht an: Teresa; meine Eltern; all die tapferen, talentierten Wort- und BildsoldatInnen von Liesmich, insbesondere Laura & Franziska für ihre Mühe, ihre Geduld und ihre guten Einfälle, Karsten für sein Vertrauen; die Testleser Albrecht Andres, Axel Horst, Irma Schick, Ollo Fründt, Sebastian Stumpf, Simon Kurzenberger, Simon Seibert & Toni Kuhn für Unmengen konstruktiver Kritik; Melanie Krischer für Beratung in chirurgischen Fragen; alle Kollegen bei den Funkpiloten (Hamburg), Inline (München) und Transpedal (München) für ein paar wunderbare Jahre.

as my bones grew they did hurt
they hurt really bad
I tried hard to have a father
but instead I had a dad

Nirvana – Serve the Servants

Einundsechzig Jahre lang kreiste Walter um die Schatten, die das Leben ihm vor die Füße warf. Dann wagte er einen Schritt aus seiner Komfortzone heraus und nichts war mehr wie zuvor. Zunächst stand er vor der Haustür von Madeleine Fall und wartete, dass sie öffnete. Eine Windböe blies ihm die Postlermütze über die Augenbrauen. Er rückte die Mütze gerade, schüttelte die Nässe von den Jackenärmeln und trat in den Windschatten näher an der Tür. Er räusperte sich. Das Vogelgezwitscher und die milden Temperaturen vom Vortag hatten die Hoffnung geschürt, dass auch dieser Winter ein Ende finden würde, aber in der Nacht waren die Schneefallgrenzen wieder gefallen, sämtliche Taupfützen übergefroren, und nun graupelte es schon den ganzen Nachmittag.

Madeleine öffnete die Tür einen Spalt weit, warf einen Blick nach draußen, fröstelte und bat Walter in ihren lichten, von einem cremigen Duft erfüllten Flur. Sie war eine zierliche Frau, aber ihre Stimme tönte voll und warm. Walter tat einen gezielten Schritt auf den Schuhabtreter, damit bloß nicht die Flurdielen nass wurden. Sie waren aus geräucherter Roteiche und nicht ganz billig gewesen. Er selbst hatte sie vor Jahren in fünf übergewichtigen Packstücken zugestellt und Madeleine bestand grundsätzlich auf seine Gesellschaft, während sie ihre neusten Anschaffungen inspizierte.

Sie hatte Mühe, die Tür ins Schloss zu drücken, so kräftig blies der Wind. Sie drehte sich nach Walter um und fragte, was er ihr Schönes brachte.

»Ich glaube, es sind wieder Bücher, und eisiges Wetter dazu«, sagte er.

Sie winkte ab. »Aber Herr Schmeck, wenn Sie für das Wetter zuständig wären, dann, bin ich überzeugt, würde es so etwas überhaupt nie geben«, sagte sie, nahm das Paket, riss einen Streifen aus der perforierten Pappe und zog erwartungsvoll an einem breiten Buchrücken.

Es war ein Bildband mit den angeblich schönsten Schnittblumen der Welt. Sie legte den Karton auf die Kommode in ihrem Rücken, hielt den Band mit erstaunlicher Leichtigkeit auf ihrem linken Unterarm, blätterte Seite für Seite um, und achtete darauf, dass auch Walter gut sehen konnte. Manchmal hielt sie inne, flüsterte den Namen einer Blume oder sinnierte über ihren Duft. Walter hüstelte von Zeit zu Zeit. Das tat er immer, wenn er in Verlegenheit gebracht wurde, und ihn in Verlegenheit zu bringen, war grundsätzlich nicht schwer.

Gut fünf Minuten vergingen, sie waren im letzten Drittel des Buches angelangt, da suchte sie seinen Blick.

»Sehen Sie nur, Herr Schmeck. Diese Blüte, diese Pracht.«

Sie tastete mit den Fingerspitzen über das matte, schwere Papier, als könnte sie die Oberflächenbeschaffenheit der Kelch- und Kronblätter spüren.

»Eine Chrysantheme, Herr Schmeck. Sie glauben nicht, wie sehr mich ihr Anblick rührt. Diese Blume, rostfarben, in einem schmalen Strauß gebunden, ist für mich das Schönste, Herr Schmeck. Das Schönste!«

Ihr rechter Ellbogen berührte Walter zwischen den Rippen. Ihm wurde für einen Moment schwarz vor Augen. Er hielt sich an der Kommode fest, einer seiner Füße landete nun doch auf den Dielen, ihr Schlüsselbund rutschte über die Kante.

»Ist Ihnen nicht gut, Herr Schmeck?«, sagte Madeleine, aufrichtig besorgt.

»Der Kreislauf. Man ist nicht mehr der Jüngste«, sagte er.

Walter zog den Fuß zurück, bückte sich nach den Schlüsseln, wischte mit dem Jackenärmel über die trüben Tropfen, die sein Schuh hinterlassen hatte, richtete sich wieder auf und reichte Madeleine mit zitternden Händen seinen Handscanner.

Eine halbe Stunde später, auf dem Weg in die Zustellbasis Baden 1, schämte er sich für diesen Auftritt. Dabei war ihm nicht klar, dass er in Madeleines Flur noch nie eine gute Figur gemacht hatte. Er war ohnehin schmächtig, aber dort verlor er die Luft, sank in sich zusammen und rappelte sich erst wieder auf, wenn er unter »seinem Himmel« saß – damit meinte er den grauen Himmel in der Fahrerkabine des Paketwagens.

Im Radio lief gerade Keith Jarretts Köln-Konzert. Für Walter war das nicht mehr als ein Geräusch, das wenig störte. Er hörte ausschließlich Kulturradio, aber nicht weil er besonders kulturbeflissen gewesen wäre, sondern weil ihm die Werbejingles und hysterischen Moderationen auf den anderen Sendern auf die Nerven gingen.

Bald erreichte er die Autobahn. Die Sackkarre im Laderaum klapperte den Rhythmus der Spurrillen. Der Autotross auf der Gegenfahrbahn blendete durch die schütteren Hecken zwischen den Leitplanken. Ein Dutzend Kilometerpfosten weiter wurde Keith Jarrett ausgeblendet und die Bassstimme des Radiosprechers kündigte eine Sendung über Wein an. Walter drehte lauter. Er hatte selbst einen kleinen Weinberg, von seinem Vater geerbt. Er bewirtschaftete ihn in seiner Freizeit, pragmatisch und leidenschaftslos, und wenn er sich nach

Feierabend ein Gläschen genehmigte, tat er das nur, weil der Wein eben da war.

Nach ein paar Takten hymnischer Streichermusik unterhielten sich zwei Weinexperten über europäische Spitzenweine. Sie redeten von kalkhaltigem Mergel, überreifen Maulbeeren und würzigem Rotschmierkäse. Walter schüchterten so viel Expertise und Wortschöpfungskraft ein, und gleichzeitig amüsierte es ihn. In einem Anflug von Unbeschwertheit schaltete er das Radio ab und ergriff selbst das Wort. So zurückhaltend er sich in Gesellschaft gab, so geschwätzig wurde er, wenn er sich alleine wähnte.

»Spätburgunder aus Rheinmünster. Die sonnenreichste Gegend Deutschlands. Die typischen Reflexe. Die übliche Farbe, Rot eben. Traubenrot, weinrot. Passt besonders gut zu«, er überlegte, »was weiß ich.« Er warf sich über den Rückspiegel einen verschmitzten Blick zu. »Zu rostfarbenen Chrysanthemen«, sagte er und hielt sich den Handscanner an die Nase. Er suchte nach Worten, die den Geruch von Madeleines Händen umschrieben.

Über »mild« und ein gestottertes »vanillebuttrig« kam er nicht hinaus, da stand er schon an der Schranke vor dem Hof der Zustellbasis. Während er den Wagen parkte, fasste er den Entschluss, Madeleine an seinem letzten Arbeitstag einen Strauß rostfarbener Chrysanthemen zu überreichen. Eigentlich keine große Sache, aber in seiner von demütiger Genügsamkeit geprägten Existenz war das die reinste Exzentrik.

Drei Wochen später stellte die Geschäftsführung sämtlichen verbeamteten Mitarbeitern, die mehr als 50 Jahre auf dem Buckel hatten, eine Abfindung in Aussicht, falls sie sich dazu entschlossen, bis spätestens Herbst in Frühpension zu treten. »Heizdeckenprämie« nannten die Verantwortlichen das, wenn sie unter sich waren. Nach kurzem Zögern besiegelte Walter den Pensionseintritt im Okober mit fünf Unterschriften und bat um eine Verabschiedung ohne »Tohuwabohu«. Mitte September telefonierte er die Blumendienste durch, deren Nummern er von den Kartons mit den Blumensendungen abgeschrieben hatte. Die Tatsache, dass keiner rostfarbene Chrysanthemen im Sortiment hatte, brachte den Stein vollends ins Rollen.

22

So kleingeistig und duckmäuserisch wie Walter wollte sein Sohn Johannes auf keinen Fall enden. Er verachtete ihn für seine Feinrippunterhemden, die braun-beige-karierten Pantoffeln, die Behäbigkeit, mit der er durch die Welt schlich, die schmale Stimme, die bei allem, was sie sagte, insgeheim um die Erlaubnis bat, überhaupt erhoben werden zu dürfen. Nach seinem Abitur verließ Johannes die Heimat, zog nach Hamburg und begann als Fahrradkurier zu arbeiten. Das war sechs Jahre her. Zwischenzeitlich hatte er sich ohne Erfolg bei sämtlichen deutschen Filmhochschulen und Rundfunkanstalten auf eine Ausbildung zum Regisseur oder Cutter beworben. Er hatte ein Soziologiestudium und mehrere Beziehungen abgebrochen, und sich durch acht Wohnungen in fünf Stadtteilen gewohnt. Nur seinem Job war er treu geblieben. Er war Pedalpilot Doppel-Zwo, Fahrer Nummer 22 bei den Pedalpiloten, Hamburgs ältester Kurierbude, über der Gerüchten zufolge seit Jahren die Pleitegeier kreisten.

Kurz nach acht verließ er seine Wohnung und radelte Richtung Stadtmitte, weil die wenigen Touren, die so früh fällig waren, meistens dort abgingen. Noch beschränkte sich der Funker darauf, gelegentlich ein traniges »keine Touren« zu wiederholen. Johannes trat gleichmäßig in die Pedale. In der Nacht hatte Sturmtief Anke ein erstes Mal in dieser Saison den Herbst durch die Straßen gejagt. Nun lagen sie voll mit glitschigem Laub. Er war so früh unterwegs, weil er einen Überschuss einfahren wollte. Wie die meisten Kuriere agierte er als selbstständiger Unternehmer. Er zahlte den Pedalpiloten eine monatliche Anschlussgebühr von knapp 400 Euro, der Rest seiner Umsätze blieb für Steuer, Krankenversicherung, Miete und im besten Fall, um Bedürfnisse zu stillen, die über die bloße Existenz hinausreichten. Am kommenden Freitag stand der Tag der Deutschen Einheit an. Er wollte das verlängerte Wochenende in Dänemark verbringen, Horizont und Ruhe tanken, bevor er von Schmuddelwetter und vorweihnachtlichem Hochbetrieb in die Mangel genommen wurde. Er bog hinter dem Dammtorbahnhof zur Binnenalster ab, als er eine erste Tour angeboten bekam, und bevor er die auslieferte, eine zweite, eine dritte und eine vierte, alles innerhalb des Innenstadtrings. *Fette Beute* sagte man unter Kurieren, wenn es gut lief. Johannes sagte es mit einer gewissen Ironie. Er wollte nicht als Kurier alt werden, aber für den Moment konnte er sich nichts Besseres vorstellen und irgendwie wollte dieser Moment einfach nicht aufhören.

Um fünf nach neun stand er an der Binnenalster und wartete auf einen neuen Auftrag. Er hatte einen Umsatz von 23 Euro und 75 Cent in der Tasche. Wenn es um Zahlen ging, war er exakt. In seinem Kopf klackerte permanent eine Zähluhr, die Monats- und Tagesumsatz, den gegenwärtigen Stundenlohn und Gewinn anzeigte, Ausgaben aufaddierte und Alarm schlug, wenn er vom Haben ins Soll rutschte.

Kollege Zwo-Sieben, Jochen, ein diplomierter Architekt, für den sein Jahr als Kurier ein Lebenstraum war, den er ausschließlich bei Sonnenschein und Temperaturen über 15°C auslebte, sagte, dass der Kurierjob viele Vorteile hatte, Geld verdienen aber nicht dazu gehörte. Johannes gab ihm recht.

Ein paar Meter weiter beschnupperte ein fusseliger Hund einen Laternenpfahl und schickte sich an, ein Hinterbein zu heben. Jeder Millimeter schien von Bedeutung. Er trippelte hin und her, stellte sich mal mit dem Gesicht zu seinem geduldig wartenden Herrchen, mal von ihm weg, und entschied sich schließlich für eine Position mit Blick auf die Alsterfontäne. Der Urinstrahl verfehlte den Pfahl großzügig und traf die Vorderpfote diagonal zum gehobenen Fuß. Der Gelbton des filzigen Fells verriet, dass dies kein Einzelfall war.

Fünf Minuten später bekam Johannes eine neue Tour serviert. Der Hund kläffte gegen die knirschenden Störgeräusche aus dem Funkgerät an.

»Was ist bei dir los?«, sagte Funker Bent.

»So ein Pantoffelhund hat sich hier eben gründlich ans Bein gepisst und macht jetzt Alarm«, sagte Johannes.

»Der hat sich ans Bein gepisst? Da könnte ich philosophisch werden und fragen, wer tut das nicht? Aber für solche Denkspielchen ist jetzt keine Zeit. Die Frage ist vielmehr: Willst du den Fink nach Eppendorf hochfahren, Jo?«

»Klar. Gerne.«

»In Ordnung. Juwelier Fink kennst du ja. Dann machen wir das so, Jo.«

Damit war der Auftrag vergeben. Beim Juwelier bekam Johannes von einer geschniegelten Servicekraft, die ihn wahrscheinlich selbst mit Gummihandschuhen nur gegen Bezahlung angefasst hätte, ein dickes Polsterkuvert über das Panzerglas geschoben, dann fuhr er mit hohem Tempo auf dem Radweg Richtung Alsterbrücken. Ein paar Meter vor ihm drehte ein Handwerker das elefantenfußdicke, geriffelte Weißblechrohr auf seiner rechten Schulter quer. Johannes blieb kein Platz auszuweichen. Links parkten die Autos Stoßstange an Stoßstange, rechts gingen Fußgänger. Wie der Handwerker auf einen Warnschrei oder ein Klingelkonzert reagieren würde, war erfahrungsgemäß nicht vorhersehbar. Um noch zu bremsen, war es zu spät. Also duckte er sich tief über den Lenker, schloss die Augen und hoffte, dass es gut ging. Ein strammer Luftwirbel kämmte seinen Haaransatz zurück. Das Rohr gab ein voluminöses Summen von sich. Eine Passantin kreischte ihm hinterher, ob er ein Rad abhabe.

»Nicht, dass ich wüsste«, rief er zurück.

Er war froh, dass die Welt noch da und seine Stirn an Ort und Stelle war, als er die Augen wieder öffnete. Das Summen des Rohres hatte in seinen Ohren nach dem Jenseits geklungen. Die Ampel am Ende des Radwegs stand auf rot. Er blieb mit einer Hand am Ampelpfahl stehen und sah bunte Punkte vor sich im klar gesiebten Morgenlicht tanzen. Ein Kribbeln rieselte seine Beine hinab. Glück gehabt, dachte er und wandte sich um. Der Handwerker war nicht mehr zu sehen. Die hysterische Passantin warf ihm einen empörten Blick zu und verschwand in einem Fachgeschäft für Pelzmützen. Alle anderen gingen unbeirrt ihren Geschäften nach. Für einen Moment fühlte er sich unendlich einsam. Er nahm sich vor, bei nächster Gelegenheit eine Arbeitsunfähigkeitsversicherung abzuschließen und in die Berufsgenossenschaft einzutreten, damit er bei Arbeitsunfällen wenigstens einen Anspruch auf Krankengeld hatte. Er nahm sich das nicht zum ersten Mal vor. Bisher war er mit dem Vorsatz immer gescheitert, weil er vor Monatsende pleite war und sich keine weiteren Fixkosten aufhalsen wollte.

Während er am Alsterufer entlang nach Eppendorf fuhr, erzählte er Bent von der Limbofahrt.

»Heißt das, du bist knapp dem Tod entronnen, Jo? Dann würde ich sagen, du kommst heute Abend hier hoch und wir feiern dein Überleben auf der Bank. Das Kronkorkenparkett will gepflegt werden, solange die Temperaturen das noch zulassen.«

Die Bank war eine Sitzbank vor der Zentrale der Pedalpiloten. Wenn es trocken und nicht zu kalt war, hingen die Kuriere nach Feierabend gerne dort ab. Vor allem am Freitagabend, wenn sie ihre Fahrtquittungen bei der Zentrale einreichen mussten. Bent wollte das Rasenstück um die Bank mit Kronkorken pflastern und darauf, nach Vorbild des Schlepperballetts beim Hafengeburtstag, ein Bierballett aufführen – was genau das zu bedeuten hatte, wusste er selbst nicht.

»Bierballett eben. Tam tam, fallera.«

»Heute Abend bin ich schon verplant, Benzen. Aber du hast schon recht, man darf das Glück im Leben nicht für selbstverständlich nehmen. Das ist ein eitles Ding und will gefeiert werden, sonst bleibt es aus, habe ich irgendwo gelesen. Wir holen das nächste Woche nach, in Ordnung?«

Im Lauf des Tages erledigte Johannes 21 Touren und fuhr knapp 200 Euro Umsatz ein. Das war deutlich über seinem Schnitt und über dem der Pedalpiloten. Erschöpft, aber zufrieden fuhr er am Abend zu seiner Zweizimmerwohnung im elften Stock eines Grindelhochhauses. Im Flur streifte er Kuriertasche und Klicker-Schuhe ab, machte das mit Bändern aus Schlauchgummi am Tragegurt festgeknotete Funkgerät los und stellte es in die Ladestation.

Eigentlich war er hungrig und hätte sich gerne Stadtluft und Schweiß abgeduscht, aber als er erst auf dem Sofa saß, konnte er sich nicht mehr aufraffen, bis sein Telefon klingelte.

Es war die Nummer von Walter. Der rief eigentlich nur zu Johannes' Geburtstag und nach Weihnachten an und wollte wissen, ob die 150 Euro, die er überwiesen hatte, angekommen waren.

»Walter? Was ist los? Weihnachten ist doch noch ein bisschen hin?«

»Ich weiß«, sagte Walter. »Aber ich hätte eine Bitte …«

»Du hast eine Bitte? Da schau her. Und die wäre?«

»Du kennst dich doch bestimmt mit dem Internet aus. Da gibt es doch diese Blumengrüße. Ich habe das oft zugestellt und wollte fragen, ob du nachschauen könntest«, er hüstelte, »ob die auch rostfarbene Chrysanthemen im Angebot haben?«

»Blumengrüße? Wem willst du denn Blumen schicken?«, sagte Johannes und ließ Walter ein paar Augenblicke mit seinem verschämten Schweigen allein. »Einen Blumengruß willst du verschicken und hast kein Internet? Warum rufst du nicht einfach direkt bei so einem Laden an?«

»Das habe ich doch getan. Aber die haben alle keine rostfarbenen Chrysanthemen.«

»Und du brauchst ausgerechnet die?«

»Genau.«

»Na dann, Walter ... Wenn das so dringend ist, kann ich das schon nachschauen. Wie hießen die Primeln noch?«

»Keine Primeln. Chrysanthemen. Rostfarbene Chrysanthemen.«

»Chrysanthemen. In Ordnung. Ich kümmere mich darum, und rufe dich zurück, wenn ich mehr weiß, okay?«

Walter wies noch einmal darauf hin, dass die Chrysanthemen unbedingt rostfarben sein mussten, aber Johannes hatte schon aufgelegt.

Johannes setzte sich an seinen Laptop und tat sein Bestes. Aber rostfarbene Chrysanthemen waren partout nicht aufzutreiben. Walter nahm noch während des ersten Klingelns ab.

»Und?«

»Was und?«, sagte Johannes.

Johannes musste sich zusammenreißen, Walter in seinem Übereifer nicht auflaufen zu lassen. Darin war er ganz gut, und das wusste er.

»Ich hatte doch wegen den Chrysanthemen gefragt?«, hakte Walter nach.

»Das kannst du vergessen. Die ganzen Blumendienste haben nur poetisch betitelte Mottosträuße. Liebesglück zum Beispiel. Oder Herbstsonne.«

Walter hüstelte ein paar Mal hintereinander, dann schluckte er deutlich hörbar.

»Ist das so schlimm?«, sagte Johannes.

»Ich weiß auch nicht.«

»Ich glaube, so schlimm ist das nicht, wenn man bei keinem Blumendienst rostfarbene Chrysanthemen ordern kann.«

»Ich sage ja nicht, dass das schlimm ist.«

»Ja. Aber du sagst überhaupt nichts, und dabei könnte man auf die Idee kommen, es wäre schlimm.«

»Schlimm ist es nicht.«

»Dann ist ja gut. Im Notfall könntest du ja auch auf Liebesglück oder Herbstsonne zurückgreifen.«

»Etwas in der Richtung hat man mir auch gesagt. Aber das bringt mir ja nichts.«

Wenn Johannes auch nicht überschauen konnte, ob Walter gerade vorführte, dass er Humor hatte, oder ob er unfreiwillig komisch war, musste er doch kurz auflachen.

»Warum nicht?«

»Das bringt mir einfach nichts.«

»Du willst mir wirklich nicht verraten, für wen du dich so ins Zeug legst?«

»Über ungelegte Eier spricht man nicht.«

»Na gut«, sagte Johannes.

Die konsequente Verschwiegenheit seines Vaters war ihm nicht neu. Als sie noch unter einem Dach gelebt hatten, war er tausendfach gegen diese Grenze angerannt und hatte nie auch nur ein bisschen Land gewonnen. Hier war nichts für ihn zu holen.

»Und sonst, wie geht's? Bei der Arbeit läuft alles wie immer?«

»Ich gehe nächste Woche in Ruhestand.«

Jetzt war Johannes vollends perplex.

»In Ruhestand? Aber so alt bist du doch noch nicht.«

»Einundsechzig. Frühruhestand.«

»Frühruhestand? Warum denn das? Ich dachte, der Paketwagen wäre dein Ein und Alles? Mein Himmel ist grau, hast du doch immer gesagt?«

»Das war einmal.«

»Das ist nicht mehr?«

»Nein.«

»Und was machst du dann? Kaufst Heizdecken auf Busausflügen und zockst Bingo beim Altennachmittag?«

»Ich habe genug zu tun. Der Garten. Der Weinberg ...«

»Da willst du deinen Ruhestand verbringen? Im Garten, auf dem Weinberg?«

»Warum denn nicht?«

»Du hockst doch schon dein Leben lang auf dem verkackten Kaff. Fahr doch mal weg. Wag dich mal unter die Leute, wenn du schon die Zeit dafür hast.«

»Wo soll ich denn hin?«

»Wenn es sein muss, könntest du zum Beispiel ein paar Tage nach Hamburg kommen. Einen Weinberg haben wir hier auch. Den nördlichsten in ganz Deutschland sogar. Der ist aber eher eine traurige Angelegenheit. Aber abgesehen davon gibt es hier auch sonst einiges zu sehen. Jedenfalls mehr, als bei dir da unten ...«

Walter hüstelte wieder ausgiebig. In eine Stadt mit mehr als 100.000 Einwohnern hatte er sich in seinem ganzen Leben noch nicht gewagt. Hätte Johannes Bagdad gesagt, wäre ihm das kaum ferner und bedrohlicher vorgekommen. Aber vielleicht hatte Johannes recht und das war eine Gelegenheit, die er wahrnehmen sollte.

»Warum eigentlich nicht?«, sagte er schießlich. »Sonntag kommender Woche könnte ich kommen.«

Johannes quetschte sich durch einen stickigen, dicht bevöl-
kerten Flur, in das stickige, dicht bevölkerte Wohnzimmer der
Wohnung, in der er seine ersten Monate in Hamburg verbracht
hatte. Altona, Alte Königstraße, ein Altbau nicht weit von Reeperbahn und Altonaer Balkon. Die Fenster zur Straße wackelten
Tag und Nacht. Die Wohnung befand sich im Hochparterre
und die Straße davor war der Zubringer zur Autobahn Richtung Norden. Mittlerweile lebte sein damaliger Mitbewohner
Oli mit seiner Freundin Leyla dort.

Johannes filterte nicht besonders gut, und wenn er zu viel auf
einmal zu sehen und zu hören bekam, wusste er oft nicht, wohin mit sich. Partys und Menschenaufläufe strengten ihn entsprechend an. In diesem Fall hatte er Glück. Bevor er jemanden
erkannte, wurde er erkannt. Maga, das Tresenmädchen von *Einsatz*, einer Werbeagentur, bei der er als Kurier ein- und ausging,
winkte ihn heran.

»Hallo, Pedalpilot.«

»Moin, Maga.«

»Du kennst meinen Namen?«

»Normalerweise trägst du ein Namensschild, wenn wir uns sehen. Und außerdem hast du bei der Wahl zum Tresenmädchen des Jahres vier Mal in Folge den Titel gemacht.«

»Was für eine Wahl?«

»Zum Tresenmädchen des Jahres. Hat sich irgendein Ur-Pedalpilot vor Jahrzehnten ausgedacht. Immer im Januar hängt in unserer Teeküche ein Zettel am Kühlschrank und jeder darf eine Stimme abgeben. Dein Name wird bei uns gewissermaßen in der Grundausbildung gelehrt.«

»Tresenmädchen des Jahres?« Magas heiseres Lachen hätte als Antidepressivum gehandelt werden können. »Ihr habt doch alle einen Schuss. Warum höre ich davon nichts? Ich hätte gerne eine Urkunde. Für über's Bett oder so …«

»Ich glaube, die Verantwortlichen fürchten den Sexismus-Vorwurf.«

»Zu Recht, würde ich sagen.«

Johannes schaute sich im Raum um. In Magas Augen wirkte er deswegen schüchtern. Generell war sie Männern zugeneigt, die nicht allzu überzeugt von sich waren. Sie fragte nach seinem Namen und ob er aus Schwaben kam.

»Aus Baden«, sagte er.

»Und was hat dich an die Elbe verschlagen?«

»Ich wollte weit weg, in eine große Stadt, und nicht nach Berlin.«

»Warum nicht Berlin?«

»Ich habe Sympathie für Underdogs. Die zweite Wahl, die letzte Reihe.«

»Und dann hat dir einer erzählt, dass man in Hamburg als Fahrradkurier ein wunderbares Leben hat? Sonnenschein tout jours und die herzlichsten Tresenmädchen, und du hast es geglaubt, ja?«

»Das mit dem Kurier hat sich eher so ergeben.«

»Ein Verlegenheitsjob? Das kommt mir bekannt vor. Was würdest du eigentlich gerne machen?«

»Am liebsten etwas beim Film.«

»Und die ganzen Hochschulen haben dich abgelehnt? So läuft das mit den Ambitionen. Hast du Alternativen, abgesehen vom bedingungslosen Grundeinkommen?«

»Soziologie und ich glaube Geisteswissenschaften allgemein waren auch nicht so meins.«

»Wie wäre es mit Werbung?«

»Unmöglich. Dafür bin ich zu idealistisch und zu faul. Das einzige, was die Leute dort nicht exzessiv genug konsumieren, ist ihre Lebenszeit. Die kapieren nicht, dass es jederzeit zu Ende gehen kann ...«

»Bei dem Sendungsbewusstsein wären vielleicht Medien das Richtige?«

»Ich befürchte, ich bin nicht teamfähig und das sollte man in solchen Jobs sein, habe ich mir sagen lassen.«

»Versicherungsvertreter, Finanzberater, Börsenhändler?«

»Ja, das wäre vielleicht was.«

»Echt?«

»Nein.«

»Vielleicht arbeitest du schon in deinem Traumberuf und merkst es nur nicht?«

»Da ist was dran. Der Job könnte ein Traum sein. Der Haken ist nur, dass man von dem, was man verdient, kaum leben kann. Und andauernd wird man behandelt, als wäre man ein bisschen behindert. Wenn du in einer Akademikerrunde erzählst, dass du Kurier bist, werden alle still, als hättest du gesagt, du hättest Blutkrebs im Endstadium. Dann ist man ständig beschäftigt, sich gegen den Gedanken zu wehren, dass etwas mit einem nicht ganz rund läuft.«

»Aber ganz aus der Luft gegriffen ist das ja auch nicht, wenn ich an deine Kollegen denke? Mehr als die Hälfte von denen würde sich auch in der Klapsmühle gut machen.«

»Du übertreibst.«

»Wegen mir. Lass es ein Drittel sein.«

Sie fragte nach dem lustigen Brummbär, den sie immer am Telefon hatte. Der Brummbär war Bent. Er behauptete, zum Kurier geboren zu sein – genügsam, hart im Nehmen und mit dicken Waden auf der Bahn des Lebens unterwegs. Dabei war Bent kaum noch als Kurier auf der Straße. Er machte am Nachmittag Disposition und sorgte als Vormittagsfunker für gute Laune. Er war ein geborener Entertainer, fand Johannes. Wäre es nach ihm gegangen, hätte Bent sofort eine eigene Radioshow bekommen, und schon ein paar Mal hatte er versucht, ihn zu überzeugen, sich auf eine der offenen Bühnen der Stadt zu wagen. Aber das wollte Bent nicht. Er machte seinen Job, er machte ihn gerne, und Ambitionen hatte er keine. Insgeheim beneidete Johannes ihn dafür und insofern hatte Maga den Nagel auf den Kopf getroffen.

Und dann waren da noch die anderen Kollegen. Nach seiner Heilserwartungstheorie machten sich die meisten von ihnen ihr Dasein erträglich, indem sie sich an eine persönliche Heilserwartung klammerten. Zum Beispiel Sechs-Null, der Kurier ohne Namen, Anfang vierzig, über zwei Meter groß, mit langen, grauen Strohhaaren wie J Mascis von Dinosaur Jr. Er lebte mit seiner Mutter in einer Sozialwohnung im tristen Osdorf. Er legte seit Jahren Geld auf die Seite, um sich in Kamerun ein Stück Land zu kaufen und sich mit einem blinden Brieffreund aus der Schulzeit eine Avocadofarm aufzubauen. Entsprechend rechnete er seinen Umsatz konsequent in Quadratmeter kamerunischen Ackerlands um. Oder Per, der Nachmittagsfunker, der hoffte, durch Fußballwetten zu Wohlhaben zu gelangen. Oder Nhan, ein Vietnamese, der Ende der Neunziger als Nachwuchsmaler mit großzügig dotiertem Arbeitsstipendium in Hamburg aufschlug, den Nerv des damaligen Kunstmarktes traf, ein paar Jahre den Bohemien gab, aus der Mode kam, bei den Pedalpiloten landete, und pausenlos von seinem Comeback träumte, obwohl er seit Jahren keinen Pinsel angerührt hatte. Oder Axel, der damit rechnete, dass ein Krieg oder eine Naturkatastrophe bald die Verhältnisse über den Haufen warf, die Gesellschaft sich in eine Gesellschaft der Jäger und Sammler zurückverwandelte und Ausdauer und Wetterfestigkeit zu gefragten Kernkompetenzen wurden. Oder Pacman, der jede freie Minute am Fahrercomputer der Zentrale verbrachte und hoffte, den Pacman-Punkterekord zu knacken, den er vor Jahren aufgestellt hatte.

Maga kannte all die Typen und amüsierte sich prächtig, während Johannes erzählte.

»Und was ist deine Heilserwartung?«, sagte sie, als er fertig war.

»Ich habe das nicht nötig. Ich brauche nur noch ein paar Tage in Neverland, und dann nehme ich mein Leben in die Hand.«

»Geht das auch konkreter?«

»Ich will das gute Geschäft bis Weihnachten noch mitnehmen, Geld zur Seite schaffen, und mir im Januar unter äquatornaher Sonne Gedanken über ein längerfristiges Morgen machen.«

»Kann das sein, dass das einstudiert geklungen hat?«

»Nicht direkt einstudiert, aber es geht mir die Tage öfter im Kopf herum. Für Sonntag habe ich meinem Vater einen Zug nach Hamburg gebucht. Der kommt mich zum ersten Mal besuchen. Ich will nicht, dass der alte Herr sich Vorwürfe macht, weil sein Sohn ohne Plan durchs Leben strauchelt. Der ist in anderen Verhältnissen groß geworden. Ich glaube, der hat kaum Verständnis dafür, dass man seine Lebenszeit nicht mit Sachen verschwenden will, die einem vorwiegend am Arsch vorbeigehen. Die jungen Leute seiner Generation waren wohl froh, wenn sie arbeiten durften. Aber damals war Wohlstand für alle wohl auch noch ein Versprechen und kein Märchen.«

Im Durchgang zum Flur tauchten Leyla und Oli auf. Oli suchte Johannes' Blick und setzte sein Jack-Nicholson-Grinsen auf. Leyla kämpfte sich zu ihnen durch. Sie gab Maga Küsschen, flüsterte ihr ins Ohr, verpasste Johannes einen neckischen Faust-schlag auf die Brust und verschwand wieder.

Die Party kam in Schwung, aber Johannes und Maga den gan-zen Abend über nicht länger als fünf Minuten voneinander los. Sie redeten viel, tranken nicht übermäßig, und tanzten ein biss-chen. Als sie nach Hause wollte, war klar, dass er mit ihr kam. Sie wohnte im nördlichen Eimsbüttel, in einer kleinen, lieblich eingerichteten Wohnung, die nur dank der Splatterfilmplakate an den Wänden nicht aussah wie aus dem Wohnmagazin.

Während sie sich auf einem harten, nach Blumenwiese duften-den Bett wälzten, wurde Johannes nervös. Er hatte lange nicht mehr mit einer Frau geschlafen, und die letzten Male war er in-nerhalb weniger Minuten gekommen. Nun klammerte er sich an die Hoffnung, dass dieses Problem irgendwie verschwunden war. Auch noch, als sie ihm Hose und Unterhose über die Knöchel streifte, sich auf ihn setzte und erwähnte, dass sie keine Pille nahm und er aufpassen musste. Er wagte ein paar zögerliche Stö-ße und redete sich ein, alles im Griff und eine lange Liebesnacht vor sich zu haben, aber kaum ging sie ein bisschen mit, konnte er sich nicht mehr beherrschen. Er kam, während er sie von sich schob. Das Meiste landete auf seinem Bauch.

»Toi, toi, toi«, sagte sie, warf ihm ein paar Tempos zu, und verschwand auf Toilette.

Danach kroch sie ohne ein weiteres Wort unter die Decke. Er traute sich nicht, sie anzusprechen und flüchtete sich, um ihren Rücken gelöffelt, in einen unruhigen Schlaf. Am Morgen gab sie sich schroff. Frühstück servierte sie noch – Brot, gekochte Eier, Marmelade und Butter, jeweils im Steinguttöpfchen – aber während sie ihr Ei köpfte, stellte sie klar, dass sie von Männern die Schnauze voll und kein Interesse an einer Beziehung hatte.

»Natürlich«, sagte er, bemüht, dabei gleichgültig zu klingen, und bei der Verabschiedung im kalten Treppenhaus gab er seiner Umarmung eine Beiläufigkeit, die er auf dem Heimweg bereute.

Zu Hause durchstöberte er das Netz nach Sexproblemen, die sich seinem vergleichen ließen. Er stieß auf den Hilferuf eines Mannes, der in die Hose kam, sobald er mit einer Frau allein in einem Raum war. Damit fühlte Johannes sich gleich besser. Er fand noch mehr Fallgeschichten dieser Sorte und Stunden später bestellte er ein Ratgeberbuch zum Thema.

Walter wollte gerade ein mannshohes Paket für einen Autoteile-Großhandel in die passende Ecke seines Wagens stemmen, als eine Ansage von Zustellbasenleiter Treffler aus den Lautsprechern an der Hallendecke dröhnte.

»Walter Schmeck, bitte ins Büro kommen. Bitte ins Büro.«

Er ließ von seinem Paket ab und ging rückwärts, bis er die Uhr am Kopfende der Halle sehen konnte. Es war Viertel vor acht. Um acht musste er geladen und sein Tor geräumt haben, dann war die zweite Welle an der Reihe. Bestimmt ging es um seine Verabschiedung. Dabei hatte er beim Vesperservice längst Butterbrezeln für alle geordert, und mehr wollte er nicht. Der Firmenrechner hatte ihm die Daten von 240 Sendungen auf den Handscanner gespielt. Zweihundertzwanzig davon hatte er schon geladen. Wenn er jetzt ins Büro ging, wurde es mit der zweiten Welle eng. Aber das war nicht sein Problem. Er scannte noch ein würfelförmiges Paket und schob es wie eine Bowlingkugel in den Wagen. Es glitt über den Boden und blieb am Durchgang zur Fahrerkabine liegen.

Das Büro befand sich am anderen Ende der Ladehalle. Rechts reihten sich dreißig Ladetore aneinander. In der Mitte rotierte ein Fließband und ließ Nachzüglersendungen auf die Aluminiumschrägen fallen, die als Verteilerrutschen für die einzelnen Bezirke dienten.

An Tor 25 lud Eberhardt. Eberhardt war vor 42 Jahren mit Walter von der Betriebsschule abgegangen.

»Schon wieder ein Päckchen für das Rindvieh?«, sagte er. Eberhardt war immer am Schimpfen. Normalerweise hörte Walter nicht hin. »Hast du gehört, schon wieder 260 Pakete heute. Du?«

»Zweihundertvierzig«, sagte Walter.

Eberhardt zog an dem Filterzigarillo, der aus seinem Mundwinkel baumelte.

»Zweihundertvierzig? Davon träum' ich, wenn ich mir einen runterhol'. Zweihundertsechzig hab ich wieder. Musst du dir mal vorstellen. Hätte ich keine Familie, ich würde es machen wie du. Ich hab die Schnauze auch voll. Das ist doch kein Leben mehr. Wir schinden uns hier, und die da oben verjubeln unser Geld.«

»Die paar Jahre noch ...«

»Du hast gut reden. Du stellst am Wochenende die Karre in den Hof, machst deine letzte Abrechnung, und dann kannst du im Schießhaus deine Abfindung vervögeln. Wenn ich jetzt aufhör', fressen meine Alte und meine Kinder mir die ganze Rente aus der Tasche und dann muss ich zwar nicht mehr buckeln, aber daheim sitzen und wichsen, weil alles, was Spaß macht, nun mal Geld kostet, das ich dann nicht hab.«

Eberhardt holte Luft. Walter verabschiedete sich und ging weiter. Eberhardts Gezeter verlor sich im Lärm der gegeneinanderkrachenden Rollcontainer, dem Dudeln der Autoradios, dem schrillen Summen der Gabelstaplermotoren.

Walter erinnerte sich an Zeiten, in denen der Gang zum Büro ein Spalier gewesen war, hier ein Schwätzchen, dort ein Schulterklopfen, jetzt ging er stumm an allen vorbei. Von vielen

Kollegen kannte er nicht einmal den Namen. Kemal, der am vorletzten Tor vor dem Büro lud, war fast schon eine Ausnahme. Er arbeitete eigentlich für eine Zeitarbeitsfirma, aber die verlieh ihn seit Jahren an DHL. Er wurde eingesetzt, wenn es eng wurde, und manchmal am Morgen wieder nach Hause geschickt. Walter hatte ihn an einem seiner ersten Arbeitstage um Kleingeld für den Kaffeeautomaten gebeten, und Kemal hatte ihm *echten Kaffee* aus seiner Thermoskanne angeboten. Seitdem trafen sie sich nach dem Beladen meistens auf ein Tässchen. In diesen Tagen betete Kemal zu Allah, dass er von Walters Weggang profitieren und endlich einen Direktvertrag und einen festen Zustellbezirk bekommen würde.

»Bestimmt meint der Chef, du musst noch einen neuen Bezirk lernen«, sagte Kemal.

»Inschallah«, sagte Walter und ging weiter.

Treffler und seine Assistentin Anita erwarteten ihn in ihrem überheizten Büro. Treffler bat ihn, Platz zu nehmen. Er blieb lieber stehen.

»Folgendes, Walter: Weil du nächste Woche nicht mehr da bist, haben wir schon einen Nachfolger für dich ausgesucht: Thomas Thomaszewski. Der fährt ab morgen bis zum Ende der Woche noch bei dir mit.«

»Ich soll jemanden einlernen? Sie wissen doch, dass mir das nicht liegt«, sagte Walter und suchte Rückendeckung bei einem blechernen Materialschrank.

Das war nicht gelogen, aber auch nicht die Wahrheit. Er verbrachte seine Zeit tatsächlich am liebsten allein, aber nun ging es ihm um die rostfarbenen Chrysanthemen. Beim Gedanken, einen Zeugen zu haben, wenn er sie im Blumenladen besorgte, und vor allem, wenn er sie Madeleine überreichte, bekam er auf der Stelle einen trockenen Mund.

»Aber Walter«, sagte Treffler, »wir können doch nicht unseren besten Mann gehen lassen, ohne dass der wenigstens einen Teil seiner Erfahrung weiterreicht. Keiner kennt den Zweiundzwanziger so gut wie du.«

»Herr Treffler, das geht nicht.«

»Warum denn nicht?«

»Weil … ich mich in Ruhe von allem verabschieden will.«

Treffler stand auf und lehnte sich an die Vorderkante des Schreibtischs. Seine eisblauen Augen nahmen Walter ins Visier. Er betrachtete ihn eigentlich als pflegeleichten Mitarbeiter, hätte ihn gerne noch ein paar Jahre beschäftigt, aber das Konzernmanagement hatte darauf gedrängt, dass er die Beamten loswurde.

»Ich verstehe dich, Walter. Aber ich kann da nicht mehr zurück. Das ist seit Wochen so geplant. Der Junge freut sich schon.«

Walter fand, man hätte ihm das mitteilen müssen, aber er fiel auch hier in sich zusammen und sagte keinen Ton. Treffler redete vom hohen Sendungsaufkommen, den vielen neuen Fahrern, die sich nicht so geschickt anstellten wie Walter, von den schlechten Nachrichten aus den Staaten, und Anita unterstrich sein Plädoyer mit einem debilen Kopfnicken.

»Dieser Thomaszewski, Walter, dein Nachfolger, das ist, glaube ich, ein ganz kompetentes Bürschchen. Den lässt du einfach ein bisschen für dich rennen. Das kann auch mal ganz schön sein«, sagte Treffler.

Walter wollte wenigstens ein Entgegenkommen erwirken.

»Aber am Freitag, Herr Treffler, will ich alleine fahren.«

»Der Freitag ist doch ein Feiertag …«

»Dann am Donnerstag. Das ist demnach ja mein letzter Tag …«

Treffler atmete geräuschvoll ein und faltete die Hände über der Gürtelschnalle.

»Versprechen kann ich das jetzt nicht. Das wären dann ja nur zwei Tage Einlernzeit. Das ist sowieso zu wenig. Aber wenn dir das so wichtig ist, dann schauen wir uns an, wie dieser Thomaszewski sich macht. Und wenn er sich nicht ganz ungeschickt anstellt, dann fährst du am Donnerstag alleine. In Ordnung, Walter?«

Treffler setzte sich wieder. Anita lächelte gütig, wuchtete ihren Hintern aus dem Stuhl und hielt die Tür auf.

»Lass den einfach ein bisschen rennen. So was kann auch mal ganz schön sein, glaub mir«, raunte sie Walter im Vorübergehen zu, und betonte die Worte, als wären es ihre eigenen.

Weil über Hamburg Regenschauer niedergingen, die selbst der Vollblutatheist Axel als »sintflutartig« beschrieb, waren kaum Fahrer unterwegs. Die wenigen, die – in Bents Worten – »nicht aus Zucker« waren, hatten entsprechend zu tun. Am späten Nachmittag klarte der Himmel auf und Johannes verabredete sich für den Feierabend mit Bent, um sein Überleben nachzufeiern. Seine letzte Tour endete am Schulterblatt, die Zentrale befand sich nur 500 Meter weiter die Straße hinab. Als er an der Bank vorfuhr, saß Bent schon bereit und reichte ihm ein Pils. Eigentlich war seine Unbeschwertheit sprichwörtlich, aber nun hatte er etwas auf dem Herzen.

»Sach ma, Jo, ich habe da was läuten gehört: Du und das liebreizendste Tresenmädchen aus Hamburg-City. Lief zwischen euch was?«

»Bitte, was?«

»Mir hat ein Vögelchen gezwitschert, dass du Samstag auf einer Party den ganzen Abend mit Maga geschnackt hast, und am Ende mit ihr verschwunden bist.«

»Wenn das Vögelchen aufrichtig war, wird wohl was dran sein.«

Johannes hatte keine Lust auf diese Konversation. Das war seine Sache und ohnehin nicht gelaufen, wie er sich das vorgestellt hatte. Er redete sich darauf hinaus, dass das *nur so eine Geschichte* war, und war sich dabei nicht im Klaren darüber, ob nur so eine Geschichte etwas war, das er in seinem Leben haben wollte, oder: *in der Not frisst der Teufel Scheiße*. Das ungesunde Röcheln, das in diesem Moment aus dem Hinterhof drang, kam ihm nicht ungelegen.

»Stirbt da einer?«, rief Bent in die Dunkelheit.

Eine dürre Gestalt löste sich aus den Schatten. Es war Maniok. Manioks kurze Karriere bei den Pedalpiloten war ein fester Bestandteil des hausinternen Mythenschatzes. Maniok hatte in seiner ersten Dienstwoche eine junge Mutter verprügelt, weil sie mit ihrem Kinderwagen den Radweg kreuzte und ihn zu einem Ausweichschlenker nötigte. Bereits dafür wäre er von der Fahrerschaft ausgeschlossen worden, wenn Bent sich nicht für seinen Sandkastenkumpel eingesetzt hätte. Aber schon drei Wochen später schoss Maniok den nächsten Bock. Eine Wirtschaftskanzlei am Neuen Wall stornierte an einem Vormittag zwei Fahrten just in dem Moment, als Maniok dort ankam, um die jeweilige Sendung herauszuholen. Nach dem zweiten Mal meldete er sich vom Funk ab und ließ weiter nichts von sich hören. Zwei Stunden später rief der Juniorpartner der Kanzlei bei den Pedalpiloten an und berichtete, dass Maniok vor ihren Empfangstresen uriniert hatte. Die Pedalpiloten verloren die Kanzlei als Kunden, Maniok wurde geschasst, der Mythenschatz um die Episode Tresenurinal erweitert. Seitdem hing Maniok meistens in der Nähe der Bank herum und hoffte auf jemanden, den er zutexten konnte.

»Alles klar?«, sagte Bent.

Maniok schwankte, als würde ihn nur die Masse seiner klobigen Springerstiefel auf den Beinen halten. Sein Irokesenschnitt hing von seinem Schädel wie welker Salat. Er starrte die beiden aus schattigen Augenhöhlen an, gab eine Art Bellen von sich und torkelte Richtung Schanzenstraße davon.

»Das gibt es nur bei den Pedalpiloten. Der Empfang ist rund um die Uhr besetzt«, sagte Bent.

»Mir tut der ja leid. Der hat Probleme, oder?«, sagte Johannes.

»Wer hat die nicht, Jo, wer hat die nicht? Wie war das neulich: Wir pissen uns alle selbst ans Bein. Bei dir und Maga waren wir stehen geblieben. Ich wollte wissen, ob da was lief?«

Neben der Bank flimmerte ein Leuchtschild mit einem verwitterten Pedalpiloten-Logo und einem Werbeaphorismus darunter: Wenn's bei Ihnen brennt, treten wir in die Pedale. Die Telefonnummer war überklebt. An den Rändern schauten die alten Ziffern noch hervor. Ein Nachtfalter brummte um das Licht und knallte immer wieder gegen die Plexiglasscheibe.

»Sag schon, Jo, wie war die Hübsche so?«

»Lass doch gut sein. Schlafzimmergeschichten als Partyschnack, das ist nicht so meins.«

»Welche Party? Zwei Mann, ein Dritter, der sich lange im Hintergrund gehalten und dann das Weite gesucht hat – das bezeichnest du als Party? Das ist ja wohl ein bisschen übertrieben, Jo. Aber Schlafzimmergeschichten sagt eigentlich ja alles. Dann würde mich nur noch interessieren, wann ihr euch wiederseht?«

»Wenn ich das nächste Mal zu Einsatz komme, wahrscheinlich.«

»Ihr habt keine Nummern ausgetauscht? Keine Freundschaftsanfragen im World Wide Web?«

»Lass doch gut sein. Wie gesagt, das war nur so eine Geschichte. Ein Transporterjob.«

»Ein was?«

»Ein Transporterjob.«

»Ein Transporterjob? Was soll das denn sein?«

»Was man als Transportermann eben so macht: Man transportiert Sachen von A nach B. In dem Fall eine Frau von Beziehung A nach Beziehung B. Wir als Kuriere sind prädestiniert für solche Jobs.«

»Meinst du?«

»Wir machen den ganzen Tag nichts anderes. Das ist doch klar, dass uns das irgendwann ins Blut übergeht.«

Bent hebelte mit seinem Feuerzeug ein neues Pils auf.

»Du meinst, Frauen sind für uns auch nur so eine Art Fracht?«

»Wir sacken sie ein und liefern sie ab, wo sie hingebracht werden wollen.«

»Und dann?«

»Dann ist Schluss. Mehr ist für Transportermänner nicht drin.«

»Das ist ja eine finstere Theorie. Aber stimmt schon, wenn ich mir mein Pärchenleben so anschaue, könnte was dran sein. Das hat was von Hire and Fire. Transportermann also?«

»Transportermann.«

Bent zwirbelte seinen Ziegenbart. Eine gute Minute verstrich, ohne dass einer der beiden etwas sagte.

»Aber sag an, Jo, Maga, wo will die denn hin? Was, oder besser wer, ist hier die Zieladresse?«

»Das kann ich dir leider nicht sagen.«

»Aber hör mal, du musst doch wissen, wo es hingehen soll, wenn du eine Tour annimmst?«

»Sei nicht pingelig. Jede Theorie hat ihre Schwachstellen.«

»Ich meine ja nur, weil ich mich frage, ob Maga nicht eventuell zu mir will? Ich habe da immer so ein Gefühl, weißt du, da ist so eine Chemie in der Leitung, wenn ich sie am Telefon habe.«

»Du meinst, Maga will zu dir? Du willst sie mit mir abmischen?«

»Klar, Jo, die mischen wir ab. Du hast sie rausgeholt, und jetzt übernehme ich. Ich träume von dem Mädchen, seit ich sie zum ersten Mal hinter dem Einsatz-Tresen erblickt habe.« Bent klatschte in seine watscheligen Hände. »Dann höre ich auf zu kurieren, werde vernünftig und gründe eine Familie. Genau so machen wir das.«

Damit sang auch Bent im Heilserwartungschor. Eine Familie gründen, ausgerechnet mit Maga, der anscheinend jeder dritte Mann zu Füßen lag. Ausgerechnet jetzt, wo sie beziehungsmüde war. Dann doch lieber mehr als nur so eine Geschichte, dachte Johannes. Dann doch lieber er. »Und was meinst du, wie ist die Auftragslage zur Zeit?«, sagte er, nur um etwas gesagt zu haben.

»Was die Frachtfrauen betrifft – eher mau, oder? Die Aufträge tröpfeln so rein. Meistens eine mörderlange Anfahrt, und dann nur so ein müder Hüpfer. Da muss man zusehen, dass man zur Sache kommt, bevor die Tour zu Ende geht.«

Bent grölte vor Lachen.

»Wie meinst du das?«

»Wie wohl? Nicht lang schnacken, Kopp in Nacken, und ran an die Buletten. Genau so, wie du das angegangen bist.«

Johannes fiel die Flasche aus der Hand, die daraufhin unter die Bank rollte. Konnte Bent wissen, wie seine Nacht mit Maga tatsächlich verlaufen war? Er hatte niemandem davon erzählt. Maga kannte er zwar nicht besonders gut, aber er ging davon aus, dass sie solche Details nur Freunden erzählte, und dazu zählte Bent scheinbar nicht.

Walters Nachfolger hatte in Sachsen-Anhalt eine Ausbildung zum Industriemechaniker absolviert, sich über den Zeitraum von zwei Jahren vergeblich um einen Arbeitsplatz bemüht, und war nun seinem Onkel und zwei Vettern zum Paketdienst ins Badische gefolgt. Von dem Moment an, als Anita ihn zu Tor 28 brachte, Walter einige Promille Koffein ins Gesicht atmete und wieder erklärte, wie gut es tat, jemanden für sich rennen zu lassen, war Thommy bemüht, bei jedem Handgriff unter Beweis zu stellen, dass er mit zwei rechten Händen ausgestattet war. Schon am Mittwochmorgen lud er den Wagen fast selbstständig und wollte auch gleich ans Steuer. Nur weil »Kopiloten-Vorteil« nach Fachvokabular klang, ließ er sich überzeugen, dass er besser noch einmal auf dem Beifahrersitz Platz nahm.

Am frühen Mittwochnachmittag waren sie an einer Sozialwohnungsanlage aus zwölf kantigen Türmen zugange. Offiziell war das der Georgenring, aber der Volksmund nannte es den Kongo. Mit fünf Paketen für eine Frau Weigand ruckelten sie in einem muffigen Fahrstuhlkorb auf das entsprechende Stockwerk. Walter nahm seine Rolle als Mentor ernst. Er erklärte, dass Frau

Weigand die Bestellungen für den ganzen Block abwickelte, und im Gegenzug Preisnachlässe und kleine Geschenke von den Versandhäusern bekam, und dass sie oft Trinkgeld gab, und zu Weihnachten Schokolade und ein Kuvert mit einem Zwanziger. Thommys Augen flackerten gierig auf. Als der Fahrstuhl stoppte, traten sie in einen düsteren Hausflur, von dem sechs Wohneinheiten abgingen. Der Gartenzwerg unter dem Gummibaum an der Fensterluke schien seinen Kampf gegen die blank gebohnerte Tristesse längst aufgegeben zu haben. Das Rot seiner Mütze war kaum zu erkennen vor lauter Staub. Thommy drückte die Klingel und wartete, den Handscanner im Anschlag, die Pakete auf dem Schuhabstreifer gestapelt. Walter hielt sich im Hintergrund. Ein keuchender Atem näherte sich der Tür, das Rasseln einer Kette, die Tür tat sich einen Spalt weit auf.

»Bitte?«, sagte Frau Weigand.

»Einen guten Tag wünsche ich. Thommy Thomaszewski mein Name. Mein Ausbilder, Herr Schmeck, weist mich in Bezirk Zwoundzwanzisch ein. Ich werde ab nächste Woche Ihr Stammzusteller sein und hoffe, Sie werden nie Grund zur Beanstandung haben«, sagte Thommy und schnappte nach Luft.

Frau Weigand löste die Kette. Der Geruch von sauren Kutteln drang aus ihrem Flur. Zuerst musterte sie Thommy, dann beugte sie sich über die Pakete.

Thommy wich vor ihrem zerkraterten Dekolleté zurück. Ihre Beine waren in lilafarbene, mit Pailetten besetzte Leggings gepellt. Unter ihrem Busen grinste Minnie Maus hervor. Ihre Füße steckten in Plastikpantoletten und Feinstrumpfsöckchen, durch die gelblich verwachsene Fußnägel schimmerten. Sie zeigte Thommy, wo er die Pakete aufstapeln sollte und machte ihn mit den Schichtplänen ihres Mannes vertraut, damit er den bloß nie aus dem Schlaf riss.

Thommy hörte aufmerksam zu. Als sie die Symptome ihrer Diabeteserkrankung schilderte, wusste Thommy allerhand beizutragen. In seiner Familie mütterlicherseits litten einige darunter. Die Unterhaltung über Arthrose geriet knapper. Dann entdeckten sie ihre gemeinsame Begeisterung für *Wer wird Millionär?*. Sie erzählte, wie sie 2006 daran teilgenommen hatte.

»Das ist nicht wahr, Frau Weigand«, sagte Thommy. »Erlauben Sie mir bitte die Frage: Wie viel haben Sie denn gewonnen?«

Sie war in der Vorrunde ausgeschieden. »Aber das ist doch kein Grund, Tränen zu vergießen, Frau Weigand«, sagte Thommy und erklärte, dass er selbst als Millionär weiterarbeiten würde, weil er ohne Arbeit doch überhaupt keine Daseinsberechtigung hätte. Walter räusperte sich dezent.

Wieder im Fahrstuhl entschuldigte sich Thommy dafür, den Betriebsfluss aufgehalten zu haben und beteuerte, in dieser Hinsicht noch eine gewisse Professionalität zu entwickeln. Walter betrachtete die Kritzeleien an den verbeulten Wänden, die Fliegenkadaver unter der Abdeckung der Leuchtstoffröhre und schwieg, bis sie wieder im Paketwagen saßen.

Weil die verbleibenden Blöcke des Georgenrings nicht direkt angefahren werden konnten, schlug er vor, dass sie sich nun aufteilten. Er parkte an einem schmalen Stichweg. Er hob die Sackkarre aus der Hintertür und stapelte etliche Kartons darauf. Thommy trat von einem Bein auf das andere. Er wollte vorausgehen. Walter bat ihn zu warten, packte einen letzten Karton auf die Karre, schloss den linken Türflügel und fragte Thommy, ob er denn schon einmal in Hamburg gewesen war.

»Selbstverständlich. Beim König der Löwen. Muss man gesehen haben«, sagte Thommy und verpasste dem rechten Türflügel einen Stoß.

Walter gab ein stimmloses Zischen von sich. Thommys Blick schoss wie eine Flipperkugel durch die Szene.

»Was ist denn los, Herr Schmeck, was ist denn los?«, zirpte er, bis er begriff, dass Walters rechte Hand zumindest zum Teil noch in der Tür steckte.

Er riss den Türflügel, dem er den Stoß verpasst hatte, wieder auf. Walter schüttelte die befreite Hand und mit der anderen verpasste er Thommy eine schallende Ohrfeige. Thommy raufte sich die Haare.

»Oh Gott, Herr Schmeck, das blutet wie Sau.«

Er rannte zum Wagen und holte einen Verbandskasten. Walter murmelte eine Entschuldigung und starrte fassungslos seinen blutenden Finger an.

»Sie brauchen sich doch nicht zu entschuldigen. Ich habe Sie verletzt. Ich habe meinen Ausbilder verletzt. Das ist doch unverzeihlich.«

Thommy tupfte Walters Finger ab. Lediglich der Mittelfinger war gequetscht. Er verpasste ihm einen Verband, wie er das im Erste-Hilfe-Kurs gelernt hatte, und quasselte dabei, ohne Luft zu holen.

Walter hörte kaum hin.

»Ihr hätte man eine verpassen sollen«, sagte er nach einer Weile.

»Bitte?«, sagte Thommy und blinzelte ratlos sein im Gegenlicht geschwärztes Profil an.

»Ich habe gesagt, man hätte damals ihr eine verpassen sollen«, sagte Walter und zog ohne weitere Erklärungen die Sackkarre über den Stichweg.

Kurz nach acht riss Johannes die Krittelei von Autofunker Bert aus dem Schlaf. Bert war ein mies gelaunter Mittvierziger, der behauptete, im Herzen ebenfalls Biker zu sein, aber von seinen durchgescheuerten Menisken gezwungen, Autokurier zu fahren, oder eben zu funken. Bis um neun Bents Schicht begann, war er für Fahrrad- und Autokuriere gemeinsam zuständig.

Johannes hatte am Vorabend vergessen, den Funk abzudrehen. Die Kuriertasche lag unter seiner Trägerhose und der Windjacke vor dem Bett. Er sah nach dem Wecker. Sein Schädel pochte, als wäre das Hirn in die Matratze getackert gewesen. Ein fauliger Atem fiel ihm ins Gesicht und schlecht war ihm auch.

Es war halb neun. Wenn er sich beeilte, konnte er in einer halben Stunde auf der Straße sein. Er massierte sich die Schläfen, zählte bis zehn, setzte die Füße auf den kalten Boden und machte das Funkgerät ab. Wenigstens eine halbe Stunde musste es in die Ladestation, bevor er losging, sonst hielt der Akku nie bis zum Feierabend durch.

Nach einer halben Stunde fühlte er sich noch immer nicht wohl, aber war frisch geduscht und hatte ein paar Löffel Müsli und eine Aspirin im Magen. Bent übernahm gerade den Funk.

»Seid so gut und seht mir ein bisschen was nach heute. Doppel-Zwo wollten letzte Woche die Englein holen. Jo hatte schon in diesen Tunnel geschaut, an dessen Ende der Alte mit dem Vollbart grüßt. Weil da oben aber die Auftragslage nicht so prall ist, haben sie ihn fürs Erste auf die Warteliste gesetzt. Das haben wir gestern begossen. Musste sein ...«

»Bent, Dicker, laber nicht. Les lieber die Touren«, funkte ihm Axel ins Wort.

»Touren? Hätte ich glatt vergessen. Aber ihr wisst es selbst: Die Bank fordert ihren Tribut.«

Mit einer Fahrt, die in der Nachbarschaft abging, eröffnete Johannes seinen Arbeitstag. Weil er viel langsamer unterwegs war als normal, und weil sein Fokus, der sonst alles Unwesentliche ausblendete, nicht funktionierte, erinnerte er sich an seine ersten Tage als Kurier.

Hamburg war für ihn damals nicht mehr als ein Netz wirr verknüpfter Straßen, entlang derer sich allerhand bewegte, er selbst mittendrin. Nach seiner zweiten Auslieferung hatte er jede Orientierung verloren und noch Wochen später kam er bei Kunden vorbei, die er am anderen Ende der Stadt verortet hatte. Während der Anfangsmonate befeuerte ihn die Arbeit mit Endorphinen. Ständig entdeckte er Lieblingsstrecken und neue Wege, und binnen weniger Wochen wurde die fremde Stadt die seine. Der erste Winter brachte sonnenlose Tage, Temperaturen um die fünf Grad, Dauerregen, Blitzeis, Schnee, Schneematsch und gemeingefährliche Spurrillen im Eis. Auf Fahrten Richtung Westen stand ihm der Ostwind wie ein steiler Anstieg vor dem Bug. Autofahrer übersahen ihn noch öfter als sonst. Das Geräusch ihrer Reifen auf dem nassen Asphalt bohrte direkt über dem Nerv, der für seine Laune zuständig war. Die Sicht der Fußgänger war von Regenschirmen und Kapuzen verdeckt und die gefährlichen Situationen häuften sich.

Er hatte kein Geld für Funktionsklamotten, oder nicht den Willen, in etwas zu investieren, das er für eine Übergangslösung hielt. Also fuhr er mit Jogginghose und einer alten Postler-regenjacke, die er Walter abgeluchst hatte. Wenn er an nassen Tagen seine Sendungen mit blauen Lippen auslieferte und sein Zittern nicht kontrollieren konnte, versuchte er den Kunden einzureden, dass es schon ging, dass auf Dauer nichts wirklich dicht hielt, dass man bei Dauerregen eben nicht den ganzen Tag fahren konnte, dafür aber gut verdiente, weil etliche Kolle-gen den Verdienstausfall in Kauf nahmen und zu Hause blieben (insbesondere gegen Anfang des Monats, wenn die Endabrech-nung und die damit verbundene Endgültigkeit noch fern war), dass man sich nach Feierabend mit heißen Bädern, Suppen und Tees wieder in Stand setzte. Nach seiner ersten harten Erkältung lieh Oli ihm seine Regenausrüstung. Darin fühlte er sich wie ein Ritter. Seinen nächsten Lohn investierte er in eine eigene Regenrüstung, in der Vorahnung, dass die Arbeit mehr werden würde als eine Übergangslösung. Nach dem Winter herzte das Frühjahr mit Sonne und Licht. Es wurde zum Privileg, drau-ßen zu sein, während die anderen an ihren Schreibtischen sa-ßen. Dann kam der Sommer, damit weniger Aufträge, geringere Einnahmen, und Fahrradpolizisten, die abkassierten, wo es nur ging. Danach ein Herbst, und wieder ein Winter, aber mit der passenden Ausstattung und einem krachenden Weihnachtsge-schäft.

Die Endorphine machten sich dennoch rar. Die Freude darü-ber, nur arbeiten zu müssen, wenn ihm danach war, verblasste unter der Einsicht, dass er fast immer arbeiten musste, wenn er einigermaßen über die Runden kommen wollte. Die Strecken wiederholten sich, die Wiederholungen gruben sich in sein Be-wusstsein, und nach und nach wurde die Stadt zu einem Schie-nennetz, auf dem er wie ferngesteuert navigierte, und dessen einziges Ziel der passende Umsatz war.

Nach einer Auslieferung am Kehrwieder in der allmählich Ge-stalt annehmenden Hafen-City folgte Johannes in Gedanken drei Heißluftballons, die im Sonnenuntergang über der Elbe verschwanden. Nachmittagsfunker Per wollte wissen, wo er war und wo er hinfuhr.

»Ich stehe am Kehrwieder, habe noch eine Fahrt zum Goldbekplatz, und danach mache ich Feierabend. Bin dort ja fast zu Hause.«

»Klar, dass du den als Heimschuss nimmst. Aber ich hätte noch einen Einsatz, der in dieselbe Richtung geht.«

Johannes zögerte. Bei *Einsatz* würde er bestimmt Maga treffen.

»Jo, du hörst mich?«

»Ich überlege, Mylord.«

»Was gibt es denn da zu überlegen? Ein kleiner Schlenker über St. Pauli? Du musst sowieso auch noch die Schecks abgeben, und danach ein doppelter Heimschuss? Passender wird's nicht.«

»Stimmt schon. Eigentlich gibt es da nichts zu überlegen.«

»Sag ich doch. Einmal Einsatz also, und doppelt hoch ins schöne Winterhude. Und dann hör gut mit. Viele Fahrer habe ich nicht mehr auf der Straße. Vielleicht kommt noch was dazu. Und weiter geht die wilde Fahrt.«

Als Johannes sein Rad vor *Einsatz* festschloss, rutschten ihm die Schlüssel aus der Hand. Als er klingelte, trat er so nah an das Fischauge, dass man auf dem Überwachungsbildschirm allenfalls das Frühlingsgrün seiner Jacke erkennen konnte. Als er an den Empfang trat, kurbelte er am Lautstärkeregler seines Funkgeräts herum und hielt den Blick geschäftig im Nirgendwo, bis Magas Murmelaugen ihn auffingen.

»Da bist du ja. Ich habe dich die Woche überhaupt nicht zu Gesicht bekommen. Alles in Ordnung bei dir?«

»Alles bestens. Ich bin nur eben hart am Arbeiten.«

»Wie wäre es, wenn wir uns die Tage mal treffen?«

»Im Prinzip gerne«, sagte Johannes, einigermaßen überrascht. »Aber die Woche kann ich nicht mehr. Ich kuriere morgen und übermorgen noch, bis ich halbtot vom Rad falle, und am Freitag fahre ich über das lange Wochenende nach Dänemark hoch.«

»Was willst du denn da?«

»Noch ein bisschen Sonne tanken, bevor das Schietwetter loslegt.«

»Du meinst, du hast in Dänemark noch Sonne? Du bist wohl eher der optimistische Typ …«

»Brückentage, sage ich nur. Laut Nordwetter ist dort oben am Wochenende noch mal Spätsommer angesagt.«

»Spätsommer? Das hört sich gut an.«

»Komm mit, wenn du magst. Spätsommer macht zu zweit bestimmt mehr Spaß als allein.«

»Gute Idee. Ich muss ein paar Sachen organisiert bekommen, wenn das alles klappt, bin ich dabei. Gib mir doch deine Nummer, dann gebe ich dir Bescheid.«

Die Auslieferungen danach erledigte Johannes mit Rückenwind. Unter diesen Umständen hatte er gegen *nur so eine Geschichte* wenig einzuwenden. Noch weniger, als sie ihn am Abend anrief und sich für Freitagmorgen mit ihm verabredete.

Die Ohrfeige hatte einen Kanal freigespült, über den Walter von Erinnerungen an seine Exfrau Emilie geflutet wurde. In den Jahren, bevor sie ihn sitzen ließ, widmete sie sich einer Reihe abstruser Beschäftigungen. Immer mit feurigem Eifer, bis sie das Interesse verlor, und etwas Neues begann. Zuerst war es ein Fernstudium in kreativem Schreiben, dann eine afrikanische Trommelgruppe, ein paar Stufen fernöstlicher Philosophie, ein Fußpflegesalon, und dann kam das *Geschäft* – ein amerikanischer Konzern, der im Direktvertrieb Drogerieartikel, Nahrungsergänzungsmittel und Modeaccessoires verscherbelte, seine Kunden »Vertriebspartner« nannte, einer pyramidischen Hierarchie entsprechend an den Umsätzen beteiligte, und den Begriff Schneeballsystem zum Tabu erklärt hatte.

Eine Schulfreundin hatte Emilie angeworben. An den Wochenenden fuhr sie zu Seminaren, die der Konzern über den gesamten deutschen Sprachraum verteilt abhielt. In dieser Zeit stiegen der Kilometerstand des Familienwagens und der Zahlbetrag bei der Telekom in ungeahnte Höhen. Emilie gewann an Fahrsicherheit, begann, Schmuck zu tragen, ein gestelztes Deutsch zu sprechen, und mindestens einmal die Woche brachte der Kollege vom Deutschen Paketdienst einen Karton mit Artikeln des Konzerns.

Anfangs veralberte Walter ihre Versuche, ihn mit einzubeziehen. Irgendwann verstummte er »um des lieben Friedens willen«, und vertraute darauf, dass auch diese Phase zu Ende gehen würde, ohne tiefer in sein Leben einzuschneiden. Zu ihrem zwölften Hochzeitstag schenkte er ihr eine Jugendstil-Küchenwaage und führte sie zum Essen aus. Einen Monat später beteiligte Emilie sich an der Planung und Durchführung einer »Geschäftsversammlung zur strategischen Erschließung neuer Märkte« im Hotel Neuer Wein im Nachbardorf. Referent Gerd Hasselbrock aus Lüneburg reiste fünf Tage vor Veranstaltungsbeginn an, und schulte Emilie und einige Freundinnen für das Großereignis.

Walter entging nicht, dass sie diesen fettleibigen Norddeutschen mit der lauten Stimme und den blonden Strähnchen anhimmelte. Trotzdem ging er davon aus, dass das Schlimmste überstanden war, als Hasselbrock abreiste und Emilie zum Dank für ihre Unterstützung einen monströsen Espressoautomaten überreichte, den sie zwischen der Küchenwaage und einem Glas mit Haushaltsgummis auf dem Fensterbrett platzierte.

Wenige Wochen später kam er von der Arbeit, rief einen Gruß Richtung Küche, entledigte sich seiner Postlerkleidung, legte im Bad seine Feinrippunterwäsche ab, stellte sich unter die Dusche, wusch sein Haar wie immer mit dem Shampoo aus ihrem Geschäft, obwohl er davon Schuppen bekam, seifte sich ein, duschte sich ab, trat aus der Kabine, rieb sich trocken und legte sich das Handtuch um die Hüfte, schlüpfte in eine frische Unterhose, eine Jogginghose und ein braun kariertes Flanellhemd, und war noch am obersten Knopf zugange, als er in die Küche kam, die drei kleinen Fehler im Bild erkannte und Bescheid wusste:

1. Emilie stand ihm zugewandt – In dieser Position hatte sie ihn nach dem Ausbleiben ihrer Periode und nach dem Tod ihrer Mutter empfangen.

2. Emilie hatte kein Abendbrot gerichtet – Das war ein Novum. Weder das positive Ergebnis ihres Schwangerschaftstests noch der Tod ihrer Mutter hatte diese Konsequenz nach sich gezogen.

3. Der Espressoautomat war weg – An dem Platz zwischen Küchenwaage und dem Glas mit den Haushaltsgummis waren lediglich ein paar Staubränder verblieben.

Emilie hatte die wenigen Dinge, die sie in ihrem neuen Leben haben wollte, bereits auf den Weg gebracht. Sie ließ einen theatralischen Monolog vom Stapel, der mit den Worten »Ich hatte gehofft, dass es so weit nicht kommen würde« schloss.

Walter hörte sich das an, wie einen Film, der im Nebenzimmer läuft. Als sie den Mund schloss, zog er sie an der Schulter vorsichtig zu sich heran. Einen Moment ließ sie das geschehen, dann wich sie zurück. Er strich über ihre Wange. Sie fauchte, er solle die Finger von ihr lassen, und als er darauf nichts erwiderte, bat sie ihn, doch einmal im Leben den Mund aufzumachen. Sie fragte, wo der Walter war, mit dem sie den Rest ihres Lebens hatte verbringen wollen. Sie kam so nah, dass er das überspannte Zittern in ihrem Körper spürte. Sie verpasste ihm eine Ohrfeige und einen Moment später knallte die Haustür. Vom Wohnzimmerfenster aus beobachtete er, wie sie im Hof in Hasselbrocks Mercedes verschwand.

Nach Feierabend parkte Walter an derselben Stelle vor seiner Garage. Er zog die Handbremse und blieb sitzen. Er betrachtete seine Hände. Nun hatte er Thommy die Ohrfeige verpasst, die Emilie verdient hätte.

So ungepanscht waren seine Emotionen noch nie aus ihm herausgebrochen, und so scharf hatte er noch nie reflektiert. Aber kaum saß er am Küchentisch, fiel er in seine vertrauten Muster zurück. Nachdem Hermine Banat von Blumen-Banat ihm bereits am Montagnachmittag erklärt hatte, dass rostfarbene

Chrysanthemen frühestens eine Woche vor Allerheiligen lieferbar waren, saß er nun mit einem Kugelschreiber über ein weißes Blatt gebeugt und feilte an seinem Text für die Postkarte, die er Madeleine an Stelle des Straußes zukommen lassen wollte. Es war eine Werbekarte von DHL.

Sie zeigte einen Paketwagen und ein Dynamik versprühendes Männermodell. »Sehr geehrte Frau Fall«, schrieb er schließlich, »bei Ihnen zuzustellen, war mir immer ein Vergnügen. Ihr Paketzusteller Walter Schmeck verabschiedet sich in Frühpension.«

Erst lange nach Mitternacht fiel er in einen leichten Schlaf. Um fünf wachte er wieder auf. Eigentlich eine Stunde vor seiner Zeit, aber vielleicht war es kein Fehler, wenn er an seinem letzten Arbeitstag alles mit Ruhe angehen konnte. Er genoss die Fahrt über die leere Autobahn im lichten Morgennebel. Er genoss die freie Parkplatzwahl und trotzdem stellte er sein Auto auf denselben Parkplatz wie in den vergangenen 42 Jahren auch. Er genoss es, die Pakete ein letztes Mal nach allen Regeln der Kunst in die Regale des Wagens zu packen.

Sein letztes Paket für Madeleine Fall legte er ans Ende seiner Runde. Normalerweise kam er um sieben an der Zustellbasis an, nun war er um sieben abfahrbereit. Er dachte darüber nach, auf die Verabschiedung zu pfeifen und einfach loszufahren, aber in diesem Moment rief Anita die Kollegen in den Veranstaltungsraum. Sie empfing ihn hinter einem weißen Plastikeimer mit Kartoffelsalat und einem Edelstahlzuber mit dampfenden Weißwürsten.

»Aber ich habe doch Butterbrezeln bestellt«, sagte Walter.

»Die stehen an der Tür«, sagte Anita.

Walters Blick schweifte über die leeren Ränge.

»Heute sitzt du natürlich in der ersten Reihe«, sagte Anita und reichte ihm einen randvollen Teller.

Als nächstes kam Thommy. Er ließ sich zu essen geben, kam nach vorne und sah verstohlen nach Walters gepflastertem Finger.

»Das geht schon wieder«, sagte Walter.

Als Treffler kam, zuckelte Thommy nervös auf dem Stuhl herum. Walter hielt seine lädierte Hand in der anderen versteckt. Thommy hatte ihn gebeten, keinem von seinem Malheur zu erzählen, vor allem nicht seinem Onkel und dem Chef. Er befürchtete, das könnte ihn seine Festanstellung kosten.

»Und, Walter, wie macht sich der Herr Thomaszewski?«, sagte Treffler.

»Spitze«, sagte Walter.

»So ein Lob hört man gerne, oder, Thommy?«, sagte Treffler.

»Aber natürlich. Ich muss aber auch sagen, dass ich mir alle Mühe gebe und unglaublichen Spaß an der Arbeit habe«, sagte Thommy.

Treffler hörte mit einem Ohr hin, und winkte den in den Saal strömenden Mitarbeitern zu. Als Kemal eintrat, winkte Walter ihn heran. Er hatte nicht mit ihm gesprochen, seit er erfahren hatte, dass Thommy ihn beerben würde. Ihm war klar, dass Kemal auf seine Stelle spekuliert hatte.

»Thommy – Kemal, Kemal – Thommy. Mein Nachfolger«, sagte Walter und hüstelte.

»Ich weiß«, sagte Kemal. »Allah wusste schon bei meiner Geburt, dass ich in Deutschland leben werde. Deshalb wurde ich in dieses Geschlecht geboren: Kemal – wie Kamel. Wenn ich an eine Quelle komme, pumpe ich meine Höcker so voll es nur geht. Ich weiß nie, wie weit die Wüste ist, die ich durchquere.«

Treffler stand nun an der Stirnseite des Raums über einen Tisch gebeugt, drückte auf der Tastatur eines Laptops herum, bis hinter ihm die Projektion des Firmenlogos erschien, und gab Anita ein Handzeichen.

Die meisten Plätze waren mittlerweile belegt. Eberhardt beschwerte sich über die vergeudete Zeit und den faden Kartoffelsalat. Andere nur über die vergeudete Zeit. Thommy legte sich auf dem Schoß einen karierten Schreibblock zurecht. Treffler klopfte mit dem Zeigefinger auf sein Kugelmikrofon bis Ruhe war, dann hieß er die Kollegen und Kolleginnen willkommen und bedankte sich für ihre Anwesenheit bei Walters Verabschiedung.

Bei seinem ersten Scherz – er beantwortete sich die Frage, warum er Walter Schmeck in all den Jahren so gerne gesehen hatte, mit »an seinem Gesicht kann es kaum gelegen haben« – kassierte er etliche Lacher. Beim zweiten – er zitierte aus den Annalen der Zustellbasis: Walter hatte es in seiner ganzen Dienstzeit auf genau fünf Krankheitstage gebracht, wofür ihm selbst »eine halbe Blinddarmoperation« gereicht hatte – gluckste vor allem Thommy. Treffler lobte Walters Sorgfalt und Zuverlässigkeit. Abgesehen vom Display eines Handscanners, der ihm bei einem Sturz auf Glatteis aus dem Futteral gerutscht war, hatte Walter weder Material- noch Personenschäden verursacht.

Am Ende der zehnminütigen Rede wünschte Treffler ihm Glück und Gesundheit, in Hamburg, auf seinem Weinberg und wo auch immer, und erklärte, dass Walter seinen Geschenkkorb nach Feierabend ganz ohne Tohuwabohu beim Innendienst abholen konnte. Dann entließ er die Kollegen.

Hätte man Walter am Anfang der Rede nach der Nummer seines Zustellbezirks gefragt, er hätte nicht sagen können, ob sie zwei- oder zehnstellig war. Doch mit der Zeit gewöhnte er sich an die Situation, und kaum hatte Treffler das Mikrofon abgestellt, begann er insgeheim, sich am süßen Geschmack der lobenden Worte zu ergötzen.

Die meisten Kollegen nahmen im Vorbeigehen von den Brezeln und verschwanden. Walter ging mit Kemal und Thommy Richtung Tür. Der eine oder andere nickte ihm zu oder schüttelte seine Hand. Kemal verabschiedete sich mit einer Umarmung und gab Walter eine Karaffe mit dunklem Olivenöl, an deren Hals ein Kärtchen mit seiner Telefonnummer baumelte.

»Ich bin hammer beeindruckt, Herr Schmeck«, sagte Thommy und biss von einer Brezel.

»Wo fährst du heute eigentlich mit?«, sagte Walter.

Thommy deutete auf sein pickeliges Kinn, das sich kauend auf und ab bewegte.

»War das nach deinem Geschmack, Walter? Schlicht und schnell?«, sagte Treffler.

Walter bejahte.

»Und jetzt geht's nach Hamburg, habe ich gehört. Zum Sohnemann. Eine schöne Stadt. Nur das Wetter, das wäre nichts für mich.«

Noch hatte Walter nur vage Vorstellungen von der Stadt. Alster, Fischmarkt und Hafen, die Hafenstraße aus den Nachrichten, die Villenviertel und die Reeperbahn, weil Emilie viel Krimis geschaut hatte.

»Ich war noch nie dort«, sagte er.

»Wie auch immer«, sagte Treffler, warf einen Blick auf seine Armbanduhr und drückte Walters rechte Hand zwischen seinen Handflächen. »Für dich ist heute Feierabend, aber ich muss noch ein bisschen. Es hat mich gefreut, Walter. Dann sehen wir uns spätestens zur Weihnachtsfeier wieder, ja?«

Walter lächelte. Die linke Hand hielt er in der Hosentasche versteckt. Treffler ging. Thommy schlug drei Brezeln in eine Serviette ein. Walter fragte ein zweites Mal, wo er mitfahren würde. Thommy stopfte das Fresspaket in eine Jackentasche und schwieg. Walter ahnte, was Sache war, wollte es aber nicht wahrhaben.

»Ich muss auf Toilette«, sagte er.

Vor der Tür standen Eberhardt und Mario, ein junger, anzüglicher und lauter Kollege, dem Walter nach Möglichkeit aus dem Weg ging.

»So gut will ich das auch mal haben«, sagte Eberhardt und schlug Walter auf den Rücken, dass dem kurz die Luft wegblieb.

»Wenn du gehst, dann singt der Chef aber Halleluja«, sagte Mario. »In Hamburg geht's dann auf die Reeperbahn, Herbertstraße. Da haben sie geilere Nutten als im Schießhaus.«

Mario erzählte, wie er dort sein Weihnachtsgeld in eine Fickorgie investiert habe.

»Nichts für ungut«, sagte Walter und ging weiter.

»Bisschen verklemmt, dieser Superwalter«, sagte Mario.

Die Toiletten befanden sich in der Mitte der Halle. Der Raum unter den Laderutschen war nun leer, lediglich Putzfrau Ana stand zwischen den leeren Rollwägen und winkte.

»Ana, wie geht's?«, sagte er.

»Wie immer, immer gleich«, sagte sie.

Nach Abzug von Urlaub, Wochenenden und Feiertagen hatte er etwa 9.000 Tage hier gearbeitet. Er war 9.000 Mal nach dem Laden auf Toilette gegangen, 9.000 Mal vom Hof gefahren, und nun war es das letzte Mal. Er hielt seine Dienstkarte vor das Lesergerät neben der Toilettentür und ging davon aus, dass über seine Toilettengänge ebenfalls Buch geführt wurde. Als er wieder in den Aufenthaltsraum kam, standen Anita und Thommy unverändert an der Tür.

»Da ist er ja«, sagte Anita.

»Da bin ich«, sagte Walter.

»Und, wie?«

»Wie immer.«

»Ach, Walter«, sagte Anita und bleckte ihre stumpfen Raucherzähne. »So ist er, unser Walter«, sagte sie zu Thommy.

»Bei wem fährt denn Thommy heute mit?«, sagte Walter, nur für das Protokoll.

Thommy sah auf den Boden. Anita seufzte.

»Ich habe den Chef daran erinnert. Aber du kennst ihn ja … Tut mir leid, Walter.«

Er setzte sich daraufhin wortlos auf den Beifahrersitz, ließ Thommy ans Steuer und ließ ihn rennen. Er versuchte, sich nicht um sein gutes Recht betrogen zu fühlen, aber das gelang ihm nicht. Sein letzter Auftritt in Madeleine Falls lichtem Flur gab ihm vollends den Rest. Keine Spur von ihrer Überschwänglichkeit. Sie nahm die Postkarte mit kurz angebundener Beiläufigkeit entgegen, weil sie anscheinend ein Risotto mit frischen Trüffeln auf dem Herd hatte. Am Abend bereute er jeden Schritt, den er seit seinem Tritt neben ihren Schuhabtreter getan hatte. »Schuster, bleib bei deinen Leisten«, sagte er zu sich selbst.

Johannes wartete am Ticketschalter des Dammtorbahnhofs. Die Zeit wurde knapp. Er war zu stolz, Maga anzurufen. Sollte sie doch bleiben, wo sie wollte. Als sie sich meldete, hatte er die Hoffnung bereits aufgegeben, und im nächsten Moment hämmerte ein Hagelschauer auf das blecherne Bahnhofsvordach.

»Wo treibst du dich rum? Das ist so laut bei dir«, sagte sie.

»Ich stehe vor dem Ticketschalter und warte auf meine Reisebegleitung.«

»Ich weiß schon, wir waren verabredet. Aber ich komme doch nicht mit. Das ist mir zu krass. Viel zu pärchenmäßig, zu zweit unter einem Regenschirm den Strand lang zu spazieren.«

»Ab morgen gibt's in Dänemark Sonnenschein und Temperaturen bis zu zwanzig Grad. Da braucht man allenfalls einen Sonnenschirm.«

»Dann eben unter einem Sonnenschirm. Das ist mir trotzdem zu sehr wir beide. Ich will im Moment einfach nichts wissen von jemandem, der etwas von mir wissen wollen könnte.«

»Aber ich will ja nur in der Sonne fläzen. Das ist einfach netter zu zweit.«

»Nein, Johannes. Das ist mir wirklich zu viel. Das glaube ich zumindest. Du fährst jetzt und ich kann ja noch mal darüber nachdenken. Vielleicht überkommt es mich noch. Dann komme ich morgen. Dann gebe ich dir Bescheid ... oder ... ich ruf dich auf jeden Fall noch an. Kurz plaudern können wir so oder so.«

»Wenn du anrufst, bitte vor acht. Ich will früh raus und bin dann ohne Telefon unterwegs. Ich will meine Ruhe haben. Zur Abwechslung mal da lang fahren, wo es nur alle paar Kilometer eine Abzweigung gibt. Dann entspanne ich mich, und fange zu singen an.«

»Richtiger Naturbursche, was? Zur Sonne, zur Freiheit ... Wenn du bis neun erreichbar bleiben könntest, steigen die Chancen, dass ich nachkomme. Ich bin nicht so der Frühaufsteher ...«

Am Nachmittag rief sie wieder an und wollte wissen, wo genau er hinfuhr, damit sie sich am Morgen so früh es ging auf den Weg machen konnte.

»Und, freust du dich auf mich?«, sagte sie.

»Schon.«

»Dann gib dich doch nicht so unbeeindruckt. Du freust dich schon sehr. Das höre ich doch.«

»Sei du doch nicht so direkt. Das macht mich ganz kleinlaut. Ich freu mich, wenn du kommst, ja ...«

»Siehst du, geht doch. Das wenn kannst du dir schenken. Ich komme auf jeden Fall. Bis morgen, Pilot Doppel-Zwo.«

Sechzig Kilometer vor Hvide Sande klarte der Himmel auf. Johannes war der einzige Fahrgast in dem Bus, mit dem er den letzten Teil der Strecke zurücklegte. Der Fahrer hatte eine imposante Nackenmatte, rauchte Kette und hörte in voller Lautstärke eine Playlist mit symphonischem Heavy Metal. Nicht Johannes' Geschmack, aber immerhin lustig. Er hätte gerne gelesen, konnte sich aber nicht konzentrieren. Also schaute er nach Westen, in der Hoffnung, einen Blick auf die Nordsee zu erhaschen. Aber die Straße verlief ein gutes Stück von der Küste entfernt. Irgendwann dämmerte er weg, wie so oft, wenn er nicht im Fahrradsattel saß, und Zeit für all das gehabt hätte, für das er meinte, keine Zeit zu haben.

Als er in der Jugendherberge eincheckte, war es bereits dunkel. Trotzdem ging er noch zum Meer und setzte sich auf eine Buhne. Die Luft war feucht und kühl. Er schlug den Kragen seiner Jacke nach oben und zog seine Wollmütze in die Stirn. Eine Welle klatschte gegen die Steinquader und die Gischt spritzte ihm ins Gesicht. Er sprang in den von der Flut glatt gezogenen Sand und lief am Wasser entlang.

Wenn Kindsein bedeutete, dass alles, was man tat, Selbstzweck war, und Erwachsener sein, dass man wusste, wohin man wollte und versuchte, dort hinzugelangen, gab es wohl auch Brückentage zwischen Kind- und Erwachsensein. Man wusste, wo man gerne wäre, aber versuchte nicht, dort hinzugelangen. Man konnte diese Tage als Kurier verbringen, als Postler, als Bankkaufmann oder als so ziemlich alles andere. Ihm fielen etliche Leute ein, die wohl auf ewig in diesem Stadium verharrten, weil es dort zwar nicht fantastisch war, aber bequem. Es gibt kein schlechtes Wetter, nur die falsche Kleidung, stand auf der Webseite der Pedalpiloten unter Fraukes hübschem Gesicht. Vielleicht hatte Pedalpilotenchef Paulsen oder irgendein Werber ihr diese Binsenweisheit in den Mund gelegt, vielleicht hatte sie es wirklich gesagt. Sie hatte Mitte März ihr Medizinstudium kurz vor dem zweiten Staatsexamen geschmissen und als Kurier angefangen. Der vergangene Winter hatte mehr als ein Drittel der Nachmittage in März und April der warmen Jahreszeit überlassen. Ob Frauke nächsten März wohl noch auf der Straße war? Wohl kaum. Den meisten, die im Frühling oder im Sommer einstiegen, reichte ein halber Winter, um zur Überzeugung zu gelangen, dass es angenehmere und effektivere Möglichkeiten geben musste, seinen Lebensunterhalt zu verdienen. Wurden sie erwachsen? Vielleicht.

Nach dem Frühstück las er immer wieder den ersten Absatz in Kapitel 10 von *Ausweitung der Kampfzone* und stellte beim letzten Wort fest, dass er nichts mitbekommen und nur an Maga gedacht hatte. Um zehn hatte er die Warterei satt und war schon am Ende des Flurs, als in seinem Zimmer das Telefon klingelte. Er hastete zurück und schloss die Tür auf. Aber Maga gab auf, bevor er drangehen konnte. Auf dem kleinkinderblauen Stück Himmel vor dem Fenster grasten drei Wölkchen. Von rechts segelte eine Möwe ins Bild. Er putzte sich ein zweites Mal an diesem Morgen die Zähne. Als er ausspuckte, klingelte sein Telefon wieder.

Maga ließ ihn kaum zu Wort kommen und erzählte, wie sie die halbe Nacht wach gelegen, mit ihrer letzten Beziehung abgeschlossen und über der Entscheidung gebrütet hatte, ob sie nach Dänemark fahren sollte oder nicht.

»Ein gemütliches Wochenende zu zweit ist ja kein bis dass der Tod uns scheidet«, sagte sie und Johannes konnte sich vorstellen, wie sie dabei mit den Augen kullerte.

»Aber Maga, das lohnt sich nicht mehr. Ich mache mich morgen Mittag auf den Rückweg. Um sechs steht mein Vater vor meiner Haustür.«

»Ich komme, und wenn es nur für eine Stunde ist«, sagte sie.

»Wenn du unbedingt willst. Dann freue ich mich eben wieder. Oder immer noch.«

»Ich mich auch«, flüsterte sie.

Aus dem Blatt mit der Hausordnung, das unter der Nachttischlampe gelegen hatte, faltete er eine Schwalbe und ließ sie aus dem Fenster segeln, damit sie der Möwe Gesellschaft leistete. Sie wurden von einer Windböe ergriffen und für einen Moment schien sie der Möwe tatsächlich den Hof zu machen, aber das Glück währte nur kurz, die Schwalbe landete in einem Ginsterbusch, und die Möwe suchte keifend das Weite. Johannes schob das Telefon nun doch ein. Er erkundigte sich beim Herbergsvater nach einem Fahrradverleih. Er bekam ein Rad aus dem bis unter die Decke vollgeräumten Keller angeboten, unter der Vorraussetzung, dass er es fit machte. Er war als Fahrradschrauber weder talentiert noch leidenschaftlich. Aber mit den platten Reifen kam er klar, und er fummelte auch noch an der Sieben-Gang-Schaltung herum, bis sich wenigstens zwei Gänge schalten ließen.

Während er auf dem geschotterten Hof eine Proberunde drehte, klingelte Maga wieder an. Er ging davon aus, dass sie ihre Pläne wieder über den Haufen geworfen hatte und wartete das letzte Klingeln ab. Zwei Minuten später kam eine SMS von ihr:

Ich komme doch nicht. Geht nicht.

Ist mir eben erst klar geworden.

Er fuhr zum Ringkøbing Fjord, einem 200 Meter von der Küste entfernten Binnengewässer. Er zog sich aus, wollte die unguten Gefühle ersäufen, aber selbst 50 Meter vom Ufer reichte das Wasser ihm nur bis in den Schritt. Kalt wurde ihm trotzdem, weil er nach dem Bad nichts hatte, um sich abzutrocknen. Er wünschte sich einen widerlichen Herbsttag, damit er gegen den Sturm radeln und seinen Frust in den nassen Sand treten konnte. Eine halbe Stunde später saß er mit zwei schwulen Rentnern in der Cafeteria eines Wellnessbades und begoss seinen fabelhaften Ausflug mit drei Pils. Danach fuhr er angetüdelt zum Strand, legte sich in den Windschatten zwischen den Dünen und erwachte weitere anderthalb Stunden später mit einer krebsroten Brust.

Er radelte zwischen in Sand gegossenen Hügeln entlang, über denen spitzgiebelige, bunte Holzhäuschen verteilt waren. Von seinem Vorderrad schnellten Schottersteine zu den Seiten weg. Nach und nach sättigte sein Blut sich mit der Ruhe, die die Landschaft verbreitete. Etwa zehn Kilometer nordwärts überholte ihn eine vierköpfige Familie. Das kleinere Kind war noch mit Stützrädern unterwegs. Er konnte nicht verstehen, was es sagte, als es ihn rechts liegen ließ, aber er fragte sich, ob er zwangsläufig Verlierer wäre, wenn dieses Kind sich als Gewinner fühlte. Gewinner und Verlierer klebten jetzt an seinen Pedalen, wechselten sich fortwährend ab, und als er dieselbe Familie auf der Aussichtsplattform eines Turmes wieder traf, hatte er ein klares Urteil in dieser Sache noch nicht gefällt.

22

Obwohl Walter davon ausging, nur ein paar Tage unterwegs zu sein, wollte er vor seiner Abreise alles in Ordnung bringen. Am Freitag drehte er auf seinem kleinen Traktor eine Runde über den Weinberg. Am Samstag besorgte er sich im benachbarten Städtchen einen Reisekoffer. Der Verkäufer, ein ehemaliger Klassenkamerad von Johannes, warnte vor den Trickdieben, Drogenabhängigen und Obdachlosen, die sich am Hamburger Hauptbahnhof herumtrieben. Walter gab doppelt so viel Geld aus, wie er eingeplant hatte, und kaufte einen Hartschalenkoffer mit Schlüsselkarte und Safety-Garantie.

Wieder daheim kontrollierte er seinen Kühlschrank auf verderbliche Lebensmittel, ließ sämtliche Rollläden herab, wischte Böden, saugte Teppiche und legte den Reiseführer aus der Leihbücherei bereit. Er manövrierte meistens ohne Licht durch seinen Hausflur. Nicht weil er geizig gewesen wäre, sondern weil ihm die Umwelt am Herzen lag und er sich auf seine betuliche Art darum kümmerte. Er ließ Auto und Postauto nach Möglichkeit im Leerlauf bergab rollen, trennte seinen Müll penibel und hatte bereits vor Jahren eine Fotovoltaikanlage auf dem Hausdach installieren lassen.

Nun stolperte er in der Dunkelheit über den Geschenkkorb, den er in der Garderobe hatte stehen lassen. Er schlug den gequetschten Finger gegen die Wand, ging zu Boden, und als er sich aufgerappelt und Licht gemacht hatte, fand er Obst, Gemüse, Schinken, Käse und zwei Flaschen Wein in paradiesischer Fülle über den Steinboden verteilt. Er bückte sich nach einer Banane und entdeckte, haarscharf neben dem Treppenabgang, ein Paketwagenmodell aus Plastik, das mit drehenden Rädern auf dem Dach schaukelte.

Er ließ fürs Erste alles liegen und wickelte über dem Waschbecken die Binde von seinem Finger. Mit jeder Schicht wurde der Blutfleck größer. Am Ende musste er ein paar Textilfasern aus dem verklebten Nagelbett lösen. Er bemitleidete sich reichlich. Andererseits hatte er so wenigstens etwas, von dem er Johannes erzählen konnte. Der Nagel haftete nur noch in der Mitte und ließ sich hin und her kippeln.

»Man fragt sich, warum man sich diese Reise antut, wo man hier doch alles hat?«, sagte er.

In den Tagen mit Thommy waren ihm diese Monologe abgegangen. Dass er an seiner Seite still geblieben war, hielt er für eine Selbstverständlichkeit, aber Thommys permanente Anwesenheit hatte ihn so sehr aus dem Tritt gebracht, dass er sich nicht einmal unter seiner Bettdecke wirklich alleine fühlte und manchmal mit den Füßen tastete, ob da nicht noch jemand war. Nun sprudelte es nur so aus ihm heraus. Er zitierte aus Trefflers Rede, aus Marios Puffgeschichten, aus Thommys drängelnden Nachfragen. Als sie im Radio vor Unwettern in Hamburg und Schleswig-Holstein warnten und zehn Kilometer Stau nach einem Unfall im Elbtunnel meldeten, sagte er: »Dann hat man sich gedacht, man ist auf dem Weg zum Mittelpunkt der Welt.«

Er sammelte den Inhalt des Geschenkkorbs zusammen und entkorkte am Küchentisch eine Flasche Württemberger Spät-

burgunder. Im Wohnzimmerschrank fand er Weingläser. Völlig
verstaubt. Sie waren ein Hochzeitsgeschenk gewesen. Höchst-
wahrscheinlich unbenutzt. Er nahm eins davon und rieb es mit
einem Geschirrtuch ab. Zuerst ließ er den Wein darin kreisen.
Den ersten Schluck wälzte er lange im Mund. Den zweiten und
dritten nicht ganz so lang. Das zweite Glas setzte er direkt an.
Er versuchte, den Wein zu beschreiben, als wäre er ein Mensch.
Er ließ die Leute Revue passieren, mit denen er zuletzt zu tun
gehabt hatte. War der Spätburgunder leicht und herzlich wie
Kemal? Muffig wie Frau Weigand? Oder schwerfällig und übertrieben süß wie Anita? Eine Mischung aus Frau Weigand und
Anita am ehesten. Muffig, schwerfällig und übertrieben süß. Um
seine Methode zu überprüfen, machte er sein Glas leer, spülte es
aus und öffnete die zweite Flasche. Es war ein Bordeauxwein. Er
biss von einer Banane, in der Hoffnung, ihre Süße würde den
Geschmack in seinem Mund neutralisieren. Er schwenkte das
Glas vor der Lampe über dem Tisch. Der Wein züngelte in zähen,
dunklen Schlieren von den Rändern herab. Walter hielt die Nase
über das Glas und genehmigte sich ein paar Schlucke.

»Wie rostfarbene Chrysanthemen«, murmelte er. »Ein lichter
Flur mit Dielen aus geräucherter Roteiche. Ein besonderer Tropfen, oder … was meinen Sie, Frau Fall? Oder, wenn Sie gestatten,
dürfte man Sie Madeleine nennen?«

Sein Schlaf war bevölkert von allerlei Gesindel, das durch
schummrige Straßen kroch. Eine Hand griff nach seinem Koffer. Er trug einen Schlüssel um den Hals, irrte durch verwin-
kelte Gassen, landete vor einer altertümlichen Holztür, wollte
aufschließen, aber die Tür wich vor ihm zurück. Er machte den
Ellbogen gerade, sein Arm wurde länger und länger, er ging auf
die Tür zu, kam aber nicht näher, und als er doch näher kam,
saß er in seinem Paketwagen, raste auf ein Loch zu, das sich als
Tunnel entpuppte, und sah vor sich das rot blinkende Ende einer
Autoschlange. Er trat auf die Bremse, aber sie reagierte nicht. Er

stotterte, aber nichts geschah. Er riss das Lenkrad herum, knallte durch eine Absperrung und wachte auf.

Kalter Wein rann an seinem Hals herab, als er den Kopf vom Tischtuch nahm. Beschämt zog er sein Hemd aus, zerriss es und brachte die Fetzen zu seiner Lappensammlung im Keller. Neben einem alten Waschmittelkarton stand noch Emilies Djembe. Und ein Karton mit den Unterlagen von ihrem Fernstudium. Und in einer anderen Ecke ihr Fußwannenwagen.

Er hatte damals einfach weitergemacht. Die Jugendstilwaage nach rechts gerückt. Den Fernseher auf den Dachboden getragen. Zum Abendessen für sich und Johannes Spiegeleier gebraten. Sich angewöhnt, jeden Abend eine Stunde Haushalt zu machen und an seinem freien Tag drei.

Die Sonne streckte die Schatten bis an die Schmerzgrenze, als über einem Grasbuckel die Dächer von Hvide Sande auftauchten. Johannes wollte noch eine Büchse Heringe und Brot für sein Abendessen einkaufen, überquerte die Einfahrt zum putzigen Fischerei- und Segelhafen, da blockierte für einen Augenblick das Steuerlager des Herbergsrades. Er hielt auf den Bordstein zu, das Steuerlager machte wieder auf, und aus seiner Gegenbewegung brach eine Dynamik heraus, die er nicht mehr kontrollieren konnte.

Er schoss über den Lenker, überschlug sich und blieb liegen. Als er zu sich kam, krabbelten die Schmerzen in unüberschaubarer Vielzahl durch seinen Körper und sammelten sich allmählich im Nacken- und Brustbereich. Er hatte keine Ahnung, wo er war und wie lange er lag. Da gab es eine warme, mit scharfen Spitzen übersäte Ebene unter seinem Rücken. Eine Kante in seinem Nacken. Einen lauen Wind über seiner Stirn.

Mein Haupt und Glieder
die lagen darnieder,

dachte er. Er musste kreuz und quer über eine Straße verteilt liegen. Er ahnte, dass sich diese Straße in Dänemark befand. Er wollte sich aufsetzen, Ordnung in Haupt und Glieder bringen, aber schon beim Gedanken an eine sich anspannende Bauchmuskulatur kochten seine Schmerzen über. Seine Zunge ballte sich so fest in den Gaumen, dass er bezweifelte, damit je wieder ein Wort formen zu können. Der Sprachapparat war zwar nicht das größte Kapital eines Fahrradkuriers, aber froh machte ihn das dennoch nicht. Er wünschte, er könnte seinen Oberkörper in den Asphalt sinken lassen. Bestimmt würde er sich dann besser fühlen.

Die güldne Sonne,
voll Freud und Wonne,

dachte er und versuchte erst gar nicht, die Augen zu öffnen, weil bereits das gedämpfte Licht, das durch seine Lider drang, Nadeln über seine Nervenbahnen jagte. Er dachte, dass die Berufsgenossenschaft ein Segen wäre, wenn er ihr diesen Unfall als Arbeitsunfall verkaufen könnte. Er fragte sich, ob er wohl noch eine Auslandskrankenversicherung hatte. Er dachte an das hinterhältige Fahrrad des Herbergsvaters und fragte sich, ob er ihn auf Schmerzensgeld verklagen konnte? Er fragte sich, warum er Walter immer beim Vornamen rief, warum nicht Vater oder Papa? Er dachte an Leute, die ihre Väter seit der Geburt eigener Kinder Großvater, Opa, oder – im schlimmsten Fall – Opapa nannten. Er dachte, dass er sich darum nun wirklich keine Sorgen machen musste. Er dachte, was auch immer er sich geprellt oder gebrochen hatte, er konnte es sich so wenig leisten wie eine eingedrückte Hirnrinde. Er dachte daran, wie Pfarrer Lembrecht ihn im Konfirmandenunterricht erwischt hatte, als er schwer bewaffnete Russen in ein Gesangbuch kritzelte, woraufhin er das Lied auf der betroffenen Seite auswendig lernen und vor der ganzen Gruppe vorsingen musste, obwohl er mitten im Stimmbruch steckte und krächzte wie ein Rabe.

Menschliches Wesen,
was ist's?
Gewesen!

In einer Stunde
Geht es zu Grunde,
sobald die Lüfte
des Todes dreinwehn,
dachte er.

Er dachte, wenn er zwei, drei Wochen nicht fahren konnte, hatte er ein Problem. Dann hatte er kein Geld für die Miete, kein Geld für die Krankenversicherung und schon gar kein Geld, um im Januar in den Süden zu fahren und sich besagte Gedanken über ein längerfristiges Morgen zu machen. Er dachte, dass er wahrscheinlich nicht hier auf der Straße liegen würde, wenn Maga sich nicht so gehabt hätte.

Willst du mir geben,
womit mein Leben
ich kann ernähren?
dachte er.

Herr, regiere,
mich lenke und führe,
wie dir's gefället,
ich habe gestellet,
alles in Deine Beliebung und Hand,
dachte er.

Wenn wir uns legen,
so ist er zugegen,
dachte er, und weil ihm dieser Vers in dieser Situation komisch und passend vorkam, sah der Angler, der zu Hilfe geeilt war, einen augenscheinlich beschädigten, aber lächelnden Johannes Schmeck über dem Bordstein liegen.

Kreuz und Elende,
das nimmt ein Ende;
nach Meeresbrausen
und Windessausen,
leuchtet der Sonne erwünschtes Gesicht,

dachte Johannes und das orangefarbene Leuchten jenseits seiner Augendeckel blendete zu einem fruchtbaren Grün über, als der Angler neben seinem Kopf in die Knie ging und etwas sagte, das nach einer freundlichen Begrüßung klang.

»Deutsch? Englisch?«, sagte Johannes und war überrascht, dass der Klumpen in seinem Gaumen wieder zur Zunge geworden war. »Hast du Schmerzen?«, sagte der Angler.

Johannes öffnete vorsichtig die Augen und beschränkte sich intuitiv auf ein Liderzucken. Er versuchte wieder, Ordnung in seine Gliedmaßen zu bringen. Er begann bei den Fingern der linken Hand. Sie folgten seinen Befehlen tadellos. Er versuchte es bei der rechten Hand. Er beugte die Finger nur im letzten Glied, und die Schmerzen wurden so stramm, dass er sie augenblicklich in die Ausgangsposition zurückschnellen ließ.

Über ihn legte sich eine Decke besorgter Stimmen. Etliche Nasenlöcher waren zu Hilfe geeilt. Er fürchtete, dass ein Schlüssel oder ein Telefon aus einer Hand oder Hemdtasche fallen und ihn durch den Erdball drücken könnte. Als ein Martinshorn direkt vor seinen Trommelfellen losheulte, stöhnte er auf. Der Angler drückte seine linke Hand. Die Nasen traten zur Seite. Ein zweiköpfiger Herr in Weiß beugte sich über ihn, leuchtete in seine Augen, fühlte seinen Puls und steckte ihm eine Kanüle in den Arm.

»You should feel better in a minute«, sagte jemand.

Innerhalb weniger Sekunden war der Schmerz aus seinem Körper gespült und durch Wohlbefinden ersetzt.

Ich bin so müde, dachte er. Die Schafe zählen mich.

Walters Fingerknöchel schimmerten blau über dem ergonomisch gewellten Griff des Hartschalenkoffers. Ringsum strömten Reisende zu den Treppen, die vom Bahnsteig führten. Er zuckte unter den Flügelschlägen einer von den Gleisen aufflatternden Taube zur Seite. Vor ihm kneteten stummelige Finger einen Frauenhintern, über dem eine Jeans spannte. Eine an einem Rucksack festgezurrte Schlafmatte traf ihn am Hinterkopf.

»Passen Sie doch auf«, sagte er zu sich selbst.

Ein paar Schritte bewegte er sich mit der Strömung, dann blieb der Backpacker vor ihm stehen und drehte sich eine Zigarette. Walter zwängte sich an ihm vorbei. Die durch die Bahnhofshalle tönenden Fußball-Fangesänge waren für ihn nur eine Woge in einem ganzen Meer von Gegenwart. Er erkannte den akkuraten Bürstenhaarschnitt der Dame, die im Zug auf dem Platz über dem Gang gesessen hatte, grüßte kaum hörbar, aber sie reagierte nicht. Ein Mädchen mit einem Cello auf dem Rücken quetschte sich durch die Menge. Ein Stück weiter stand ein junger Mann auf einer Bank und winkte ihr mit einem Rosenstrauß. Eine Ansage donnerte über das Gleis. Das Cello war mittlerweile auf

Höhe der Bank angekommen, das Mädchen sprang in die Arme des Mannes, die Rosen fielen hinter ihrem Rücken aus Walters Blickfeld. Sie umarmten und küssten sich, standen inmitten des Menschenstroms, wie ein Denkmal für die zeitraubende Kraft der Liebe.

Walter erreichte den Fuß der Treppe. Eine Getränkedose auf dem Nachbargleis wurde von einem Zug zermalmt. Zwei Zugbegleiter gingen an ihm vorbei. Das Pärchen stieg von seinem Sockel, der junge Mann bückte sich, tauschte den Rosenstrauß gegen ihren Trolley und ihre Hand, und wenig später stand Walter vollkommen alleine auf dem Bahnsteig.

Er drückte sich auf die Zehenspitzen, hob seinen Koffer an, und kämpfte ihn mit einem Knie über die Kante zum Gepäckband. Gemächlich ging er neben dem Koffer her. Oben an der Treppe stand eine junge Frau. Sie klopfte mit der Spitze eines Stiefels auf die untere Querstrebe des Geländers, ließ ihn nicht aus den Augen und als er den rechten Fuß auf die letzte Treppenstufe setzte, fragte sie, ob er Hilfe brauche.

»Bezirksamt Eimsbüttel«, las er stockend von einem Notizzettel, den er in seinen Reiseführer gesteckt hatte. »Dort wohnt mein Sohn.«

»Bus nach Büttel? Zeige ich Ihnen.«

Walter stellte den Koffer auf der Freifläche an der hinteren Tür ab und klammerte sich an die Haltestange. Während er die Stopps an den Fingern mitzählte, poppten in seiner Vorstellung die Vorstrafenregister der Mitpassagiere auf. An der fünften Haltestelle stieg er aus. In seinem Rücken toste eine geschäftige Kreuzung. Vor ihm befanden sich schattige Grünflächen. Das glich in etwa dem, was er sich anhand von Johannes' Wegbeschreibung vorgestellt hatte.

Das Hochdruckgebiet aus Dänemark hatte sich mittlerweile bis Hamburg ausgedehnt. Vor einer Kneipe im Erdgeschoss eines breitschultrigen, gelb geklinkerten Wohnriegels saßen die Gäste mit Wolldecken über den Schenkeln bei Bier und Kaffee. Einige von den Balkonen darüber waren ebenfalls bevölkert. Walter folgte einem Fußweg zwischen dem Wohnriegel und frisch gestutzten Taxushecken. Ein entgegenkommender Hund preschte nach vorne und stellte sich die Zähne fletschend in die Leine. »Keine Angst«, erklärte sein Herrchen. »Dat ist nur wegen Ihrem Koffer. Der is schon was älter. Sieht nicht mehr so gut, wissen se. Dem ist nicht klar, was für ein harmloses Vieh Sie da an der Leine haben.«

Walter verstand nur die Hälfte von dem, was er sagte. Er nickte trotzdem eifrig und ging weiter. Nach etwa 50 Metern öffnete sich vor ihm ein Panorama. Ein zweiter Wohnriegel links, vier weitere rechts, jeweils auf Lücke zueinander stehend. Dazwischen hätten Fußballfelder Platz gehabt. Auf einer Parkbank saß ein Mädchen und telefonierte. Sie sagte, sie sei im Wald am Grindel. Walter zählte die Bäume. »Siebenundzwanzig Bäume nennt man hier einen Wald«, murmelte er ein paar Schritte weiter vor sich hin, und darüber amüsierte er sich, bis er vor dem Eingang mit der Nummer 31 stand.

Sofort fand er den Namen *Schmeck* auf dem Klingelbrett. Offenbar hatte nicht alles, was in seinem Berufsleben nützlich gewesen war, seinen Wert verloren. Darüber war er froh. Er drückte den Klingelknopf und wartete. Nichts geschah. Er legte seine Handflächen an die Schläfen und schaute durch die Fensterfront ins Treppenhaus. Eine dürre Frau trat aus einem der beiden Fahrstühle. In der Tür fragte sie, ob er hereinwollte.

»Danke, nein«, sagte er.

Sie ließ die Tür zufallen und verschwand. Walter klingelte ein zweites Mal und legte ein Ohr an die Schlitze der Sprechanlage. Zu hören gab es nichts, aber von den Mülltonnen in einem Holzverschlag in ein paar Metern Entfernung wehte ein fauliger Mief herüber. Er klingelte wieder, und er klingelte *unmäßig lange.* Das war ein Begriff aus einer Mitarbeiterschulung zum Thema *Kommunikation zwischen Tür und Angel.* Der Paketpostler hatte das unmäßig lange Drücken der Klingel unbedingt zu vermeiden. Paketpostler bin ich nun ja nicht mehr, dachte er und hielt den Knopf eine halbe Minute gedrückt. Ein stumpfer Hall aus der Gegensprechanlage schluckte die Hoffnung, dass Johannes ihn endlich hereinlassen würde.

Er trat ein paar Schritte zurück und zählte die übereinanderliegenden Fensterreihen. Im elften Stock wohnte Johannes. Da war kein Licht zu sehen, keine Dekorationen, niemand, der aus dem Fenster sah und ihn erwartete. Er überschlug, dass im gesamten Block mindestens 400 Menschen wohnen mussten. Die Vorstellung von so viel Leben auf so engem Raum schnürte ihm für einen Augenblick die Luft ab. Der Begriff *Artgerechte Haltung* blitzte in seinem Bewusstsein auf und er konnte nicht nachvollziehen, warum Johannes sein Leben in dieser feindseligen Umgebung und nicht in Baden verbringen wollte.

Vor den Stufen zum Hauseingang stand nun eine alte Dame leicht über einen Rollator gebeugt. Sie legte eine Hand ans Geländer, hob einen klumpigen Fuß auf die unterste Stufe und zog den normal geformten Fuß hinterher. Walter bot seine Hilfe an.

»Ja, das wäre sehr nett, junger Mann«, sagte sie, ohne aufzuschauen.

Er nahm ihren Rollator, ließ sie unterhaken und begleitete sie vor die Tür.

»Wirklich sehr zuvorkommend«, sagte sie und wühlte in ihrer Handtasche.

»Eventuell können sie mir ebenfalls behilflich sein. Ich suche nämlich meinen Sohn. Der wohnt hier.«

»Und wo wohnt der, dein Jung?«

»Hier. Brahmsallee, Nummer 31.«

»Das denke ich mir schon. Ich bin ja nicht blöd, näch. Aber auf welchem Stock wohnt der denn?«

»Im elften.«

»Was du nicht sachst? Der Jung auf dem Elften ist dein Sohn?«
Sie begutachtete ihn durch schlierige Brillengläser, die ihre Augen am Grund eines tiefen Gewässers versenkten. »Ein höflicher junger Mann, aber weißt du, ich wohne direkt darunter und manchmal frage ich mich, was der da oben eigentlich treibt? Der marschiert jeden Morgen mit Kampfstiefeln im Flur auf und ab. Da klappert mir das Porzellan im Buffet. Und dann hört der immer Polizeifunk oder so einen arabischen Propagandasender. Ich sach dir, das ist gut, dass du mal nach dem Rechten siehst. Irgendwas ist da nämlich im Busch.«

Ihr irres Lachen brachte Zähne zum Vorschein, die von den dazwischen sitzenden Zahnsteinbrocken kaum zu unterscheiden waren. Walter starrte gebannt in ihren Mund. Er konnte sich nicht vorstellen, dass Johannes in kriminelle Machenschaften verstrickt war, aber welcher Vater konnte das schon? Zunächst hatte die Dame ihn an Frau Weigand und andere geschwätzige Hausfrauen im Zweiundzwanziger erinnert. Seit ihrem Lachen war ihm klar, dass hier ein paar Schräubchen mehr locker waren. Er wollte sagen, dass es ihm leidtat, er aber nicht wusste, was sein Sohn in seiner Wohnung trieb, weil er noch nie dort gewesen war. Doch die Frau ließ ihn nicht zu Wort kommen.

»Schuld an der ganzen Geschichte ist ja dieser Boden, näch. Den hat der Bruder von Frau Mincke, der jungen Dame, die vor deinem Jung dort oben gehaust hat, eigenhändig verlegt. Aber dabei muss etwas schief gelaufen sein. Seit der Boden da ist, höre ich alles, was da oben passiert. Glockenklar, sach ich dir. Jeden Schritt. Jedes Wort. Alles. Leider, dachte ich am Anfang ja noch. Weißt du, ich bin mit sieben chronischen Krankheiten und einer massiven Sehschwäche geschlagen, aber mein Gehör, das funktioniert wie bei so 'ner Eule … Jedenfalls, ein paar Tage nachdem die Mincke da eingezogen war, wusste ich mehr über die als über die zwanzig Chinesen, die dort vorher gewohnt hatten. Da war zuerst immer so ein Wimmern, eigentlich nicht weiter störend, nur ein bisschen trist. Aber bald kamen die Nadeln hinzu. Da hat das arme Ding versucht, sich das Leid aus der Seele zu pulen. Hat natürlich nie funktioniert, und das hat die so geärgert, dass sie ihr nutzloses Werkzeug auf diesen Boden geschleudert hat.«

Sie löste die linke Hand vom Griff des Rollators und bildete eine patschige Faust. Walter machte einen vorsichtigen Schritt nach hinten und sah, ob jemand in der Nähe war, der ihm helfen konnte, falls sie nun ausfällig wurde oder ihn gar angriff. Sie hob den entsprechenden Unterarm ein paar Grad über die Waagerechte, bog das Handgelenk nach oben, streckte den Arm Richtung Bodenplatten und öffnete die Faust. Ein Keuchen zeigte an, dass dieser Bewegungsablauf sie viel Kraft gekostet hatte. Walter ging davon aus, Zeuge eines kleinen Anfalls geworden zu sein, dachte darüber nach, wo er Hilfe holen könnte, aber im nächsten Moment nahm sie ihn wieder ins Visier, hob die Hand vor ihr Gesicht, stellte den Zeigefinger heraus und fuhr fort.

»So doll muss die die Nadeln auf den Boden gepfeffert haben.« Sie wiederholte ihr kleines Theater. Nun war sie in Fahrt gekommen. Sie arbeitete sich doppelt so schnell bis zur geöffneten Faust durch und verzichtete auf das finale Keuchen. »Das glaubt man nicht, aber ich bin zusammengezuckt. Ständig dieses böse Klimpern, ihre schlurfenden Schritte und dann die dumpfen Schläge. Das arme Ding schlug ihr zierliches Köpfchen gegen die Wände, und irgendwann fing sie an, sich auf den Boden zu kauern, das Köpfchen mit dem letzten bisschen Kraft, das ihr noch blieb, anzuheben und es im nächsten Moment auf das Laminat krachen zu lassen, als wär's eine Abrissbirne.«

Walter räusperte sich und tippte auf seine Armbanduhr. Ich müsste dann mal, wollte er sagen, aber die Frau trat wieder näher an ihn heran, legte vertraulich ihre feuchtkalte Hand auf die Hand, mit der er den Koffer hielt, und redete einfach weiter.

»Und eines schönen Morgens, mein Jung, zerschmiss sie dann ihr ganzes Hab und Gut. Das war vielleicht was. Ich bin ja selber nicht ganz im Lot. Ich hatte eine schlimme Ehe, weißt du. Mein Mann hat gesoffen, sach ich dir. Und ab anderthalb, zwei Promille, da ist dem auch gerne mal die Hand ausgerutscht. War ich froh, als den der Zirrhosetod geholt hat.«

Walter dachte an Herrn Küng, der im selben Haus wie Frau Weigand lebte. Zuerst verlor er die Arbeit und stand nicht mehr auf. Immer wenn Walter ein Paket für ihn hatte, kam er im Schlafanzug an die Wohnungstür und egal ob Walter um neun oder um zwölf zu ihm kam, behauptete er, endlich Urlaub zu haben und gerade erst aufgestanden zu sein. Walter wünschte dann immer »gute Erholung«. Später wurde Küng dann von seiner Frau verlassen. Er sagte Walter nichts davon, und Walter hätte auch nie nachgefragt, aber Herr Küng hatte bis dahin *Küng-Pinner* auf einem mit zwei Schrauben über der Klingel befestigten Aluminiumschild stehen gehabt, und eines Tages war es hinter *Küng* einfach abgesägt und manchmal hing es herab und Walter schob es dann wieder in die Waagerechte. Er fragte sich, ob er darüber Thommy hätte unterrichten sollen und ob Herr Küng Thommy wohl auch von seinem Urlaub erzählte, und was Thommy dazu wohl sagte.

»Jedenfalls, die Vorstellung, von all dem zerbrochenen Geschirr dort oben hat mein schwaches Herz aus dem Tritt geboxt. Ich hab alle meine Ärzte abtelefoniert, aber keiner hatte einen Termin mit weniger als einer halben Woche Wartezeit, und das – also, in so einer Situation so allein gelassen zu werden – das hat mir natürlich auch zugesetzt, näch. Dann bin ich auf den Balkon, meine Geranien gießen und durchatmen, damit ich zur Ruhe komme, und dann stehe ich da, und da flattert vor mir etwas vorbei und kracht auf das Vordach unten. Da war das die Mincke.«

Sie holte Luft und sah Walter mit großen Augen an. Walter hätte endlich Zeit gehabt, sich zu verabschieden, aber nun wollte er wissen, was passiert war.

»Und dann?«, sagte er.

»Ich hab die schönste Blüte aus meinen Kästen hinterhergeschmissen und die Polizei gerufen. Und dann kamen die alle. Polizei und Notarzt – wobei der natürlich nur noch ihren Tod feststellen konnte – und die Presse, also die MEINUNG, die kam auch. Und ich stand einem sehr gut aussehenden Beamten Rede und Antwort, und dann hat mich ein Reporter interviewt und fotografiert, und ich sach Ihnen, das war der schönste Tag in meinem ganzen Leben.«

Sie lächelte ein vom schaumigen Speichel in ihren Mundwinkeln verklebtes Lächeln und Walter tat sein Bestes, sich seine Irritation nicht anmerken zu lassen.

»Danach kam wieder der Bruder von der Mincke zusammen mit ein paar anderen Trampeltieren, hat einen Tag lang die Scherben zusammengekehrt und ihren Hausrat aus der Wohnung gerumpelt, und dann war Ruhe, bis dein Jung da einzog. Aber ich sach dir, das war die Ruhe vor dem Sturm. Dein Jung veranstaltet da oben Trainingslager. Der übt da oben für Selbstmordattentate. Das ist ja alles nichts Neues, in Hamburger Hochhäusern, sach ich mal.«

Sie nickte bedeutsam.

»Du kannst gerne mit mir hochkommen. Dann trinken wir ein Tässchen Tee, und wenn du magst, hab ich da auch was Rum rein, und dann hörst du schon, wenn dein Jung nach Hause kommt. Und dann redest du dem mal ins Gewissen. Er soll sich nicht gehen lassen. Es gibt für alles eine Lösung. Eine bessere jedenfalls, als sich in die Luft zu sprengen.«

Walter lehnte dankend ab.

»Wer nicht will«, sagte sie, zitterte den Haustürschlüssel Richtung Schloss, traf aber nicht.

Walter wollte ihre Hand führen. Sie stieß ihn zur Seite.

»Untersteh dich. Mein Schlüssel gehört mir«, sagte sie, versenkte den Schlüssel, schloss auf und kämpfte sich mitsamt Rollator durch die Tür.

Walter warf wieder einen Blick auf das Klingelbrett. Wenn nicht alles täuschte, hatte er das Vergnügen mit Frau Dombrowski gehabt. Davon musste er Johannes erzählen, falls er ihn je zu Gesicht bekam.

Während die Dämmerung allmählich einer eisigen Dunkelheit wich, patrouillierte Walter mit seinem Koffer vor dem Block auf und ab. Durch insgesamt sieben Haustüren gingen Leute aus und ein. Manche kamen ihm verschroben vor, einige gefährlich, aber die meisten sehr gewöhnlich. In einer der unteren Wohnungen brach ein Pärchenstreit aus. Eine Frau kreischte »perverser Wichser«, ein Mann brüllte, sie möge endlich mit ihrer Herzscheiße aufhören, und einen Augenblick später knallte eine Tür. Walter inspizierte derweil die Bäume. Er meinte, dass sie im Süden noch mehr Blätter trugen, aber vielleicht machten den Unterschied die unfassbar langen Stunden, die seit seiner Abreise vergangen waren.

Er war ohne konkrete Erwartungen nach Hamburg gefahren, aber selbst das bisschen Ungefähres, mit dem er gerechnet hatte, war mit dieser Wirklichkeit beim besten Willen nicht unter einen Hut zu bekommen.

Als vor der 31 ein Transporter hielt, ein junger Mann mit halblangen Prinzenhaaren heraussprang und mit betont männlichem Gang auf Walter zukam, glich der einem in einer Menschenmenge verlorenen Jungen.

»Moin. Ich bin Oli. Sie müssen Johannes' Vater sein.«
Oli schüttelte Walters Hand und erklärte, dass Johannes in Dänemark mit dem Fahrrad gestürzt und am Schlüsselbein operiert worden war und die Nacht im Krankenhaus verbringen musste. »Sie kommen jetzt mit zu mir nach Hause, schlafen sich aus, und morgen holen wir Johannes nach Hamburg zurück.«

Walter schlief auf Olis Wohnzimmercouch, zwischen Bierkistentürmen, die noch von der Party übrig waren, verdreckten Mountainbikes und Motocrosspostern, beschallt von regem Verkehr und dem Gejohle angetrunkener Reeperbahnheimkehrer. Sein Schlaf hielt sich an der Oberfläche. In der Morgendämmerung saß er fröstelnd auf der Kante des Bettes und es war ihm unmöglich, die Vorstellung, demnächst wieder den Zweiundzwanziger zu fahren, nicht in lieblichen Farben zu malen.

Beim Frühstück schaute er tranig auf die vernachlässigte Küchenzeile. Oli erzählte Geschichten, als müsste er für jede Sekunde, in der er schwieg, teuer bezahlen. Leyla saß mit Augen voller Schlaf daneben und lächelte. Walter hielt sich an sein hart gekochtes Ei, das in einem Becher mit angeschlagener Reliefnase und Schmunzelgesicht hockte und war heilfroh, als Oli mit einem Telefonat in den Flur verschwand. Die Gegenwart drohte ihn zu überfluten.

»Was ich mir schon dachte: Vielleicht hilft Jo die Zwangspause jetzt, dass er endlich mal was anderes angeht. Der ist als Kurier doch unterfordert«, sagte Leyla, der das Schweigen unangenehm war.

»Kann sein«, sagte Walter, hüstelte und zuckte zusammen, weil er mit einem Fuß unter dem Tisch versehentlich Leyla berührt hatte.

Sie fragte, ob alles in Ordnung war.

»Wissen Sie, ich bin bis letzte Woche den Zweiundzwanziger gefahren, und jetzt ist mir alles ein bisschen viel.«

»Wird schon«, sagte sie, obwohl sie weder eine Ahnung hatte, was der Zweiundzwanziger war, noch eine Vorstellung, wie weit außerhalb seiner Komfortzone Walter sich in diesem Augenblick befand.

Oli kehrte aus dem Flur zurück.

»Verstehe. Klar. Was muss, das muss. Ich bekomme das schon geregelt«, sagte er noch, dann legte er sein Telefon auf den Tisch und setzte sich wieder.

»Was ist los?«, sagte Leyla.

»Kuno«, sagte Oli.

»Kuno ist sein Chef«, sagte Leyla. »Was will er?«

»So ein Agenturfuzzi meint, wir müssen die Szene von gestern neu drehen … Walter, ich kann nicht mit nach Dänemark. Du nimmst mein Auto und fährst allein. Sollte kein Problem sein für einen Paketfahrer, oder?«

Walters längste Autofahrt war die Fahrt in die Flitterwochen im Tessin gewesen. Damals hatte er sich dermaßen verfranst, dass er sich schwor, den Radius von 50 Kilometern um sein Heimatdorf mit dem Auto nie wieder zu verlassen. Er hatte diesen Vorsatz nie als Einschränkung empfunden. Nun saß er in Olis Transporter, dessen Himmel von einem dunkleren Grau als der des Paketwagens war und wurde von einer lasziven Frauenstimme aus der Stadt und nach Norden gelotst. Er lief auf Reserve und hoffte nur, die Außerplanmäßigkeiten bald gemeistert zu haben und sein Pensionärsleben zu beginnen.

Er ging nicht auf Zehenspitzen, aber er ging leise. Zunächst sah er nur den grauen Haarschopf im Bett am Fenster, dann das leere Bett in der Mitte, dann Johannes. Er hüstelte. Johannes öffnete die Augen.

»Du machst aber Sachen«, sagte Walter.

»Walter?«, sagte Johannes.

Walter machte Anstalten, Johannes die Hand zu reichen, ließ sie aber auf halbem Weg sinken. Er beugte sich nach vorne, fragte, wie es ging, wann er operiert worden war, was überhaupt passiert war, ob er Schmerzen habe. Johannes schwieg. Walter fragte, ob alles in Ordnung war. Johannes schwieg weiter. »Im Großen und Ganzen?«, sagte Walter.

Selbst empathischere Charaktere als er hätten Probleme gehabt, den Ausdruck auf Johannes' Gesicht zu deuten, aber sie hätten es versucht. Walter überkam in Gegenwart emotionaler Unschärfen ein Pantoffelgefühl, das er stillschweigend hinnahm. Beim Anblick der Wasserflasche auf dem Nachttisch fiel ihm auf, dass er seit dem Frühstück weder gegessen noch getrunken hatte.

»Darf ich einen Schluck?«, sagte er.

»Klar.«

Nach und nach beantwortete Johannes Walters Fragen doch, wenn auch sehr knapp und träge und ständig unterbrochen vom Stöhnen aus dem Bett am Fenster. Walter hatte insgeheim befürchtet, jemandem zu begegnen, der ihn weit hinter sich gelassen hatte. Aber diesen Johannes kannte er ganz gut. Das gab ihm Selbstvertrauen.

»Und, wann können wir nach Hamburg fahren?«, sagte er.

Johannes äffte ihn nach.

»Die Frage wird ja wohl erlaubt sein«, sagte Walter.

»Du hast ja recht. Aber mir geht gerade einfach alles auf die Nerven. Das ist bestimmt die Narkose. Ich muss anscheinend eine Erklärung unterschreiben und dann können wir nach der Mittagsvisite gehen.«

Walter nahm auf einem der Besucherstühle an der Wand gegenüber den Betten Platz. Er blätterte durch eine Illustrierte, stets bemüht, möglichst lange auf jeder Seite zu verweilen. Johannes fielen die Augen zu. Es war wie eine stille Übereinkunft zwischen dem bemoosten Stein, der ins Rollen gekommen war, und dem rollenden Stein, den der Bordstein so plötzlich ausgebremst hatte.

Nach einer halben Stunde klopfte jemand an die Zimmertür. Der Bettnachbar krächzte. Eine große, junge Frau in schlabberigen Jeans und schweren Lederstiefeln trat ein. Sie trug eine kurz geschnittene Jacke, einen grob gestrickten Schal und eine Mütze, unter der dunkelblonde Haare hervorkräuselten. Johannes sah zu Walter. Walter zuckte mit den Schultern.

»Das Profil kenne ich. Sie müssen der Vater sein. Ich bin Maga. Die Liebe seines Lebens«, sagte sie und lächelte breit.

Walter erhob sich und gab ihr die Hand.

»Freut mich. Walter.«

»Schön, Sie zu treffen. Ich habe viel von Ihnen gehört.«

Sie griff Johannes in den Nacken und strich mit einem Daumen über seine ihr zugewandte Wange.

»Na, Fahrradkurier? Warst nicht ganz bei der Sache gestern, was?«

»Das kann schon sein.«

Johannes wäre am liebsten unter der Decke verschwunden, so blass und unattraktiv fühlte er sich. Er blinzelte zu den in die Zimmerdecke eingelassenen Halogenspots, versuchte, sich an der Kunststofftriangel über dem Bett nach oben zu ziehen, ließ das aber schnell wieder bleiben.

»Leyla war so nett und hat mir Bescheid gegeben, nachdem ich ihr die Ohren vollgeheult habe, weil du nicht mehr ans Telefon gegangen bist.«

Sie zog ein Päckchen in bunt gestempeltem Packpapier aus einer Jackentasche.

»Mitbringsel«, sagte sie und half Johannes beim Auspacken.

»Was soll ich mit einem Gameboy?«, sagte Johannes.

»Mach mal an.«

Das pixelige Nintendo-Logo senkte sich vom oberen Bildschirmrand. Eine kleine Ewigkeit später stand Pacman für seine Mission bereit.

»Habe ich von Pacman erzählt?«, sagte er.

»Du hast vor allem von Pacman und deiner Heilserwartungstheorie gesprochen.«

»Und meinst du, die werden alle noch erlöst?«

»Pacman vielleicht schon.«

Er startete sein Spiel. Maga fragte, ob Walter ebenfalls ein Packmann war.

»Ich war es«, sagte Walter trocken.

»Ehrlich? Sie waren auch Kurier, oder wie?«

»Paketpostler.«

»Der Apfel fällt nicht weit vom Stamm, was?«

»So habe ich das nie gesehen«, sagte Walter und schmunzelte verlegen in sich hinein.

Johannes legte den Gameboy auf den Nachttisch. Eigentlich war er der Meinung, dass seine Familienangelegenheiten Maga nichts angingen, aber die Unbefangenheit, mit der sie seinen Vater behandelte, gefiel ihm, und ohnehin hatte er ihrer Energie wenig entgegenzusetzen.

Maga zerplauderte die Zeit bis zur Visite. Zehn Minuten danach hatte sie die Entlassungspapiere, eine Zahlungsbescheinigung für die Versicherung, eine Ruhigstellungsorthese und einen Rollstuhl besorgt. Walter packte das Gepäck zusammen, das der Herbergsvater per Taxi ins Krankenhaus geschickt hatte. Johannes ertrug das stramme Stechen nach dem Hauruck vom Bett in den kunstledernen Rollstuhlsitz, narkotisiert vom zärtlichen Auf und Ab ihrer Fingerspitzen über seiner Nackenhaut.

Auf dem Parkplatz schob Maga die Seitentür eines vw-Sharan auf. Die Bänke waren ausgebaut. Am Boden lag eine Matratze mit einer fluffigen Daunendecke darüber.

»Das ist für einen Krankentransport doch angemessen, oder was meinst du?«, sagte sie.

Olis Bus stand direkt gegenüber. Walter mittig dazwischen.

»Das Problem ist, dass Walter auch mit dem Auto gekommen ist. Ich wusste ja nicht, dass du unterwegs bist«, sagte Johannes.

»Jetzt sag bloß nicht, dass meine Spritztour umsonst war? Ich habe das Ding hier extra angemietet. Weder Kosten noch Mühen gescheut«, sagte Maga.

Johannes schaute Walter an.

»Ich wusste nicht, dass sie kommt.«

»Wir haben einiges zu besprechen«, sagte Maga. »Ihr habt dafür die Tage noch Gelegenheit genug. Ist auch bequemer für Jo.«

Böiger Wind trieb die Dunkelheit vor den Fenstern um. Walter hatte ein ausgeleiertes Spannbettlaken über das nierenförmige Wohnzimmersofa gefummelt. Der Staub auf der Stehlampe kokelte vor sich hin. Die Bettbezüge waren mit Emilies Initialen bestickt. Sein rechter Zeigefinger folgte dem Garnwulst, bis ihm das bewusst wurde. Willkommen sein, dachte er, musste sich anders anfühlen. Andererseits, welche Rolle spielte das? Spätestens am Mittwoch würde er ohnehin wieder abreisen. Bis dahin wollte er eine Fleetrundfahrt machen, das Gewürzmuseum, den Museumshafen, den Michel, den Alten Elbtunnel und den Weinberg sehen. Die entsprechenden Stichworte im Register des Reiseführers hatte er mit Post-its markiert.

Er schaute die beiden Poster an der Wand gegenüber an. Banksy und Tom Waits waren ihm kein Begriff. Aber er fand, der Affe mit der Bombe und der alte Mann ähnelten einander.

»Und dann war endlich Ruhe im Affenstall«, flüsterte er und löschte das Licht.

Am Morgen trat er in Pyjama und Pantoffeln auf die Loggia. Auf den Bänken um einen Teich hatten sich schon ein paar Trinker mit ihren Hunden versammelt. Ansonsten war nicht viel geboten: Ein Jogger. Eine Katze in einem Fenster im Block schräg gegenüber. Eine junge Frau am Herd zwei Stockwerke darüber. Er kniff die Augen zusammen. Er hätte gerne gewusst, was die Dame kochte.

Er spürte eine Bewegung in seinem Rücken und drehte sich um. Die Tür, die in den Flur führte, war im Begriff zuzufallen. Er kam einen Schritt zu spät. Das Türblatt knallte in den Rahmen. Die Scheibe darin zersplitterte und krachte auf den Boden.

»Oha«, sagte er und schaute durch den Kranz aus Glaszähnen, die noch im Türfutter steckten.

Mit einer Decke über den Schultern kam Johannes um die Ecke.

»Achtung, Scherben«, sagte Walter.

»Was du nicht sagst.«

»Das ist ganz schön zugig hier oben.«

»Kein Thema. Das ist mir auch schon passiert.«

Johannes senkte sich vorsichtig Richtung Sofa. Sein Oberkörper war steif wie ein Hemdkragen. Auf halber Höhe ging ihm die Kraft zur Langsamkeit aus. Er ließ sich vollends fallen und bei der Landung entfuhr ihm ein Stöhnen.

»Solche Schmerzen?«, sagte Walter.

»Die sind eigentlich mein kleinstes Problem.«

»Wie?«

»Viel schlimmer ist, dass ich fürs Erste nicht mehr Radfahren kann und keine Rücklagen habe, um jetzt Miete und Krankenkasse und den ganzen Kram zu bezahlen.«

»Aber hast du keine Arbeitsunfähigkeitsversicherung? Die sollte man als Selbstständiger doch haben ...«

»Das ist bei meinem Budget nicht drin. Ich kann mir kaum die Seife leisten, mit der ich mir die Hände wasche, von denen ich in den Mund lebe.«

»Aber ist das so teuer? Spare in der Zeit, dann hast du in der Not, sagt man.«

»Spar du dir lieber deine Sprichworte. Mir bleibt am Ende des Monats nichts zum Sparen. Das ist heute nicht mehr wie zu deiner Zeit, als jeder popelige Briefträger sich Mitte zwanzig den Traum vom Eigenheim erfüllen konnte.«

Die zerdepperte Tür hatte etwas von einem Raubtierrachen. Konflikte waren Walters Sache nicht. Eisiges Schweigen auch nicht. Eine Weile hielt er still, dann fragte er, ob Johannes wenigstens eine Rentenversicherung habe.

»Habe ich nicht.«

»Aber das wäre doch wichtig.«

»Kann ja sein. Aber jetzt habe ich ganz andere Sorgen.«

»Der Teufel ist die lange Bank, sagt man.«

Johannes trat Walters Reisewecker vom Couchtisch. Er knallte gegen die Wand und gab Alarm.

»Ist ja gut«, sagte Walter und verzog sich wieder auf die Loggia.

Im Block gegenüber war das Bezirksamt untergebracht. Im Moment senkte sich die Wolkendecke und schluckte die oberen Stockwerke. Die Trinker hatten aufgestockt. Der Jogger lag auf einer Bank und riss hastige Sit-ups. Die Katze und die junge Frau am Herd waren verschwunden. Johannes rief nach ihm, immer wieder, aber erst als er »bitte« hörte, streckte er den Kopf ins Wohnzimmer.

»Komm doch rein. Das wird so kalt hier.«

Walter folgte der Aufforderung.

»Tut mir leid, Walter. Die Scheiße hier verdirbt mir einfach die Laune. Bist du jetzt beleidigt?«

Walter zuckte mit den Schultern.

»Komm schon. Mir fliegt einfach gerade mein ganzes Leben um die Ohren. Das nimmt mich ziemlich mit«, sagte Johannes.

»Mich vielleicht ja auch.«

»Klar, Walter. Du hast ja recht. Hast dir deinen Ausflug wahrscheinlich auch anders vorgestellt …«

Walter hüstelte. Er war beleidigt, aber mehr als das war er süchtig nach Harmonie.

»Na ja … Wenn es sein muss, könnte ich aushelfen.«

»Wie?«

»Ich könnte dir Geld leihen.«

»Auf keinen Fall will ich Geld von dir. Ich wollte noch nie Geld von dir.«

»Aber was hast du dann vor?«

»Keine Ahnung. Sozialhilfe. Hartz IV. Wobei … das ist mir zu asozial.«

Johannes rieb die Handflächen auf dem Sofa.

»Aber von irgendetwas musst du doch leben. Bekommst du kein Krankengeld, oder so?«

»Von wem denn. Die Genossenschaft würde Krankengeld zahlen, wenn ich Mitglied wäre und mein Unfall ein Arbeitsunfall. Das ist aber beides nicht der Fall. Leider.«

»Aber was willst du dann machen? An deiner Stelle Kurier fahren kann ich wohl kaum.«

Walter sagte das nur so daher. Aber Johannes schaute auf und zum ersten Mal war in seinem Gesicht etwas Freundliches, nicht nur diese Bitterkeit.

»Warum eigentlich nicht? Du wolltest dir doch die Stadt anschauen. Dazu hättest du dann reichlich Gelegenheit. Sobald man ein bisschen Routine hat, sieht man als Kurier besser und mehr als irgendwer sonst.«

Walter schüttelte den Kopf und hörte nicht mehr auf damit. Irgendwann reicht es auch, dachte er. Irgendwann ist genug. Aber Johannes kam erst richtig in Fahrt.

»Du kennst dich null aus hier, das ist klar. Aber Problem ist das keins. Am Anfang kennt sich keiner aus. Das ist wie bei deinen Zustellbezirken auch. Das dauert ein bisschen, bis man sich so auskennt, dass es einigermaßen läuft. Ich würde sagen, nach einer Woche kennst du dich ein bisschen aus. Nach zwei Wochen ein bisschen mehr. Und nach der dritten Woche kennst du dich besser aus als die meisten, die hier ihr Leben verbracht haben. Dann kennst du dich in der schönsten Stadt Deutschlands aus wie in deiner Westentasche. Das kann doch nicht falsch sein?«

»Das kommt nicht in Frage. Ich bin viel zu alt für solche Spirenzchen.«

»Walter, das Alter spielt keine Rolle. Hamburgs ältester Kurier ist Mitte fünfzig. Aber irgendwo in Deutschland fährt einer, der ist Neunundsechzig. Es geht ja nicht darum, dass du Rekordumsätze einfährst. Ein bisschen Schadensbegrenzung hilft mir schon viel.«

»Aber ich will nicht arbeiten. Ich bin jetzt Pensionär.«

»Das ist mir schon klar, dass du nicht zum Arbeiten gekommen bist. Aber manchmal kommt es eben anders. Ich bin auch nicht nach Dänemark gefahren, um mir das Schlüsselbein durchzuhauen. Komm schon, Walter, überleg dir das. Du als Doppel-Zwo Senior auf Hamburgs Straßen unterwegs?«

»Doppel-Zwei sagst du? Fährst du auch Bezirk Zweiundzwanzig?«

»Bezirke haben wir nicht. Die Doppel-Zwo ist meine Nummer am Kurierfunk. Sag bloß, dass dein Postlerbezirk die Nummer 22 war?

»Natürlich. Der Zweiundzwanziger.«

»Aber dann ist die Sache ja wohl klar. Das ist ein Omen.«

Johannes mühte sich auf die Beine.

»Schau, Walter, du wärst um eine sehr spezielle Erfahrung reicher und das Loch, das ich zu stopfen habe, wäre mehr oder weniger kleiner, je nachdem, wie das läuft. Und wenn es gut läuft und du fährst, bis ich wieder selber fahren kann, dann hast du jede Ecke von Hamburg-City gesehen ...«

»Wann kannst du denn wieder selber?«

»Von mindestens vier Wochen hat der Arzt gesprochen. Aber ich glaube bei Selbstständigen heilt so was immer eher aus. In drei Wochen, denke ich, müsste alles wieder im Lot sein.«

»So lange kann ich beim besten Willen nicht bleiben. Spätestens Mitte der Woche muss ich zurück.«

»Was hast du denn Dringendes zu tun?«

»Einiges.«

»Dein Weinberg ist für dieses Jahr wohl versorgt. Und Zimmerpflanzen magst du doch so wenig wie ich, wenn ich mich richtig entsinne?«

Walter suchte nach Einwänden. Aber Johannes hatte recht und noch ein Ass im Ärmel.

»Erinnerst du dich, kurz nachdem Emilie weg war, als mein Klassenlehrer wollte, dass du mich nach der mittleren Reife vom Gymnasium nimmst und eine Ausbildung machen lässt, weil meine Noten immer schlechter wurden und ich nur noch motivationslos in den Bänken hing?«

Walter nickte leicht benommen.

»Du warst damals noch der Meinung, dass Paketpostler der beste Job der Welt ist. Du hast mich einen Tag mit zur Arbeit genommen. Das könnte etwas für mich sein, hast du gemeint. Die ganze Zeit hast du über deine verschrobenen Kunden gewitzelt, über schlechte Autofahrer und deinen Himmel.«

»Das kann sein«, sagte Walter.

»Das kann sein? Das war so! Damals sind wir dann zu einem Elektrogroßhandel gefahren und du hast mich schon im Auto vor dem Lageristen dort gewarnt.«

»Elektro-Lott war der Lagerist.«

»Genau. Elektro-Lott … Dann war der Platz vor der Laderampe von einem Schuttcontainer verstellt und wir mussten zehntausend Kartons über den halben Hof karren und auf die Rampe heben. Du hast gesagt, ich soll vorgehen und mir schon mal den Empfang der Sendungen quittieren lassen, während du die zweite Lade geholt hast.«

»Das weiß ich nicht mehr.«

»Egal. Ich weiß es noch. Ich habe den Scheißtypen nach seinem Namen gefragt und dann hat er mich angekeift, dass er einfach ins Blaue hinein überhaupt nichts unterschreibt und zuerst die Ware prüfen muss. Ich hätte am liebsten Alarm gemacht. Ich hatte damals dauernd Ärger, mit Lehrern und Busfahrern und Bademeistern, aber hier habe ich auf geduldig gemacht, und heimlich Hurenbock als Empfängername in den Scanner getippt und Hurenbock gelöscht und Scheißwichser geschrieben, und Scheißwichser gelöscht und Arschbulette geschrieben.«

Walter gab sich empört. Solche Worte gehörten nicht zu seinem Wortschatz und sogar noch jetzt, über zehn Jahre später, wurde ihm mulmig beim Gedanken daran, dass der Lagerist etwas hätte bemerken können. Und trotzdem konnte er sich ein Schmunzeln nicht verkneifen.

»Dann bist du gekommen und hast den Typen gefragt, ob er schon unterschrieben hat. Hat der ein Theater gemacht. Was unterschrieben?, hat er gebäfft. Bin ich Lagerist oder Unterschreiber? Was ihr euch so denkt. Ich muss die Ware prüfen. Lern du lieber das Bürschchen vernünftig an. Der kennt nicht mal meinen Namen. Bin ich Lagerist oder Namenssager? Ich unterschreib dann schon, wenn es so weit ist.«

Johannes zog wilde Fratzen und äffte das cholerische Gestammel des Lageristen nach.

»Dann hast du mir seinen Namen gesagt. Breitle, breit wie lang, hast du gesagt.«

Walter kicherte, bis er sich dessen bewusst wurde, dann hüstelte er.

»Ich habe Arschbulette gelöscht, Breitle eingegeben und ihm den Scanner gereicht. Dann wollte er es ganz genau wissen. Mit zusammengekniffenen Augen. So, elf Pakete bringt ihr mir? Zwei Mann, elf Pakete? Schön, dass bei der Post noch richtig gearbeitet wird, hat er gesagt und auf die Kartons getatscht und nachgezählt und geschaut, ob alles in Ordnung ist. Man weiß ja, wie ihr mit dem Zeug umgeht, hat er gesagt. War schon mal eins aufgerissen.«

»Der war wirklich ein Arschloch«, sagte Walter.

»Das will ich aber meinen. Aber damals, Walter, damals hast du nur gemeint, dass das alles Zeit kostet.«

»Stimmt ja auch.«

»Und dann hast du wissen wollen, wie mir das alles gefällt und ob das nichts für mich wäre. Ich konnte mir nichts Schlimmeres vorstellen, habe mich aber darauf eingelassen, dein Leben noch zwei Tage lang ausgetestet und dann beschlossen, bis zum Abitur auf die Zähne zu beißen und irgendwie durchzuhalten. Und jetzt bist eben du an der Reihe.«

Frau Dombrowski hatte ihrer Freundin Luise gerade Tee nachgegossen, als die Scheibe über ihren Köpfen zersplitterte.

»Was war das?«, sagte Luise, ein sehniges Frauchen mit großen Augen und Tränensäcken wie die eines alten Elefanten.

Frau Dombrowski ächzte mit ihrem Rollator auf die Loggia, beugte sich über die Brüstung und versuchte nach oben zu schauen, aber ihr steifer Nacken machte ihr einen Strich durch die Rechnung.

»Nimm dich in Acht, sonst bist du auch noch hin«, rief Luise.

Frau Dombrowski ging wieder nach drinnen.

»Sachte ich nicht, dass da was im Busch ist? Der Polizeifunk, die Schnellfeuerwaffe, die der junge Mann an der Brust trägt, gestern der seltsame alte Herr, der mir gleich den Schlüssel abluchsen wollte, und dann vor dem Haus patrouillierte, bis dieser Transporter mit den getönten Scheiben vorgefahren kam ...«

Luise nickte gespannt.

»Zur Beruhigung noch ein Teechen?«, sagte sie.

»Nein, danke. Ich brauche das Augenzwinkern pur.«

»Dann gieß ich mir auch noch mal ein«, sagte Luise und schenkte beide Tassen voll Rum.

»Wenn eine von den Bomben hochgeht, die die da oben basteln, Luise, dann darf ich noch mal nach vorne, wie damals, nachdem Frau Mincke gesprungen ist. Gott habe sie selig, das arme Ding. Dann haben wir hier das ganze Programm. Vor-Ort-Berichterstattung, Live-Ticker, Talkshows. Und ich bin dabei. Ich bin live dabei!«

Luise prostete ihr zu.

»Hoch die Tassen.«

»Das wird ein Ding. Das wirst du sehen.«

Dann war der Wecker fällig. In Frau Dombrowskis paranoidem Weltbild ging sein schepperndes Klingeln wunderbar mit der Vorstellung eines selbstgebastelten Zeitzünders zusammen. Die Hinweise verdichteten sich. Um darüber Buch zu führen, legte sie eine Kladde an, in der sie dokumentierte, was oben vor sich ging. Jedes Stuhlrücken, jeden Schritt und jede Klospülung, stets mit Datum und Uhrzeit.

Walter wartete auf der Bank. Er erkannte Axel an der Beule auf seiner Stirn. Johannes hatte ihn vorgewarnt, aber was ihr Volumen betraf, hatte er zu tief gestapelt. Walter starrte einen Moment lang. Die Beule hatte etwas von Kräuselmilbenbefall auf Weinblättern. Die hatte ihn im Vorjahr fast die ganze Ernte gekostet. Axel war einige Jahre älter als Johannes, oder sah zumindest so aus. Alles an ihm – von den Haaren, die er in einem strähnigen Dutt trug, bis zu den mit Gaffatape geflickten Fahrradschuhen – wirkte abgenutzt. Auf der Brusttasche seiner Jacke prangte ein Aufnäher: Save Oil, burn fat, stand da in einem gezackten Kreis geschrieben. Walter bemühte sein Volksschulenglisch. Öl sparen, Fett verbrennen – das machte Sinn, wenn der gezackte Kreis ein Kettenblatt darstellen sollte.

Axel steckte zwar voller Weltekel, aber was den sportlichen Teil seiner Arbeit betraf, war er durchaus mit Leidenschaft bei der Sache. Wenn er mehr als drei Tage am Stück nicht im Sattel saß, wurde er deshalb unausstehlich. Seinen Fuhrpark, der aus vier mit Mädchennamen versehenen Fahrrädern bestand, pflegte er mit Hingabe. Die drei, die er jeweils nicht auf die

Straße nahm, schwebten an den gepolsterten Haken einer Flaschenzugkonstruktion unter der Decke seines 21 Quadratmeter großen 1,5-Zimmer-Appartements in Altona. Jeden Feierabend schrubbte und ölte er sein Rad des Tages, bis alles glänzte und geschmeidig funktionierte.

»Walter?«, sagte Axel, die zweite Silbe wie ein langgezogenes Ä gesprochen.

»Genau der.«

»Dann zeig mal her, deine Schüssel. Oder muss ich dich siezen?«

Walter hüstelte.

»Walter?«, sagte Axel wieder.

Walter begriff nicht, was Axel mit Schüssel meinte und fühlte sich vollkommen falsch, zu dieser Zeit, an diesem Ort, mit diesem Menschen, in dieser muffeligen Windjacke, in dieser albernen, giftgrünen Jogginghose, die Johannes ihm gegeben hatte, weil er in der hautengen Trägerhose so sehr in sich zusammengefallen war.

Ohnehin hatte er dem Vorschlag von Johannes bislang nicht wirklich zugestimmt. Vielleicht war jetzt der richtige Moment, die Sache abzublasen? Zu behaupten, dass er nicht Walter war, in die Wohnung zu fahren und Urlaub zu machen. Wenn das so einfach gewesen wäre. Ein Kreuz mit den Leuten, die nicht Nein sagen können, dachte er.

»Dein Rad, mein ich«, sagte Axel

»Ach so.«

Walter ging zum Radständer. Axel hinterher.

»Doch nicht das Hollandrad, oder?«

Walter schüttelte den Kopf.

»Das hier? Das kenn ich doch.«

»Das ist von Johannes.«

»Von Johannes? Daher kenn ich das.«

Walter nickte.

»Was hat Johannes denn für den alten Bock noch genommen?«

»Bitte?«

Walter hoffte auf eine Erklärung. Aber Axel war schon weiter.

»Ich hab Jo schon eine ganze Weile nicht mehr gehört. Was ist denn mit dem?«

»Der ist doch verletzt.«

»Verletzt ist der? Das hab ich überhaupt nicht mitbekommen. Wann denn? Schwer, oder was? Dass die dann gleich einen anderen einstellen. War ein guter Kurier, der Jo. Fährt sportlich, ist effektiv am Funk und immer kollegial. Hat Spaß gemacht mit dem Jungen.«

»Johannes kommt ja wieder. Ich helfe doch nur aus. Ich bin sein Vater.«

»Ach, du hilfst nur aus? Du bist sein Vater? Aber was ist Jo denn passiert?«

»Er hat sich ein Schlüsselbein gebrochen.«

»Schlüsselbein gebrochen? Kacke. Das dauert.«

»Mindestens vier Wochen, sagt der Arzt.«

»Wann ist das denn passiert?«

»Am Wochenende.«

»Am Wochenende? Und wo?«

»In Dänemark.«

»In Dänemark? Der war aber nicht beruflich dort? Mit Wochenendzuschlag wäre ich auch nach Dänemark hochgebrettert.«

Axel schob zwei Finger unter den Sattel von Johannes' Rad und hob es an. Skeptisch wog er den Kopf hin und her.

»Ich hab Jo schon vor einer Ewigkeit gesagt, dass er sich mal einen Satz vernünftige Laufräder gönnen soll. Da macht er einiges an Gewicht gut. Und die Kette braucht Öl. Und die Räder brauchen Luft. Und die Bremsen sind runter.«

Axel rüttelte an den Speichen des Vorderrads.

»Die Nabe hat auch einen Schlag.«

Wahrscheinlich hätte er seine Inspektion fortgesetzt, wenn in diesem Moment nicht Maniok aufgetaucht wäre. Zuerst war Walter erleichtert darüber, nicht mehr mit Axel allein zu sein, aber Manioks schlechtes Karma kam auch bei ihm auf der Stelle an und er wünschte sich nur, dass dieser Zausel ihn nicht ansprach.

Maniok begrüßte Axel mit einem komplexen Handschlag, dann hielt er Walter eine Flasche Jägermeister unter die Nase. Walter nahm einen Schluck. Nicht weil er Durst oder Lust darauf hatte, sondern weil das Nein ihm schon wieder seinen Dienst verweigerte.

»Bist du neu oder so?«, sagte Maniok.

»Das ist der Vadda«, sagte Axel.

»Deiner?«, sagte Maniok.

»Nein. Der Vadda von Doppel-Zwo.«

Maniok streckte Walter wieder die Flasche entgegen. Walter wagte ein Kopfschütteln.

»Dass du noch ran musst. In deinem Alter und so«, sagte Maniok.

»Der hilft nur aus«, sagte Axel. »Jo hat sich das Schlüsselbein gebrochen.«

Bent streckte den Kopf aus einem Fenster über ihnen. Seine fleischigen Wangen wurden rot. Er bot eine Tour vom Waterloohain in die City an.

»Dann geht das bei uns los«, sagte Axel und stieg auf sein Rad. »Waterloohain ist gut. Das ist direkt um die Ecke.«

Maniok faselte nun zu Bent hinauf, aber der zog den Kopf zurück und schloss das Fenster. Maniok setzte die Flasche an die schrundigen Lippen.

Axel und Walter machten sich auf den Weg. Axel war bemerkenswert präzise in seinen Bewegungen. Was sich von Walter nicht sagen ließ. Er war so verunsichert, dass er nach 20 Metern fast auf der Motorhaube eines silberblauen Astras gelandet wäre. Der Fahrer wich geistesgegenwärtig aus. Glücklicherweise war der Waterloohain tatsächlich direkt um die Ecke. Es war ein weitläufiger Gewerbehof, dem die dort ansässige Kreativwirtschaft mit reichlich Farbe und etlichen Pflanztöpfen ein Freizeitfeeling verpasst hatte. Axel stellte sein Rad gegen ein Geländer, stürmte eine offene Treppe hinauf, und als Walter am Fuß der Treppe ankam, hatte er die Wahl, hinter mindestens fünf Türen nach ihm zu suchen, oder zu warten. Tom Waits, Walter wartet, Walterloohain und die Kette braucht dringend Öl, dachte er, und dass er Johannes fragen musste, ob der mit den grünen Haaren eigentlich ein Problem hatte.

Mit einer Posterrolle unter dem Arm kam Axel zurück.

»Wir machen das mit dem Einfahren folgendermaßen, Walter«, sagte er. »Ich fahr vorne weg, und du kommst hinterher. Wenn du mich mal aus den Augen verlierst, bloß nicht panisch werden und den Traffic vergessen. Immer schön nach den anderen Verkehrsteilnehmern schauen. Nicht, dass du unter die Räder kommst. Im Zweifelsfall warte ich schon. Auf geht's, oder, wie Per sagen würde, weiter geht die wilde Fahrt.«

Entsprechend gestalteten sich die kommenden Stunden. Axel fuhr vorneweg. Walter hing hinterher. Immer wenn er dachte, Axel verloren zu haben, kam Axel um eine Ecke gepfiffen. Von der Stadt bekam er vor allem Asphalt und Pflaster in unzähligen Variationen zu Gesicht. Darüber hinaus viele Autos, ein paar Radfahrer, die ihn aus dem Weg klingelten und überholten, einen, der ihm den Weg versperrte, Fußgänger, die oft im Weg waren. Höhepunkt des Tages war für ihn die schief im satten Ostwind stehende Fontäne über der Binnenalster. Dass er als Paketpostler so viel wie möglich zu Fuß erledigt hatte und konditionell weniger abgewirtschaftet war als andere in seinem Alter, kam ihm nun zugute. Trotzdem wurden ihm die Beine schwer wie Blei, die Finger taub und der schmale Sattel immer härter.

Als Axel ihn gegen zwei Uhr in den Feierabend schickte, hatte er keinen Schimmer, ob er sich im Norden, im Süden oder jenseits der Stadtgrenzen befand. Axel zeigte über die Dächer einer Häuserreihe mit schmucken Fassaden vor einem brackigen Kanal. Walter brauchte ein bisschen, bis er in den darüber herausragenden Fensterfronten die oberen Stockwerke der Grindelhochhäuser erkannte, und selbst dann hielt er sie noch für eine Art Fata Morgana – zu schön, um wahr zu sein.

Tatsächlich entpuppte sich die Wohnung, die ihm am Morgen noch fremd und unwirtlich vorgekommen war, in der nächsten Stunde als Oase der Ruhe. Er nahm eine heiße Dusche, verband seinen Finger neu und erzählte einem Johannes, der sich kaum desinteressierter hätte geben können, was mit dem Finger passiert war.

Walter entschuldigte dieses Verhalten. Der Junge hatte andere Sorgen. Immerhin richtete er ihm Käse, Brot und Tomatensalat auf dem Esstisch. Walter aß, schlief eine Runde, und danach überraschte er sich und vor allem Johannes mit dem Plan, das Viertel zu erkunden. Er schlenderte von der Haustür aus Richtung Norden, an einem weiteren Block vorbei, geradewegs in den Innocentiapark, ein von einem Schotterweg und Sträuchern gesäumtes Grün von der Größe eines Fußballfeldes. Er setzte sich auf eine Bank, lockerte die Beinmuskulatur, genoss die letzten Strahlen der Nachmittagssonne und beobachtete das bunte Treiben.

Ein Herr in seinem Alter schwitzte beim Nordic-Walking-Einzeltraining neben einer durchtrainierten Blondine her. Über einen erhöht liegenden Spielplatz tobte ein gutes Dutzend Kinder. Etliche Mütter und ein Vater saßen auf den Holzbänken dahinter und schwatzten, strickten und schwiegen. Am nördlichen Ende des Parks führten zwei Leute ihre Hunde aus.

Die Frau mit dem Einkaufstrolley bemerkte er erst, als sie etwas aus dem Mülleimer neben seiner Bank fischte und schmatzend auf ihn zukam. Er war daran gewöhnt, dass man sich grüßte und deutete ein Kopfnicken an. Sie ging kichernd vorbei und zum nächsten Mülleimer. Sie trug ein Kopftuch, einen speckigen schwarzen Daunenmantel und einen Rock. Ihre blutigen Fersen scheuerten in rosaroten Crocs. Sie wandte sich nach ihm um und schob sich einen Apfelstrunk in den Mund. Er hüstelte. Sie sah ihm direkt in die Augen. Er konnte das nicht ertragen, stand auf und ging eilig davon.

Nördlich des Parks lag das schickere Ende der Brahmsallee. Links und rechts sanierte Ein- und Zweifamilienhäuser mit Tischlampen in den Fenstern und überwiegend dunkel glänzenden Autos vor den Garagen. Ob Madeleine Fall Hamburg kannte? Was sie von seinen Abenteuern halten würde? Ob er Gelegenheit haben würde, ihr davon zu erzählen?

Die Brahmsallee stieß auf die Isestraße, über deren Mitte ein Viadukt der Hamburger Hochbahn führte. Im Schutz eines Betonpfeilers wandte er sich um. Die Frau mit dem Kopftuch wartete am anderen Straßenrand auf eine Lücke im Verkehr und ließ ihn nicht aus den Augen. In einem Anflug von Panik überquerte er eine bucklige Brücke und stieg eine schmale Treppe zu dem Kanal hinab, an dem Axel ihn entlassen hatte. Er wollte sich unter der Brücke verstecken, aber dort lagerten Kanus oder Kajaks, und auf der feuchten Erde lagen Kondome und Toilettenpapier. Oben tauchte das aufgequollene Gesicht der Frau auf. Er wäre gerannt, wenn er nicht Angst gehabt hätte, damit ihren Jagdtrieb noch mehr anzustacheln.

Nach 500 Metern stand er an einer roten Fußgängerampel. Die Frau kam näher. Mit einer schrillen Stimme wiederholte sie immer wieder denselben Satz: »Dieser Mensch ist Knecht des allerhöchsten Gottes, der euch den Weg des Heils verkündet.«

Als die Ampel endlich umschaltete, lag sie keine fünf Meter mehr zurück. Walter lief nun doch. Hinter einem Blumengeschäft am anderen Straßenrand trat er auf eine Wiese, die sich zum Ufer senkte. Eine Trauerweide hängte ihre Zweige in scheinbar regloses Wasser. Er glaubte, sie endlich los zu sein, da kam sie um die Ecke, lachte ihn an und nahm ihren Singsang wieder auf.

»Hast du ihn endlich gefunden, Annegret?«, rief einer von den Trinkern, die auf dem Geländer vor dem Kanal lehnten. »Wer ist es? Der Pimpf soll Gottes Knecht sein?«

Sie hob den Rock über ihre bläulich angelaufenen Knie. Die Trinker grölten. Walter lief weiter. In einem Tross aus Feierabendläufern und Spaziergängern, entlang eingewachsener Schienenstränge, über Brücken, Straßen, Grünflächen, und erst als die Hochhäuser vor ihm aufragten, wischte er sich den Schweiß aus dem Gesicht und blieb stehen, bis er wieder bei Atem war.

Weil Johannes sich schon zurückgezogen hatte, blieb Walter nichts anderes übrig, als Annegret und ihre blutigen Fersen mit in seine Träume zu nehmen, bevor die Erlebnisse des nächsten Tages sie ins Vergessen drängen würden.

22

Der Himmel war so blau wie am Tag seiner Ankunft. Sein Lehr-
meister war nicht mehr Axel, sondern ein gewisser Carlo. Er sollte ihn vollends für die selbstständige Arbeit fit machen. Das war
eigentlich eine Farce. Selbst deutlich jüngere Anwärter, die in der
Blüte ihrer Aufnahmefähigkeit standen und über Ortskenntnisse
verfügten, wurden mindestens vier Tage angelernt. Aber Johannes hatte Gundula, die Administrationskönigin und gute Seele
der Pedalpiloten, mit Geduld und reichlich Charme überzeugt,
dass ausgerechnet bei Walter zwei Tage ausreichen würden. Um
die Einlerngebühr einzusparen, die für jeden Tag an den Lehr-
meister zu entrichten war, und um eher mit der tatsächlichen
Schadensbegrenzung zu beginnen.

Carlo war ein blonder Mann Ende dreißig, wirkte wegen seiner energischen Freundlichkeit, seinen türkisblauen Augen und
seinen Funktionsklamotten aber jünger. Weil ihm die Touren
oft direkt vor die Räder fielen, nannte man ihn auch den Gustav
Gans der Pedalpiloten.

Carlo ging die Sache ganz anders an als Axel. Er nahm sich Zeit,
erklärte sämtliche Abläufe in aller Ruhe, gab sich verständnisvoll

und empathisch. Weil er es für unnötig und demütigend hielt, wenn Walter bei den Kunden untätig hinter oder neben ihm stand, schlug er vor, dass Walter immer draußen wartete und derweil kleine Übungsaufgaben erledigte. Zuerst ließ er ihn ein paar Straßen auf Johannes' laminiertem Stadtplan suchen, dann einen Kurierscheck ausfüllen. Walter gab sich redlich Mühe und ließ keine Linie und keine Schraffur auf dem scheckartigen Formular frei.

Carlo schaute darüber und empfahl Walter, sich auf die wesentlichen Informationen zu beschränken.

»Zeit ist Geld. Bei uns Kurieren zwar nur Kleingeld, aber damit umso wichtiger.«

Walters dritte Aufgabe war es, bis zur nächsten Zieladresse vorneweg zu fahren. Er erinnerte sich nicht, jemals so aufgeregt gewesen zu sein. Nicht bei seiner Fahrprüfung. Nicht nach Emilies Ohrfeige. Nicht als er Madeleine die Postkarte aushändigte. Trotzdem schlug er sich wacker. Lediglich an einer fünfarmigen Kreuzung vertat er sich und wollte einen Arm zu früh abbiegen.

Um die Mittagszeit landeten sie am Altonaer Balkon. Ein Kreuzfahrtschiff schwebte die Elbe hinaus Richtung Horizont. Walter nahm die elfte Fensterreihe in den Fokus. Bent sagte ab und zu eine Tour an, aber keine davon war in ihrer Nähe.

Carlo nutzte die Ruhe und erklärte, wie die Funkliturgie funktionierte: Zuerst nannte jeder Fahrer seinen Standort in einem der Bezirke, in die Hamburg aufgeteilt war, und bekam daraufhin mitgeteilt, an welcher Stelle er in seinem Bezirk frei stand – sozusagen die Wartenummer, nach der im Anschluss die abgehenden Touren vergeben wurden.

Dann kam die Pokerrunde. Laut Carlo war das der spaßigste Teil des Jobs. Der Funker verlas alle verbleibenden Touren, und wenn die bei jemandem zu dem passten, was er bereits in der Tasche hatte, konnte er sich darauf bewerben, indem er eine Abholzeit bot, die die Kollegen wiederum bis zu einem

Minimum von zehn Minuten unterbieten durften. Was passte und was nicht, war durch ein klares Regelwerk definiert. Wer als Kurier gut verdienen wollte, musste nicht unbedingt schnell fahren, sondern hier das nötige Glück haben und vor allem schnell sein.

»Manchmal«, sagte Carlo, »ist man zwar der Schnellste für eine Tour, aber bei einem anderen passt sie einfach besser, und dann lässt man sie dem. Da geht es um Kurierehre und um Effizienz. Mit Ellbogeneinsatz kommst du als Biker nicht weit. Das bringt dir in einem dermaßen transparenten Geschäft auf die Dauer nur Nachteile. Wenn du dich mit den Ellbogen nach oben schaffen willst, dann musst du dir ein anderes Business suchen …«

Nach der Pokerrunde bestand noch die Möglichkeit, Text anzumelden. Bevor die Liturgie in die nächste Runde ging, war Zeit, sonstige Dinge mitzuteilen. Falls einer eine Panne hatte, falls irgendwo die Polizei lauerte, falls einer einfach wissen wollte, wo sich ein anderer Freisteher tummelte.

»An guten Tagen geht das hier zu, als stünde bei Sotheby's Andy Warhols Nachlass zum Verkauf. An schlechten wie in einem Schweigekloster«, sagte Carlo.

Nach der nächsten Lesung durfte oder musste Walter ans Funkgerät.

»Du drückst da, und meldest dich als Eins-Neun.«

»Pilot Eins-Neun spricht«, sagte Walter und grinste verlegen.

»Eins-Neun, Carlo, ich höre?«, sagte Bent, aber Walter vernahm nur ein Knistern, aus dem hier und da eine verständliche Silbe ragte. Er drückte wieder die Sprechtaste und schwieg ratlos. Carlo übernahm.

»Bent, mein Freund. Doppel-Zwo Senior und ich, wir machen hier gerade Jungfernfunk. Versuch doch mal, ein bisschen weniger zu nuscheln, wenn das geht.«

Bent wiederholte mit übertrieben klarer Artikulation und Walter nickte wissend.

»Irgendwas musst du schon sagen, Walter. Bildfunk haben wir noch nicht«, sagte Carlo.

»Pilot Eins-Neun hört«, sagte Walter.

»Du hörst? Das ist schön. Aber mich würde vor allem interessieren, was ihr von mir wollt?«

Walter suchte die Antwort in Carlos Augen.

»Du willst die Holländische Reihe und die Große Rainstraße.«

»Holländische Reihe und Hainstraße«, sagte Walter und hüstelte.

»Ich nehme an, ihr wollt die Holländische Reihe und die Große Rain? Schafft ihr das in zehn?«

Bent textete wieder in Standardgeschwindigkeit. Walter verstand kein Wort, aber Carlo nickte, also bestätigte er.

»Also dann: Einmal die Zwanzig bei Fishfox, und dann die Fünfzehn, bei unserem Freund, dem Kaiser. Habt ihr das?«

Carlo nickte wieder.

»Haben wir«, sagte Walter.

»Dann machen wir das so. Ja? Auf geht's, ihr beiden!«

Carlo gratulierte Walter zur ersten Tourenannahme.

»Aber jetzt müssen wir ran. Zehn Minuten auf die beiden Touren ist nicht ohne. Das schaffen wir nur, wenn wir uns aufteilen und jeder eine Sendung rausholt. Du machst die Große Rain, ich die andere. Schau dir die Strecke an, bevor du losfährst.«

Von den Falzkreuzen des Stadtplans aus fraßen sich Löcher in die Viertel. Carlo tippte auf ihren Standort und die Abholadresse. Weit war das nicht, aber die Straßen in der Gegend gingen kreuz und quer. »Du schaffst das, oder? Du holst das raus und wartest vor dem Laden auf mich.«

Walter arbeitete sich zitternd von Straßenecke zu Straßenecke. Die Anfahrt kam ihm unendlich lang vor. Sein Ziel, ein von zwei Männern, einer Frau und einem wolligen Riesenhund bevölkertes Fotostudio, bestürmte er voller Euphorie, wofür er Kopfschütteln und Tadel erntete. Kleinlaut nahm er drei Filmdosen in Empfang. Als er wieder nach draußen trat, hob ihn sein Stolz trotzdem ein gutes Stück in die Höhe. Er hatte es geschafft.

Carlo schmetterte ihm vom Anfang der Straße ein »Folgen Sie mir unauffällig« entgegen und Walter folgte ihm in die City, wo sie beide Touren auslieferten und sich wieder frei meldeten.

»Und, wie lief es?«, sagte Carlo.

»Nicht so«, sagte Walter.

»Warum das?«

»Die haben gesagt, ich soll nicht so hereinplatzen.«

»Du sollst nicht so hereinplatzen? Das haben die nur gesagt, weil sie nicht wissen, dass das deine erste Abholung war. Du siehst eben aus wie ein Profibiker, der seit Erfindung des Rads im Geschäft ist. In Zukunft zügelst du dich einfach, atmest mal durch und prüfst eventuell schnell den Hosenstall, bevor du durch die Tür gehst. Und die Funke solltest du auf leise regeln. Wir hatten schon Beschwerden, weil sich Bent über die Brüste einer Vorzimmerdame ausließ, während die stolze Trägerin mithörte. Das kam nicht so gut an.«

Als Anschluss bekamen sie eine Tour zum Falkenried. Wieder war Walter für die Strecke verantwortlich, und dieses Mal musste Carlo nicht eingreifen.

Das Falkenried verlief quer zum Kanal vom Vorabend. Ein erstes Mal erschien Walter die Stadt endlich, überschaubar, entzifferbar. Natürlich war er noch weit davon entfernt, einen Überblick zu haben, aber immerhin gab es mittlerweile ein paar Ecken, von denen er wusste, wie sie zusammenhingen, und zumindest in Planquadrat Z24, dem Planquadrat, in dem Grindelhochhäuser und Innocentiapark lagen, da kannte er sich mittlerweile ganz gut aus.

»Ich würde sagen, dann war's das für heute. Nur eins will ich dir noch sagen. Eins ist essenziell in unserem Job«, sagte Carlo.

Walter sah ihn erwartungsvoll an und drehte den Stiel eines Kastanienblatts zwischen seinen Fingern.

»Du, als Dienstbote der Echtzeitgemeinde, als Gaucho der Asphalt-Steppe musst vor allem auf eins achten: Du musst ruhig bleiben, immer schön ruhig bleiben. Egal, wie die anderen drängeln und sich wichtig machen, der Fahrradkurier muss ruhig bleiben. Wenn dich also einer anhupt: ruhig bleiben und weiterfahren. Wenn dir einer dumm kommt: ruhig bleiben. Wenn ein frustrierter Pfortenwächter dich zappeln lässt: ruhig bleiben, Job erledigen, weitermachen. Wenn du von den Herren in Blau aufgehalten wirst: ruhig bleiben und schnell weiter, am besten über Wege, auf denen sie dir nicht folgen können.«

Walter sah ihn erschrocken an.

»Kleiner Scherz. Kann man natürlich nicht verlangen, weiß ich schon. Aber trotzdem: einfach immer ruhig bleiben. Du wirst schon sehen, es gibt Situationen, die nerven und frustrieren, aber du schaust einfach, dass du deinen Zorn direkt in die Beine packst und raustrittst. Ab in die Pedale und zurück auf die Straße. Ein Kreislauf, fast ein Perpetuum mobile, bei dem keine Energie verloren geht. Das macht dich schneller, und damit deinen Geldbeutel dicker, und darüber hinaus entspannt es dich. Das ist viel besser, als wenn man sich laufend mit irgendwelchen Arschrosetten anlegt. Wer immer zurückstresst, bekommt nur Sprachfehler, wie unser Kuriergott Severin. Oder bestialisch stinkenden Achselschweiß. Wer von deinen Kollegen sich damit hervortut, wirst du sicher bald herausfinden …

Aber, du wirst auch feststellen, dass manchmal die Aufreger einfach zu überwältigend sind. Zu penetrant, um einfach in Trittkraft umgemünzt zu werden. Und dafür, wenn alles zu spät ist und der Stress sich über die Beine alleine nicht mehr abführen lässt, dafür gibt es einen Trick. Den zeige ich dir jetzt, und dann ist Schicht im Schacht!«

Carlo stellte sich breitbeinig vor Walter.

»Auf geht's! mitmachen!«, sagte er.

Walter schaute, ob niemand sie beobachtete, dann tat er es ihm nach.

»Je nach Situation«, sagte Carlo, »kann es sein, dass du die Hände frei hast – in Fahrstühlen, an Ampeln, vor Empfangstresen – aber öfter wirst du mindestens eine Hand am Lenker haben ...«

Carlo schob den linken Arm steif nach vorne und bog die Finger um eine imaginäre Lenkstange.

»Jedenfalls beugst du den freien Arm, bildest eine Faust ...«

Walter kam sich albern vor, obwohl er die Faust nur andeutete.

»Und jetzt zeigst du mir den Daumen, dazu dein freundlichstes Lächeln und lässt den Unterarm schwerelos auf und ab wippen.«

Walter ging einen Schritt zurück, schmunzelte auf eine beiläufige Art und machte eine abwehrende Geste mit der entsprechenden Hand. Carlo grinste und ließ seinen Daumen nach oben schnappen.

»Das ist es, schau!«

Carlo hob die Faust mit dem gehobenen Daumen. »Ich nenne es das Idiotenventil. Und ich verspreche dir, es wirkt Wunder, wenn dir einer richtig dumm kommt. Du wirst noch daran denken. Aber dann bloß nicht schüchtern oder halbherzig. Pump all die negativen Energien in deinen Daumen und lass ihn glühen. Und falls das Idiotenventil mal nicht hilft, kannst du immer noch auf die Windschutzscheibe rotzen, oder wie seinerzeit unser Freund Maniok vor den Empfangstresen urinieren, oder einen Rückspiegel abtreten ...«

Carlo gab ihm die Hand.

»Walter, hat mich gefreut. Dann wünsch ich dir mal viel Glück morgen. Du startest einfach, und nach und nach kommst du schon rein. Nur übernehmen solltest du dich am Anfang nicht. Sonst kann das böse enden.«

»Es kommt, wie es kommt«, sagte Walter.

»Genau. Oder wie wir hier im Norden sagen: Et hütt wie et hütt.«

In umtriebigen Zeiten liegt zwischen Fremdem und Vertrautem nur eine Seifenhaut. Freundschaften knüpfen sich wie von selbst und wenn man etwas zum zweiten Mal tut, fühlt es sich an wie ein altes Ritual. Die Wohnung, die sich am Vortag von der Fata Morgana in die Oase verwandelt hatte, war nun schon eine Selbstverständlichkeit. Der Aufbruch zum Spaziergang die reinste Mechanik. Walter schlenderte an immer weiter vom Gehsteig zurückweichenden Häusern entlang, die ihren Prunk hinter immer höheren Hecken und Zäunen verbargen, bis ins Alstervorland, und über einen mit Möwendreck besprenkelten Holzsteg ein paar Meter auf die Außenalster hinaus. Der kommende Tag war ein fernes Land. »Pedalpilot Doppel-Zwo«, sagte er. Mit gedämpfter Stimme erläuterte er seinerseits die Funkliturgie. Er sprach zu einem unsichtbaren Gegenüber, das exakt seiner Vorstellung von Madeleine Fall entsprach, ohne dass er das registriert hätte.

Eine knappe Woche nach dem Sturz lief die Energie, die normalerweise Johannes' Körper saugte, ins Leere und raubte ihm den Schlaf. Er setzte sich im Bett auf und spielte Pacman, bis es ihn langweilte. Er versuchte zu lesen. Zuerst *Moby Dick*, aber das schwere Buch war in seinem Zustand schlichtweg nicht handhabbar. Dann *Naked Lunch*. Das viele Kotzen, Bluten und Wichsen frustrierte ihn. Er packte seinen Laptop auf die Decke und ging ins Netz. Zuerst gruselte er sich angesichts albtraumhafter Krankheitsverläufe bei Schlüsselbeinfrakturen. Dann gab er die Namen alter Klassenkameraden ein und schämte sich für deren Bilder auf Karriereplattformen und sozialen Netzwerken fremd. Er fand ein Hochzeitsbild von seiner Mitkonfirmandin Marianne. In ein lachsfarbenes Kleid gepellt kuschelte sie sich an ihren Angetrauten. Er vergrößerte das Bild und erkannte in ihm Kai, einen Klassenkameraden aus der Grundschule, auf dessen Gesichtshaut die Pubertät wüste Krater hinterlassen hatte. Kai war mittlerweile Glasermeister, führte ein Geschäft mit fünfzehn Mitarbeitern und sang Bariton im Sängerkranz Hof. Er las sich durch die gängigen Nachrichtenportale und versuchte dahinterzukommen, was es mit dieser Krise auf sich hatte. Er verglich die Preise einer Scorcese-DVD-Sammlung bei verschiedenen Anbietern. Dann Kubrick, Jarmusch und Kaurismäki. Er schaute sich das Video zu Tom Waits' *I don't want to grow up* an und klickte sich zu der Coverversion von den Ramones. Die mochte er lieber als das Original. Er wollte sich das eigentlich nicht eingestehen, so sehr verehrte er Waits. Er schaute Buñuels *Un chien Andalou*, aber nach zwei Minuten langweilte ihn das. Er schaute die Trailer von Fellinis *8 ½*, Tarantinos *Pulp Fiction* und *Reservoir Dogs* an. Er suchte Magas Namen auf der Webseite von *Einsatz*. Er checkte die Wetteraussichten in Hamburg, Hof und Hvide Sande, und irgendwann gab er den Geburtsnamen seiner Mutter ein.

Die Suchmaschine fand 5.633 Treffer.

Er fügte den Namen Gerd Hasselbrock hinzu.

Die Suchmaschine fand 329 Treffer.

Er fügte *Myway* hinzu, den Namen der Firma, unter deren Fittichen die beiden einander begegnet waren.

Die Suchmaschine fand 12 Treffer.

Er klickte auf den ersten davon und landete auf einer Seite des Unternehmens mit einem Bild, auf dem die beiden aneinandergeschmiegt in die Kamera lächelten. Sie trug einen für die deutsche Frau um die fünfzig typischen Kurzhaarschnitt, eine randlose Brille, Perlenstecker in den Ohrläppchen, eine goldene Gliederkette um den Hals, daran ein Fotoanhänger. Was auf dem Bild zu sehen war, konnte er wegen der geringen Auflösung des Fotos auch bei maximaler Vergrößerung nicht erkennen. Hasselbrock sah aus, wie er ihn in Erinnerung hatte. Vielleicht war sein Haar ein wenig schütterer, aber er war noch immer prall von diesem anzüglichen Vertretercharme. Die Bildunterschrift lautete: Ihre Geschäftspartner im mittleren Niedersachsen, daneben befand sich ein Kontaktbutton. Er las sich durch ein paar Seiten des Unternehmens, bis ihm das sektiererische Geschäftsvokabular wieder gegenwärtig war, klickte den Kontaktbutton, schrieb eine Mail, in der er vorgab, sich für das Geschäft zu interessieren und nach einem Ansprechpartner im mittleren Niedersachsen zu suchen, und setzte den Namen Matthias Buck darunter.

Walter hatte gerade seinen Kaffee ausgetrunken, die Marmeladenbrote gegessen und die Morgentoilette erledigt, als die passende Tour verlesen wurde.

»Einmal Klosterstern raus in den fernen Osten.«

Johannes beschrieb Walter den Weg bis dahin. Walter nickte fortwährend, hörte aber bereits ab der zweiten Richtungsänderung kaum noch hin.

»Fette Beute dann! Das sagt man so, weil wir durch die Stadt ziehen wie Wildbeuter durch die Savanne. Oder weil wir Meister darin sind, uns die Scheiße schön zu reden«, sagte Johannes an der Tür.

Bis zum Innocentiapark hatte Walter keine Probleme, aber danach ließ seine Ortskenntnis ihn an jeder Straßenecke im Stich. Das waren nur fünf, aber trotzdem hielt er es für ein Wunder, als er die Kundenadresse erreichte, ohne die gebotenen fünfzehn Minuten grob überschritten zu haben.

Er übernahm einen drallen Ordner von einer jungen Anwaltsgehilfin, ließ ihn in seine Tasche rutschen und bedankte sich so herzlich, als hätte sie ihm ein persönliches Geschenk übergeben.

Auf dem Stadtplan suchte er nach einer klaren Linie, die am Klosterstern begann und an der Hamburger Straße im Osten der Alster endete. Er entschied sich für eine Strecke, die zwar zuerst einen Haken schlug, aber überwiegend breit schien und sich kaum aufgabelte. Die 800 Meter bis zur Krugkoppelbrücke über einem Alsterzufluss gingen sich gut an, dann wusste er nicht weiter. Er bog in ein Pflastersträßchen, stellte sein Rad gegen einen Birkenstamm und setzte sich auf eine Bank. Der Himmel war noch immer klar. Zahme Wellen schwappten an das von blank getretenen Baumwurzeln durchzogene Ufer. Spatzen pickten in der sandigen Erde um seine Füße. Entlang eines Bootsstegs schaukelten einige Schiffsmasten.

Diese weite Wasserfläche inmitten der Stadt beeindruckte ihn. Er hätte den Ausblick und die Sonne wahrscheinlich genossen, wäre da nicht das Rauschen aus dem Funkgerät gewesen. Er befürchtete, dass es ihm galt. Johannes hatte ihm eingetrichtert, dass er sich unbedingt und so schnell wie möglich melden sollte, falls er am Funk gerufen wurde. Er tat sein Bestes. Er drückte die gummierte Sprechtaste exakt in der Mitte und nannte die »Doppel-Zwo« mehrmals und überdeutlich. Es war nicht seine Schuld, dass keiner ihn über den lückenhaften Empfang im Osten der Stadt aufgeklärt hatte.

»Da steht einer im Funkloch und ruft. Ich bitte den werten Kollegen, seinen Standort zu ändern und es dann wieder zu versuchen«, sagte Bent.

Jemand mit geschulten Ohren hätte einen Großteil des Textes verstanden und sich den Rest zusammenreimen können. Walter war sich lediglich in Bezug auf »Kollege« sicher, und drückte die Sprechtaste ein zweites Mal.

»Das Funkloch ist größer als du denkst, mein Freund«, sagte Bent.

Walter hüstelte und nahm das abgegriffene Telefon, das Johannes ihm mitgegeben hatte. Seine Bewegung schreckte die Spatzen auf.

»Ich meine, ich hätte meine Fahrernummer gehört«, sagte er.

»Aber ganz genau, Walter«, sagte Bent. »Die Sache ist die, ich habe einen Arsch voll Touren im fernen Osten offen, und keinen, der mir das fährt. Aber unsere Frauke denkt mit, und hat mich darauf hingewiesen, dass Pilot Doppel-Zwo in die Gegend unterwegs ist. Nur war Frauke nicht klar, dass Doppel-Zwo derzeit Doppel-Zwo Senior ist. Und dann wollten Axel und Carlo mir einreden, dass du das locker schaffst, weil sie dich so hervorragend eingelernt haben. Aber das sind fünf Touren, was ich da offen habe. Und das ist für den Anfang einfach zu viel, näch?«

»Aber wenn es sein muss«, sagte Walter.

»Lass gut sein. Wir bekommen das anders geregelt. Du kannst als blutiger Anfänger nicht mal eben fünf Touren einatmen. Einen solchen Packen fährt keiner an seinem ersten Tag.«

Walter hätte die Sache damit beenden können. Niemand hegte Erwartungen an ihn. Aber ausgerechnet jetzt wollte er um jeden Preis gefallen – Johannes, Bent, Axel, Carlo, den ganzen Kurieren, die er noch nicht getroffen hatte, und wahrscheinlich auch Madeleine Fall, auch wenn die nach wie vor nur unscharf durch sein Bewusstsein geisterte.

»Wenn ich ganz ruhig eins nach dem anderen wegfahre?«, sagte er.

Bent atmete tief ein und wieder aus.

»Kann das endlich mal weitergehn?«, funkte Axel in die Stille.

»Schnauze am Funk. Hier sind gerade Führungsqualitäten gefragt«, funkte Bent zurück. »Du traust dir wirklich zu, die ganze Schose wegzufahren?«, sagte er zu Walter.

»Ein Weg entsteht, wenn man ihn geht.«

Das überzeugte Bent zwar nicht, aber nach wie vor hatte er keine anderen Fahrer in der Gegend, und es war auch niemand in diese Richtung unterwegs. Die Liste unerledigter Touren zog sich mittlerweile über drei Bildschirme, und die ältesten davon blinkten rot. Also drosselte er seine Sprechgeschwindigkeit, diktierte die Daten der einzelnen Touren in der Reihenfolge, in der Walter sie ausfahren sollte, und beschrieb den Weg zu einem im Hinterhaus versteckten Fotostudio im Detail. Walter notierte mit und wagte nicht, Bent zu bremsen, als er wieder in seine normale Betriebsgeschwindigkeit verfiel.

»Dann hast du alles?«

»Ich hoffe.«

»Wunderbar. Die Firma dankt. Dann machen wir das so. Du fährst eins nach dem anderen weg, lässt dich bloß nicht stressen, und dann wird das schon gut gehen.«

Damit hatte Walter noch vor seiner ersten Auslieferung zwei weitere Sendungen herauszuholen. Es kostete ihn knapp zehn Minuten, bis er die entsprechenden Straßen im Register seines Plans und in den Planquadraten gefunden hatte. Die einzelnen Abzweigungen leise vor sich hersagend, machte er sich wieder auf den Weg. Nach ein paar Metern erreichte er seine neue Höchstgeschwindigkeit von 28 Kilometern in der Stunde. Ein paar Löckchen lösten sich von seinen schwitzigen Schläfen und flatterten im Wind. Er war im Geschwindigkeits- und Beuterausch zugleich und während der nächsten Pedaltritte fühlte er sich wie der König der Welt.

Nur geriet ihm die Hausnummer 25, die er eigentlich ansteuern wollte, mit seiner Höchstgeschwindigkeit durcheinander. Deshalb kettete er sein Fahrrad am Zaun vor dem Gebäude auf Poelchaukamp 28 fest, zauderte sich dort durch eine Pforte und einen weitläufigen Garten, bis er vor einer mächtigen Holztür stand.

Rechts daneben befanden sich eine Klingel, ein Briefschlitz, ein Kameraauge und ein Messingschild, auf das in geschwungenen Lettern der Name *Hansestate* graviert war. Er musste aber zu *Goldkind*. Er hatte extra bei Bent nachgefragt, weil ihm dieser Name in dieser scharfkantigen Stadt zu märchenhaft vorgekommen war. Er schaute nachdenklich an der makellosen, weißen

Fassade des Patrizierhauses empor, bevor er sich an die Klingel wagte. Das Kameraauge nahm ihn in den Fokus. Der Türöffner summte.

Er trat in ein herrschaftliches Foyer. Die Wände waren von Gemälden mit Seefahrtsszenen geschmückt. Die Böden mit roten Läufern belegt. Links und rechts ging jeweils ein offener Durchgang ab. Er blieb in der Mitte stehen und atmete die vom Duft alter Hölzer gesättigte Luft. Eine Frauenstimme bat ihn nach rechts.

Die Frau war jung, trug ein tiefblaues Kostüm und die brünetten Haare streng nach hinten gebunden. Er sagte, dass er etwas abzuholen hatte. Sie schaute links und rechts auf ihren Schreibtisch, schob ihre Tastatur zur Seite und öffnete eine Schublade, dann schüttelte sie den Kopf und wollte wissen, für wen die Sendung denn sein sollte. Kleinlaut gab er zu, dass er den Empfänger nicht kannte, und als sie nach einem Moment der Stille, fast schon fürsorglich, mit den Schultern zuckte, fragte er noch, ob er unter Umständen überhaupt nicht bei *Goldkind* war.

Sie lächelte.

»Zu Goldkind wollen Sie? Die sitzen in dem Neubau schräg gegenüber.«

Walter drehte sich um und setzte sich in Bewegung. Sie rief ihm hinterher, er möge der Süßen am Empfang von *Goldkind* ausrichten, dass sie anrufen sollte, falls sie auswärts aß. Mit Widerwillen prägte Walter sich diese Zusatzaufgabe ein.

Goldkind war in einem Quader aus Sichtbeton untergebracht. Im Inneren des Gebäudes gab es einen weiten Raum mit Oberlicht und verglaster Rückwand, darin standen etliche Schreibtische scheinbar kreuz und quer. Im Eingangsbereich hingen ausladende Blechlampenschirme von der Decke. Es gab eine Art Bar, eine Sofaecke mit Flachbildschirm und einen Kickertisch, um den augenscheinlich ein Gros der Belegschaft versammelt war. Walter räusperte sich. Ein untersetzter Mann mit gegelten, grau melierten Haaren beugte die Knie, ein Ruck ging durch seinen Körper, und im selben Moment ertönte ein trockener Knall. Walter zuckte zusammen.

»Jawohl«, sagte der Mann und schaute auf. Es war Per Mertens, Goldkinds Senior-Creative persönlich.

»Sendung liegt am Empfang. Wie immer. Fährst du direkt? Die warten drauf«, sagte er, ohne aufzuschauen.

Walter erkannte die Bar, hinter der sich eine offene Küche befand, erst auf den zweiten Blick als Empfangstheke. Darauf lagen ein Stapel Modellbücher und ein Quittungsblock bereit. Er machte seinen Scheck fertig und schob die hart gebundenen Bücher ein.

»Sonst noch was?«, sagte Mertens.

»Ja«, sagte Walter. Seine Stimme verlor sich im Raum.

»Und das wäre?«

»Eure Empfangsdame soll, falls sie auswärts isst, bei Hansestate Bescheid geben.«

Er ging dem Firmennamen auf den Leim.

»Hänsestäte?«, äffte Mertens ihn nach.

»Ich danke Ihnen. Das mach ich«, sagte eine junge Frau am Kicker.

»Aber wirklich, Junge, Gas geben. Ihr habt erst letzte Woche eine Sendung verschlafen. Wenn das heute wieder nicht klappt, dann war's das. Gibt noch andere Kuriere, nur mal so«, sagte Mertens.

Die Zahlen der Retro-Uhr über der Theke klappten im Sekundentakt nach vorne weg. Walter blieben keine Kapazitäten, sich an der Drohung oder der Duzerei zu stören. Er war sowieso überfordert und er war sowieso in Eile.

Den nächsten Kunden, ein plüschig bescheidenes Anwaltsbüro eine Straße weiter, fand er auf Anhieb, und auch auf der Strecke zur Hamburger Straße taten sich keine weiteren Irrwege auf. Dort nahm ein Mann seines Alters die Akten von seiner ersten

Abholung in Empfang und schob ein paar Karamellbonbons über den Tresen. Damit hatte Walter seine Jungferntour gemeistert. Auf der Galerie vor dem massiven Bürokomplex knisterte er eines der Bonbons aus der Goldfolie und schob es sich in den Mund. Normalerweise machte er sich nichts aus Süßigkeiten, aber ohnehin bewegte er sich weit außerhalb seiner Normalität, und seinem Körper kam der Zucker gerade recht. Wie ein dressierter Hund würde er auch während der nächsten Wochen in dieser Gegend Appetit auf Süßigkeiten bekommen.

Als nächstes pfropfte er eine Fünfliterflasche Champagner in einer Holzbox auf seine Tasche. Er wollte den schneidenden Tragegurt ein Stück nach außen rücken, aber seine Schulter ließ dafür keinen Platz. Also fuhr er im Stehen weiter, um den Taschenboden auf dem Sattel auflegen und seinen Rücken einigermaßen entlasten zu können. Dass ihm dabei der Stadtplan aus einer Hosentasche rutschte, bekam er überhaupt nicht mit.

Die nächste Abholadresse, die Lange Reihe in St. Georg, erreichte er völlig nass geschwitzt und mit roten Flecken auf Wangen und Hals. Es war das versteckte Fotostudio. Das entsprechende Vorderhaus war ein Gebäude mit Rußschatten auf rissigem Putz. Einen Durchgang konnte er nicht ausmachen. Die Notizen, die er sich während Bents Wegbeschreibung gemacht hatte, konnte er nicht mehr entziffern. Er fragte in einem Café auf der gegenüberliegenden Straßenseite, aber keiner wusste Bescheid. Also klingelte er die Wohnungen im Vorderhaus durch. Anfangs bemühte er sich noch, nicht *unmäßig lange* zu klingeln, aber das ließ er bald bleiben. Bis er sämtliche Klingeln durch hatte, gingen trotzdem weitere fünf Minuten vorbei. Es war ein trotziger, kindlicher Ehrgeiz, der ihn davon abhielt, Bent oder Johannes um Hilfe zu bitten. Stattdessen versuchte er sein Glück bei einem Biosupermarkt am Ende der Straße. Die Verkäuferin wusste ebenfalls von nichts, verschwand aber durch eine Tür zwischen den Regalen, um den Filialleiter zu holen, der sich im Viertel anscheinend bestens auskannte. Walter trommelte mit den Fingern auf dem Funkgerät. Eine Kundin forderte ihn auf, das bleiben zu lassen. »Da wird man ja wahnsinnig«, sagte sie. An der Kasse warteten mittlerweile vier Leute. Walter hatte das Gefühl, dass mindestens zwei davon ihn missmutig beobachteten. Er demonstrierte Gleichgültigkeit und las einen Rezeptvorschlag auf einer Packung Vollwertreis.

Als endlich der Filialleiter ankam, ein junger Mann im weißen Kittel, hatte Walter sämtliche Zettel auf der Beschwerdetafel und einen Bericht über Tierversuche und Kosmetik studiert.

»Guten Tag. Wie kann ich Ihnen behilflich sein?«

Walter erläuterte sein Problem. Der Filialleiter fasste sich an seinen kunstvoll ausrasierten Kinnbart.

»Ein Fotograf auf der Zwölf?«

Er hielt die Fingerknöchel seiner rechten Hand vor die Nasenlöcher und atmete geräuschvoll darüber.

»Das weiß ich jetzt auch nicht. Aber, wenn Sie einen Moment Zeit hätten, Manuel, ein guter Freund, hat ebenfalls ein Fotostudio hier im Viertel. Bei dem rufe ich schnell durch. Der wird schon wissen, wo seine Konkurrenz sich verschanzt.«

Wirklich schnell ging das dann natürlich nicht. Zuerst unterhielten die beiden sich über eine Party am vergangenen Wochenende, dann über den neuen Italiener im Viertel. Als der Filialleiter endlich zur Sache kam, haftete die Kundenzeitschrift wie gekleistert an Walters Händen. Er ahnte, dass es allmählich doch zu lange ging.

»Dann gebe ich ihn dir schnell, Manuel«, sagte der Filialleiter und reichte Walter das Telefon.

Manuel brach in Gelächter aus, als Walter zu reden begann. Er fragte nach seiner Herkunft, erzählte, dass er selbst aus Baden kam, erklärte den Weg zu dem Fotografen, den er allerdings für handwerklich fragwürdig hielt und verabschiedete sich überschwänglich.

Walter wartete ab, bis auch der Filialleiter das Gespräch beendet hatte, dankte ihm, und war bereits an der Ladentür, als der Filialleiter ihm eine Hand auf die Schulter legte.

»Ganz kurz nur. Sie sind wahrscheinlich ja in Eile. Könnten Sie mir vielleicht Ihre Telefonnummer dalassen? Weil, lassen Sie mich das erklären. Sie sind ja schon ein bisschen älter, und ich denke, das ist ungewöhnlich in Ihrem Beruf. Ich meine, verstehen Sie mich nicht falsch, ich finde das wunderbar – so romantisch, so frei – aber ein Freund von mir, der schreibt für die *Abendnachrichten*, und die machen nun diese Reihe über ungewöhnliche Leute in ungewöhnlichen Berufen, und ich denke, der sollte sich unbedingt mal mit Ihnen unterhalten ...«

Weil Walter die Nummer von Johannes' Telefon nicht kannte, gab er Tom einen Flyer der Pedalpiloten und kritzelte »Walter/22« darauf. Dann machte er sich endlich wieder an die Arbeit. Noch war nichts verloren. Einige Beutestücke waren zwar alt, aber gammelig wurden sie erst zwanzig Minuten später.

Walter hatte mittlerweile den Verlust seines Stadtplans bemerkt, und auch schon an einem Kiosk gestanden, um einen neuen zu kaufen, aber nicht genügend Bargeld in der Tasche und keine Möglichkeit, mit Karte zu bezahlen. Dann rief ihn Bent an und wollte wissen, wo er war und wie es lief. Walter versuchte, seine Schwierigkeiten mit dem Hinterhaus und dem Stadtplan zu erklären. Bent begriff davon herzlich wenig, aber ihm war intuitiv klar, dass hier nichts mehr zu holen war. Er bat Walter, seinen Standort ausfindig zu machen und versprach, einen Kollegen zu schicken, der seine Sendungen übernahm.

»Und wenn der Kollege die Sachen hat, dann fährst du heim und Johannes soll dir ein Beruhigungsbierchen aufmachen. Dann machen wir das so, Walter. Machen wir das so.«

»Aber, ist das kein Problem, wenn ich die Touren nicht zu Ende fahre?«

»Eigentlich nicht«, sagte Bent ungewohnt zögerlich. »Das war für den Anfang einfach zu viel. Das kann man dir kaum zum Vorwurf machen …«

Walter atmete auf.

»Eigentlich wirklich kein großes Problem, nur hat sich so ein Agenturaffe von Goldkind jetzt aufgespielt und dem heiligen Paulsen verklickert, dass wir zu langsam sind und er in Zukunft mit einem anderen Kurier fährt. Und weil Goldkind der zweite gute Kunde ist, der uns diese Woche abspringt, ist Paulsen jetzt ziemlich sauer. Das solltest du vielleicht Johannes ausrichten: Paulsen will spätestens Morgen Funkgerät und Tasche in der Zentrale haben.«

»Wie?«

»Na ja, Pilot Doppel-Zwo ist gewissermaßen Geschichte. Harte Sache. Aber wenn der alte Oberpilot das so will, kann man da nichts machen. Respekt jedenfalls für deinen Einsatz. Hätte ja auch gut gehen können. Und sag liebe Grüße an Jo. Machen wir das so, ja?«

Damit stahl sich Bent aus der Leitung. Walter wusste nicht, was er von alldem halten sollte. Als er die Packstücke los war, schob er sein Rad über grob asphaltierte Straßen, vorbei an Autowerkstätten, Import-Export-Läden und Gemüsehändlern. Auf einer Brachfläche legte er das Rad ab und hockte sich auf eine kniehohe Mauer. Er ließ das Laub unter den Schuhsohlen knirschen. Er hob eine abgeschossene Chipstüte in den Wind und beobachtete, wie sie von ihm wegtorkelte und im Wetterschutz einer Bushaltestelle hängen blieb. Er konnte nicht einschätzen, wie Johannes reagieren würde. Er wünschte, er hätte Nein zu allem gesagt – zu den rostfarbenen Chrysanthemen, der Einladung nach Hamburg, diesem Job. »Ein Kreuz mit den Leuten, die nicht Nein sagen können«, sagte er leise. Irgendwann griff er das Rad am Lenker und ging davon aus, dass er früher oder später wieder auf die Außenalster traf, wenn er Richtung Fernsehturm ging. Von dort aus würde er vollends zur Brahmsallee finden. Der Zeitdruck war nun ja weg, und im steten Voranschreiten kannte er sich aus.

Nach Walters Aufbruch telefonierte Johannes mit Maga. Er erzählte, dass sein Vater nun an seiner Stelle Kurier fuhr. Sie lobpreiste Walter als geilsten Vater der Welt.

»So geil ist der nicht«, sagte Johannes.

Sie nannte ihn einen undankbaren Vollidioten, der sich dringend mit seiner Herkunft aussöhnen sollte und erzählte, wie ihr Chef sie eine launische Zicke genannt hatte, weil sie sich weigerte, über seine schalen Witze zu lachen.

»Das ist das Ding mit den flachen Hierarchien. Die bemerkt man erst, wenn man darüber gestolpert ist und sich die Zähne an der hausinternen Mitarbeiterbar ausgeschlagen hat«, sagte Johannes.

»Immerhin bist du auch ein bisschen lustig, Pilot Doppel-Zwo.«

Den Rest des Tages über käute Johannes Magas Vorwurf wieder. Tatsächlich trug er in Walters Nähe innere Kämpfe aus. Dabei war ihm seine Einsilbigkeit vertraut, sein hohles Geschwätz über Geringfügigkeiten, ebenso sein konsequentes Schweigen zu allem, was vielleicht wichtig sein könnte. Seit Jahren machte er darüber Witze, aber jetzt, wo das Schweigen zwischen ihnen nicht mehr Monate, sondern höchstens ein paar Stunden dauerte, wo zwischen ihnen nicht mehr 700 Kilometer Deutschland lagen, sondern maximal eine hellhörige Wand, ging ihm die nötige Gelassenheit ab. Sobald er ins Badezimmer kam, musste er sich beispielsweise zusammenreißen, damit er den Waschlappen, der seit Walters Ankunft an der Handtuchstange hing, nicht entsorgte oder wenigstens in eine Ecke pfefferte. So ziemlich jedes Wort, das Walter von sich gab, ging ihm auf die Nerven. Zumindest in der Theorie war ihm klar, dass kaum ein Vater sich auf einen vergleichbaren Deal eingelassen hätte. Genau genommen war der Rollentausch doch nur dazu gut, seine Illusion, alles im Griff zu haben, noch ein bisschen am Leben zu halten. Warum also dieses unkontrollierte, pubertäre Dagegen? Das Bild, wie Walter an den letzten drei Morgen aus dem Flur verschwunden war, ging ihm nicht aus dem Kopf. Walter in seiner Jogginghose, mit seiner Kuriertasche, beim Erledigen seiner Arbeit zu beobachten, war wie der Blick in einen Spiegel, über den diffuse Lichtwellen aus Vergangenheit und Zukunft in die Gegenwart schwappten. Sie hatten die gleiche Größe, die gleiche Statur und anscheinend die gleiche Stimme. Wer könnte sagen, was sie sonst noch alles gemein hatten? Er nahm sich vor, von jetzt an netter zu sein. Er musste reichlich Geduld aufbringen, um das unter Beweis zu stellen. Er hatte nicht damit gerechnet, dass Walter an seinem ersten Tag bis fünf auf der Straße bleiben würde.

»Und, wie war die Beute«, sagte er, als Walter ablegte.

»Zu fett«, sagte Walter und beugte sich so, dass er durch das Loch in der Tür schauen konnte.

»Wie?«, sagte Johannes.

Walter kam ins Wohnzimmer.

»Ich habe mich verhoben und jetzt bist du deinen Job los.«

»Ja, ja. War es sehr anstrengend?«

»Wirklich. Ich hatte zu viele Touren und war zu langsam.«

»Bitte?«

»Bent hat gesagt, ich soll dir von einem Herrn Paulsen ausrichten, dass er am Montag das Funkgerät und die Tasche zurückhaben will.«

»Das ist nicht dein Ernst?«, sagte Johannes, aber wie Walter bedröppelt, in den Knien wippend, vor ihm stand, war eigentlich Antwort genug.

»Einen Augenblick«, sagte Johannes und wählte die Dispo-Nummer der Pedalpiloten.

Per ging ans Telefon.

»Mit dir rechnen wir schon ein paar Stunden«, sagte er.

Am Anfang seiner Schicht war Per der effektivste Funker. Jedes seiner Worte war präzise auf den Punkt gesetzt. Aber dann kiffte er den ganzen Nachmittag über, und spätestens ab vier kämpfte er sich zäh von Silbe zu Silbe. Johannes hatte das Gefühl, dass ihm graue Haare wuchsen, bis Per ihm verständlich gemacht hatte, wie der eigentlich für seine Entspanntheit bekannte Paulsen ausgerastet war.

»Aber was kann ich dafür, wenn ihr meinen Vater vollpackt, wie nichts Gutes? Der Mann ist über sechzig. Der ist vor drei Tagen zum ersten Mal in seinem Leben nach Hamburg gekommen. Das war doch abzusehen, dass das nicht gut geht.«

»Ist mir schon klar, dass du da am wenigsten dafür kannst. Aber Bent hat gemeint, dass dein Vater verdammt hartnäckig war und sich die fatale Fünfer-Schiene partout nicht ausreden lassen hat.«

»Mein Vater – hartnäckig? Das wäre mir neu.«

»Doch, doch.«

»Walter ist die Nachgiebigkeit in Person. Sein zweiter Name ist Vonmiraus.«

»Ich kann nur sagen, was Bent mir gesagt hat. Dein Vater hat anscheinend nicht lockergelassen, bis Bent klein beigegeben hat.«

»Ihr wollt mir also weismachen, dass Walter sich richtig fest-
gebissen hat?«

»Genau. Wie so 'ne Kampftöle.«

»Was es nicht alles gibt …«

Johannes klemmte das Telefon unter das Kinn und versorgte
das Funkgerät. Walter saß mit verschränkten Armen auf dem
Sofa und lauschte mit schräg gestelltem Kopf. Das angedeutete
Heben der Augenbrauen fragte, was los war, ohne es wirklich
wissen zu wollen.

»Aber Paulsen kann mich doch nicht einfach vor die Tür setzen?«, sagte Johannes.

»Paulsen kann das schon. Klar kann ich noch ein gutes Wort
für dich einlegen, aber an deiner Stelle würde ich mich schon
mal bei der Konkurrenz auf die Warteliste setzen lassen. Du
weißt ja, wie das mit den Wartelisten ist. Das dauert. Am besten,
du meldest dich auch gleich für Hartz IV an. Vorübergehend.
Wenn du denen sagst, du warst Fahrradkurier und das trägt sich
nicht mehr, machen die null Probleme, habe ich mir sagen lassen.«

»Hartz IV? Na herzlichen Dank«, sagte Johannes und legte auf.

Er trat einen der Glaszähne aus der Tür und erschrak sich über
das infernale Scheppern. Walter machte sich klein. Anscheinend
war die Zeit, sich Gedanken über ein längerfristiges Morgen
zu machen nicht im Januar, sondern jetzt, dachte Johannes. Er
verschwand in die Küche und entkorkte eine Flasche Wein, die
Walter ihm mitgebracht hatte. Er war sich nicht ganz sicher, ob
der Wein extrem trocken oder doch eher sauer schmeckte, aber
zwei halb volle Trinkgläser davon beruhigten ihn so weit, dass er
Walter unter die Dusche schob und Kartoffeln mit Spiegeleiern
briet.

»Lass uns den Ochsenaugenpakt auffrischen. Wir haben allen
Grund dazu«, sagte er, als er das Essen servierte.

Walter hatte keine Ahnung, wovon er sprach.

»Weißt du nicht mehr? Am Abend nach Emilies Abgang haben wir den Ochsenaugenpakt geschlossen. Das war deine Idee. Mehr als Ochsenaugen und Bratkartoffeln brauchen wir nicht zum Zufriedensein. Schon gar keine Vollkornnudeln, hast du gesagt. Ist aber auch egal. Fakt ist, dass wir jetzt nicht mehr für drei Euro fünfzig die Stunde unser gutes Aussehen und den Spaß am Leben riskieren müssen.«

»Wie?«

»Wir sind gewissermaßen gekündigt.«

»Aber das geht doch nicht.«

»Was geht nicht?«

»Dass die dich kündigen.«

»Die machen das einfach. Aus die Maus.«

»Aber dagegen müssen wir etwas unternehmen. Kündigungsschutz. Arbeitsrecht. Dann ziehen wir vor Gericht. Ich bin rechtsschutzversichert.«

»Das kannst du vergessen. Ich habe ja keinen Arbeitsvertrag oder so. Wenn Paulsen mich nicht mehr will, bin ich einfach weg vom Fenster. Das passt dann schon.«

»Wie meinst du das?«

»Irgendwann ist einfach gut. Irgendwann hat man die Schnauze voll. Manchmal läuft es anders, als man sich das vorstellt, und damit genau richtig ...«

»Über verschüttete Milch lohnt sich nicht zu weinen, meinst du?«

»Wenn du es so willst.«

»Und was willst du jetzt machen?«

»Irgendwas beim Film. Regie ist utopisch, das sehe ich ein. Regieassistenz oder Schnitt, irgend so was müsste gehen. Vielleicht fange ich einfach mal als Runner an. Oli kann mir da helfen ...«

»Aber ist das so einfach?«

»Einfach ist das nicht. Aber wo ein Wille ist ...«

»... ist auch ein Weg?«

»So ungefähr. Da passt dein Spruch der Stunde mal.«

Walter rieb sich das Kinn. Er konnte sich nicht erinnern, dass es jemals so stoppelig gewesen wäre. Er hatte sich nicht rasiert, seit er nach Hamburg aufgebrochen war.

»Zur Post willst du nicht?«, sagte er.

»Ist das dein Ernst?«

»Das wäre mittlerweile auch nicht mehr so einfach.«

»Ist schon gut.«

»War das so schlimm damals?«

»Nicht direkt schlimm. Aber auch nicht so, dass ich damit den Rest meines Lebens verbringen muss.«

»Aber muss man heutzutage nicht froh sein, wenn man überhaupt einen sicheren Arbeitsplatz hat?«

»Du und deine Demut. Ein bisschen davon an der richtigen Stelle kann ja nicht schaden. Aber generell damit durchs Leben gehen? Ich weiß ja nicht.«

Eigentlich hätte Johannes noch viel zu diesem Thema zu sagen gehabt. Es war ihr Thema. Aber ihm war nicht nach Reden. Er wollte seine Ruhe. Er blieb still, biss ab, kaute, schluckte und rieb unter dem Tisch seine Füße aneinander, und als sie gegessen hatten und Walter sich wieder für einen Spaziergang fertig machte, schloss er sich an.

Im zehnten Stock stieg Frau Dombrowski mitsamt ihrem Rollator zu ihnen in den Fahrstuhl. Sie hatten nur deshalb noch keinen Besuch vom Verfassungsschutz bekommen, weil man Dombrowskis Glaubwürdigkeit dort als gering eingestuft hatte. Frau Dombrowski ahnte das und wollte der Sache nun selbst auf den Grund gehen.

»Moin«, sagte Johannes.

»Guten Tag«, sagte Walter.

Frau Dombrowski war so sehr damit beschäftigt, die freundliche Begrüßung mit abgrundtiefem Hass zu unterfüttern, dass ihr kein Wort über die Lippen kam. Sie gab vor, in den Spiegel an der Rückwand des Fahrstuhlkorbs zu schauen, gegen den die beiden gedrückt standen, in Wirklichkeit inspizierte sie aber ihre Gesichter, gut getarnt von ihrem massiven Astigmatismus. Auch ihr fiel auf, dass die beiden einander ähnelten. Vater und Sohn, eine Terrorfamilie also, dachte sie. Ihr entging weder der Arm in der Schlaufe, noch der Pflasterverband am Finger. Selbstverständlich brachte sie das mit den Splitterbombenübungen in Zusammenhang. Sie fand, die Herren wirkten angespannt, aber hochkonzentriert mit ihren ausgemergelten Gesichtchen und den Augen, aus denen dieselbe Entschlossenheit strahlte wie aus den Augen all der anderen Terroristen und Amokläufer, wenn sie an Kameras und Reportern vorbei in die Gefängnisse und Gerichtssäle der Welt geführt wurden. Es war ihr nicht unrecht, dass im sechsten Stock eine junge Brünette zustieg.

»Hallo zusammen«, sagte die Brünette.

»Moin«, sagte Johannes.

»Guten Tag«, sagte Walter.

»Einen schönen Abend«, sagte Frau Dombrowski.

Weil ihr Rollator in die Lichtschranke ragte, schloss die Tür nicht. Die Brünette wies darauf hin.

»Tatsächlich?«, sagte Frau Dombrowski und wummste ihren massigen Körper in die überschaubare Tiefe des Raums. Johannes ächzte.

»Was?«, sagte Walter.

»Nichts. Nur mein Schlüsselbein«, sagte Johannes.

»Entschuldige. Ich hätte warten sollen«, sagte die Brünette.

Frau Dombrowski schwieg.

Im Erdgeschoss ging sie zügig vorne weg und verließ das Gebäude. Die Brünette wartete und hielt den beiden die Tür auf. Johannes bekam beim Verlassen des Fahrstuhls noch einen Stoß von der Schiebetür in die lädierte Seite. Walter nickte der Brünette im Vorübergehen zu.

»Seid ihr beiden Pechvögel verwandt?«, sagte die Brünette.

»Er ist mein Vater. Sieht man das?«, sagte Johannes.

»Schon«, sagte sie.

»Kennst du die Frau?«, sagte Johannes auf dem Weg in den Park.

»Welche?«

»Die junge.«

»Nein.«

»Kennst du die andere?«

»Das ist Frau Dombrowski, die Frau, die unter dir wohnt.«

»Woher weißt du das?«

»Wir hatten das Vergnügen an meinem ersten Tag hier.«

Eine nasskalte Nebelmütze hatte sich über die Stadt gesenkt. Der Innocentiapark war leer. Walter und Johannes setzten sich trotzdem auf eine Bank, die Hände in den Jackentaschen, zugeknöpft und zugezippt bis unters Kinn. Walter erzählte von der Frühpension, von Thommy, von seinem Finger. Anfangs knochentrocken, später mit der Lebendigkeit, die bis dato seinem Himmel vorenthalten gewesen war. Das Übermaß an Gegenwart und Wirklichkeit wollte irgendwie verarbeitet werden. Er hätte vielleicht sogar von Madeleine Fall und den rostfarbenen Chrysanthemen gesprochen, wenn nach einiger Zeit nicht Annegret zwischen den tropfnassen Zweigen eines Gebüschs hervorgeschlüpft wäre. Walter verstummte. Sie stellte sich vor ihre Bank, hob die Arme nach vorne und drehte die Handflächen in einer feierlichen Geste nach oben.

»Dieser Mensch ist der Knecht des allerhöchsten Gottes, der euch den Weg des Heils verkündet«, flüsterte sie mit einem diabolischen Lächeln um den schmalen Mund.

»Und die? Kennst du die?«, sagte Johannes.

Walter schüttelte den Kopf. Diese Frau machte ihm Angst und diese Angst stand ihm ins Gesicht geschrieben. Annegret wiederholte ihren Bibelvers mit gehobener Stimme.

»Ich glaube, Sie täuschen sich. Er ist kein Knecht. Er ist mein Vater. Vom Weg des Heils wissen wir wenig. Leider. Unser Leben läuft nicht so zurzeit. Wir sind heute gefeuert worden, verstehen Sie?« Annegret machte nicht den Eindruck, als hätte sie auch nur ein Wort verstanden. Sie atmete geräuschvoll ein und setzte wieder an.

»Dieser Mensch ist der Knecht ...«

»Das ist er nicht. Das können Sie mir glauben.«

Sie hustete und tatschte mit erdigen Fingern an Walters Stirn. Sie wirkte ungläubig und fasziniert, als hätte sie einen Geist berührt. Er zuckte zurück und bat mit fisteliger Stimme, dass sie ihn bitte in Ruhe lassen sollte. In seiner Hilflosigkeit griff er nach Johannes. Der richtete sich auf. Die Frau glotzte dumpf.

»Gehen Sie doch weiter«, sagte er.

Sie drehte ab und verschwand im Nebel.

»Man will ja nicht grob sein«, sagte Walter.

Den Samstag verbrachten sie überwiegend auf dem Sofa. Der Regen plätscherte auf die Brüstung vor der Loggia. Die Windböen bogen die Scheiben in den Raum. Sie redeten wenig. Wenn, dann über die Post, das Wetter und andere unverfängliche Dinge. Walter wollte nun abreisen, aber Johannes überredete ihn, das für Dienstag angekündigte Hochdruckgebiet abzuwarten und sich doch noch als Tourist in Hamburg umzuschauen. Als am Sonntagnachmittag der Regen eine Pause einlegte, fuhren sie zu den Landungsbrücken. Die Verladekräne über der Norderelbe hoben die Wolkendecke an und ließen die Sonne ein paar gleißende Strahlen über den Hafen streuen. Johannes löste Tickets für eine Elbfähre. Sie waren die einzigen Passagiere über Deck. Walter klammerte sich an die Reling. Der Bug schnitt in die kabbelige Wasseroberfläche.

»Ist heute nicht Fischmarkt?«, sagte Walter. »Den wollte ich mir doch anschauen.«

»Die haben längst die Schotten dicht. Den hast du wieder verpasst. Aber das macht auch nicht viel Sinn, wenn die Gullys sich ins Koma saufen. Und sowieso ist das Touristennepp. Das ist einfach Markt mit ein bisschen Schießbudenzauber und einem Haufen Besoffener.«

Walter war zu erschöpft, um zu widersprechen. Stumm standen sie nebeneinander und ließen ihre Blicke schweifen. Von Westen näherte sich eine stahlblaue Wolkenfront. Neben dem Boot standen ein paar Möwen im Wind und stießen gellende Schreie aus. Unter ihren Füßen brummte der Dieselmotor. Die Silhouette der Stadt wirkte mehr und mehr wie eine Kulisse aus Sperrholz. Die Kräne an der Süderelbe ragten in den Himmel wie Knochen und trockene Äste. Ein paar Außenborder und ein Polizeiboot lotsten ein Containerschiff ans passende Terminal.

In Finkenwerder gingen sie an Land. Walter spendierte Matjesbrötchen und Pils. Johannes schmunzelte über die große Geste, mit der er sein Portemonnaie zückte. Außerhalb zu essen war in seiner Kindheit der Gipfel des schönen Lebens gewesen. Mehr hatte man sich nicht gegönnt. Walter nahm einen Bissen, machte ein Gesicht, als hätte er in eine Zitrone gebissen und spülte mit seinem Pils nach.

»Schmeckt's dir nicht?«, sagte Johannes.

»Das ist ja roh«, sagte Walter.

»Die Zwiebeln?«

»Der Fisch.«

»Stimmt. Aber lecker.«

»Ich weiß auch nicht«, sagte Walter und nahm vorsichtig einen zweiten Bissen.

»Und?«, sagte Johannes.

»Salzig, aber eigentlich nicht schlecht«, sagte Walter und spülte wieder nach.

Als sie wieder an den Landungsbrücken anlegten, wackelte auf der mittlerweile spiegelglatten Wasseroberfläche ein nahezu voller Mond.

»Das ist doch schön hier, oder?«, sagte Johannes.

»Gar kein Ausdruck«, sagte Walter.

Als Johannes Emilies Antwort las, träumte Walter längst von Wasser, Horizont und einer Kuriertasche, die partout nicht leer werden wollte. Emilie freute sich über das Interesse am Unternehmen und beglückwünschte ihn, weil er bereits am übernächsten Wochenende Gelegenheit haben würde, mehr über das Geschäft zu erfahren. Sie und ihr Gatte Gerd Hasselbrock luden zu einem Informationsbrunch ins Hotel Schöne Heide bei Lüneburg und wollten bei dieser Gelegenheit gerne mit ihm über seine beruflichen Perspektiven sprechen. Sie ermutigte ihn, Partner oder Freunde zu der Veranstaltung mitzubringen, schrieb, dass ihr Leben dank des Geschäfts besser geworden war, als sie es je zu träumen gewagt hätte, und schloss mit den Worten, dass sie über ein sehr gutes Einkommen verfügte und ihr dennoch reichlich Zeit für Hobbys und Familie blieb. Dann ist ja alles gut, dachte Johannes und beantwortete die Mail.

»Sehr geehrte Frau Schweiger, vielen Dank für Ihre Nachricht. Wäre ich nicht dumm, wenn ich mir diese Chance entgehen lassen würde? Rechnen Sie mit mir nebst meinem hochmotivierten Vater. Beste Grüße. Matthias Buck.«

Am Montagmorgen wütete der Regen in der Waagerechten und Paulsen rief Johannes an. Er behauptete, er habe die Kündigung überdacht und würde sich freuen, wenn sein Vater und hoffentlich bald auch er wieder für die Pedalpiloten unterwegs wären. Dann rückte er damit heraus, dass ein Journalist der *Abendnachrichten* Walter treffen wollte und ob das eventuell schon am Dienstagnachmittag passieren könnte. Außerdem stellte er Johannes eine Festanstellung als Funker in Aussicht – inklusive unbefristetem Arbeitsvertrag, Urlaubsanspruch, dreizehntem Monatsgehalt und Arbeitgeberanteil an Kranken- und Sozialversicherung. Der Funker war gewissermaßen das Ass im Kurierblatt.

»Ein paar Sachen sind da noch zu klären. Aber wenn es so läuft, wie es aussieht, wärst du mein Mann. Was sagst du dazu?«

»O-kay«, sagte Johannes und buchte das Projekt Zukunft stillschweigend auf Januar zurück.

Als Walter sich am Dienstag am Funk meldete, unterbrach Bent seinen Lesungsturnus. Er war überzeugt, dass seine Fürsprache für Johannes zu Paulsens Gesinnungswandel geführt hatte und forderte von den Kollegen reichlich Lob dafür ein. Er disponierte Walter fürs Erste, präsentierte ihm sämtliche Aufträge deutlich artikuliert, buchstabierte Straßen- und Eigennamen und gab minutiöse Wegbeschreibungen. Als der Morgennebel sich gehoben hatte, spiegelte die Außenalster die bunten Baumkronen und das spärlich mit Wolken betupfte Blau des Himmels gestochen scharf. Ein-Euro-Jobber schaufelten triefende Laubberge auf die Pritschenwagen der Stadtreinigungsflotte und die tief stehende Sonne brachte die Farben der Stadt zum Leuchten, als müssten sie vor Wintereinbruch unbedingt vollends verbraucht werden.

Um die Mittagszeit rastete Walter an einem Alsterfleet zwischen Rathaus und Elbe. Ein paar Meter vor ihm diskutierte ein Mann am Telefon die jüngsten Ereignisse an der Wall Street. Er sprach von Bekannten in den Staaten, die Arbeit und Haus verloren hatten und nun in ihrem Auto lebten. Er hoffte, dass es so weit in Deutschland nicht kommen würde. Links von Walter verfütterte ein alter Mann Brotreste an ein paar Enten und versuchte, die gierig umherflatternden Tauben in die Flucht zu schlagen, indem er Schottersteinchen nach ihnen warf.

Walter hielt den Kopf zum Funkgerät geneigt und übte sich darin, die Straßennamen in Bents Lesung zu identifizieren und auf seinem Plan zu finden, bis er wieder einen eigenen Auftrag serviert bekam.

In Zeit- und Aufgabenpäckchen portioniert, verging sein Nachmittag wie im Flug. Er entspannte sich, nahm die Häuser, Aussichten und Menschen jenseits seiner Strecken wahr, und ließ sich vom Auf und Ab seiner Oberschenkel einlullen. Zwanzig Minuten vor dem Interviewtermin traf er bei den Pedalpiloten ein.

Paulsen begrüßte ihn im fünften Stock, führte ihn zwischen drei vollgepackten Arbeitsplätzen hindurch zu einer Holzwand, in der sich der Durchgang zu seinem Chefseparee befand.

»Herr Schmeck, ich bitte darum, dass Sie sich beim Interview möglichst ruhig verhalten und die Kommunikation mir überlassen. Der Umgang mit der Presse ist eine äußerst delikate Angelegenheit.«

Walter war das nicht unrecht. Der Journalist, ein schmaler junger Mann, der sich als Samuel Weill vorstellte, war Punkt fünf zur Stelle. Paulsen nahm ihm seine Cordjacke ab, bat ihn, sich zu setzen und servierte ihm Salzcracker und Bier. Weill nahm sich einen Cracker, packte ein Notebook auf den Tisch und fragte nach Walters Lieblingsstrecken, Strategien für Schlechtwettertage und nach dem Gefühl, das einer haben musste, der tagtäglich mit den Elementen in Kontakt war. Walter versuchte klarzustellen, warum und wie lange er tatsächlich als Kurier arbeitete, aber Paulsen fiel ihm ins Wort, faselte von der Freiheit der Straße und erdichtete eine Biografie, die ihn gleichermaßen zum Kämpfer gegen Klimawandel, Überangepasstheit und Raubtierkapitalismus stilisierte. Weill notierte eifrig mit und nach fünfzehn Minuten bat er Walter zur Fotosession auf den Hof hinunter.

»Noch ein Pilschen? Eine Cola?«, sagte Paulsen.

»Danke, nein. Ich habe gleich noch einen Termin.«

»Wichtiger Mann, verstehe. Wer kennt das nicht?«, sagte Paulsen.

Unten schraubte Weill seine Kamera auf ein Stativ, positionierte Walter vor Bank und Pedalpilotenschild, bat ihn, ein Bein über den Sattel zu schwingen, und drückte ab.

»Der Artikel erscheint morgen. Wenn Sie mir Ihre Adresse geben, lasse ich Ihnen ein Belegexemplar zukommen.«

Walter gab sich desinteressiert, aber auf der Heimfahrt unter einem grünstichigen Abendhimmel hatte er wieder Madeleine vor Augen und sinnierte über den jungen Reporter, dem zwar seine Nervosität anzumerken war, der seine Aufgabe aber souverän erledigte. Damit hatte Walters Himmel nicht nur die Farbe verändert, sondern auch beträchtlich an Weite gewonnen.

Ab Mittwoch wurde Walter den ganzen Tag über von Kunden und Passanten auf den Artikel angesprochen. Zunächst bei einem Zahnchirurgen, der ihm einen Espresso aufdrängte und unter den Augen seiner Arzthelferinnen versuchte, die 150 Kilometer aus ihm herauszukitzeln, die er laut Artikel täglich zurücklegte. Walter wurde zuerst stocksteif und fragte sich, was er falsch gemacht hatte. Dann begriff er, worum es ging. Einerseits hätte er die fremden Federn gerne abgestoßen, bevor sie ihm ausgerupft wurden, andererseits sträubte er sich dagegen. Er ahnte mittlerweile, dass sein Leben bislang höchstens mittelmäßig verlaufen war, und jetzt, wo es aufregend wurde, nötigte ihn ein diffuses Moralgefühl dazu, dagegen zu halten.

Dass da tatsächlich jemand war, der sich an der verzerrten Darstellung störte, begriff Walter am Donnerstagnachmittag. Er hatte sich gerade in Altona frei gemeldet. Bent verlas einen Pinnasberg für die City. Für Walter klang Pinnasberg wie Pinneberg, und von Pinneberg wusste er, dass es außerhalb der Stadtgrenzen lag und man über Autofahrer mit Pinneberger Kennzeichen Witze machte. Tatsächlich lag der Pinnasberg aber keine zwei Minuten von seinem Standort entfernt, allerdings gehörte er zum benachbarten Freistellbezirk *Bunker*, benannt nach dem Bunker auf dem Heiligengeistfeld.

»Da träumt wohl einer? Hört mich Doppel-Zwo? Walter?«, sagte Bent. »Einsatz am Pinnasberg. Das müsstest du in zehn Minuten locker machen können.«

»Und wie heißt bitte die Firma?«, sagte er.

»Einsatz. Am Pinnasberg«, sagte Bent.

Es war viel zu tun und Bent hatte den Vorabend auf der Bank verbracht, entsprechend patzig redete er nun daher.

»Aber der Name?«, sagte Walter. »Wie heißt die Firma?«

»Einsatz!«, brüllte Axel in sein Funkgerät.

»Einsatz«, sagte Carlo und lachte.

»Einsatz. Das ist der Name«, sagte Jochen.

»Mutter Lotte schießt sich tot«, nuschelte Thorben.

»Pinnasberg, oberhalb vom Alten Fischmarkt. Topkunde. Da hast du schon wesentlich kniffligere Aufgaben gelöst«, sagte Bent.

Bei Walter kam von alledem nur ein mehrstimmiges Knirschen an. In seinen Ohren klang das gehässig. Er wurde nervös. Natürlich wollte er nicht gleich den nächsten Fehler machen, aber den Trottel wollte er auch nicht geben. Das bisschen Souveränität, das er sich in den letzten Tagen erarbeitet hatte, schwankte auf seinen Beinchen wie ein frisch geborenes Fohlen.

»Ach ja«, sagte er.

Augen zu und durch.

Bent atmete auf. Carlo trällerte *Auf de schwäbsche' Eisabahna*. Die anderen gaben ihren Senf dazu.

Walter stellte sein Funkgerät leise, schob das Fahrrad über den Gehweg und dachte darüber nach, wie er aus dieser Nummer wieder herauskommen könnte.

Nach ein paar Metern öffneten sich die Hecken rechterhand zu einem Spielplatz. Um einen Sandkasten saßen Frauen mit Kopftüchern auf bunten Schaumstoffpolstern und unterhielten sich über die spielenden Kinder hinweg. Walter hockte sich auf die vorderste, feuchte Holzplanke einer Sitzbank und durchforstete das Straßenregister seines neuen Stadtplans. Als er auf den Pinnasberg stieß, klatschte er in die Hände. Kurz darauf stand er unter dem betreffenden Straßenschild, am Anfang einer Pflastergasse, die für Hamburger Verhältnisse kräftig anstieg. Im Eckhaus vor seiner Nase hätte er *Einsatz* gefunden, aber er ging davon aus, dass das Haus noch zur breiteren Querstraße gehörte. Er begann also am Nebenhaus Eingänge und Klingeltafeln nach Firmennamen abzusuchen, die er mit dem gehässigen Knirschen aus seinem Funkgerät abgleichen konnte. Er erreichte das Haus mit der Nummer 31 und damit das Ende der Straße, und fand nur einen Firmennamen, der partout nicht mit dem Knirschen zusammenzubekommen war. Er warf einen Blick auf die bunten Stahlpalmen, die im Park Fiction kantige Schatten spendeten, und sah ein, dass ihm nichts anderes übrig blieb, als nochmals nachzufragen. Dass Bent sich gerade verabschiedete, war ihm nicht unrecht. Per meldete sich zu Wort und knatterte an die dreißig Positionen heraus.

»Auf geht's, Leute, viel zu tun, wen kann ich hören?«

Walter wartete auf die Textrunde. Und das dauerte. Er klopfte mit den Fingerknöcheln an den Stamm der Palme und zog damit die Blicke der Skater auf sich, die dort herumhingen. Per packte gerade Frauke voll und dann Sechs-Null und sonst jemanden, und es schien kein Ende in Sicht. Unten am Eckhaus sprang ein Kurier von seinem Rad. Walter holperte die Pflasterstraße wieder hinab. Er konnte gerade noch das Camouflagemuster der Tasche des Kollegen im Fahrstuhl verschwinden sehen. Per verhandelte nun mit Thorben, der die Sache mit einer Story von Mutter Lotte und ihren zwölf schwachsinnigen Söhnen ziemlich in die Länge zog. Walter suchte Ablenkung und beobachtete das Hin und Her der Hebebühnen an den Docks. Der Kollege stieß ihm bei seiner Rückkehr die Tür direkt in den

Rücken und brachte es trotzdem fertig, wieder auf sein Rad zu steigen, ohne Walter auch nur anzusehen.

Es war Severin, eine Legende der Kurierszene. Er hatte im Vorjahr sein 25. Dienstjubiläum gefeiert und war mit seinen 54 Jahren tatsächlich der älteste Profikurier der Stadt.

»Halt«, sagte Walter.

Severin rollte an. Wen er nicht mindestens fünf harte Winter auf der Straße gesehen hatte, grüßte er grundsätzlich nicht.

»Einen Moment«, sagte Walter.

»K-k-k-kennen wir uns?«, sagte Severin und sah Walter an, als wäre er Dreck unter seinen Fingernägeln.

Sein vernarbtes Gesicht und der starre Blick machten Walter Angst.

»Mich kennen Sie nicht. Aber meinen Sohn vielleicht. Johannes Schmeck. Doppel-Zwo bei den Pedalpiloten …«

Severin rollte kopfschüttelnd weiter. Walter horchte wieder nach dem Funk. Die Textrunde hatte er nun verpasst.

»Ich bitte Sie!«, rief er und die Verzweiflung gab seiner Stimme etwas Kindliches.

Severin riss sein Hinterrad herum und balancierte vor Walter auf der Stelle.

»S-s-s-sag mal«, sagte er und fragte, ob Walter nicht die Hackfresse von Paulsens Etikettenschwindel war.

Walter ahnte, worauf Severin hinauswollte.

»Ich glaube ja«, sagte er kleinlaut.

»V-v-versteh m-mich n-nich f-falsch. D-dir nehm ich d-d-die Sache kaum krumm«, sagte Severin und weil er bei jeder zweiten Silbe hängen blieb, kam Walter ganz gut mit. Severin beauftragte ihn, der alten Ratte Paulsen auszurichten, wie arm er es fand, dass er für ein bisschen Publicity nun schon verarmte Rentner auf die Straße schickte.

Walter versuchte zu erklären, wie die Reportage zustande gekommen war, aber davon wollte Severin nichts wissen. Er spuckte einen zähen gelben Klumpen aus und stellte sich wieder in die Pedale.

»Moment … eine Frage hätte ich noch«, sagte Walter und fragte, ob er von einer Firma am Pinnasberg wusste.

»Hier gibt's nur Einsatz«, sagte Severin und wies mit seinem kantigen Kinn auf die Tür, aus der er gekommen war. Dann rollte er in Schlangenlinien den Berg hinab, riss vor dem Bordstein sein Rad in die Luft, sprang weit über die Mitte der Straße und verschwand um die Ecke.

In Walters Rücken trällerte es nun »Rulla, rulla, rulla-laa«. Er fühlte sich ertappt. Carlo hielt die Tür für ihn auf.

»Hattest du den Auftrag nicht vor zwanzig Minuten angenommen? Büsschen mit Sev geschnackt? Veteranentreffen, was?«

»Ich hatte nicht kapiert, dass Einsatz der Firmenname ist.«

»Streife 113, bitte melden, dringender Einsatz am Pinnasberg. So in etwa?« Carlos Lache ließ den Fahrstuhlkorb in den Drahtseilen schaukeln. Miteinander traten sie an den Tresen. Walter erkannte Maga sofort. Sie starrte ihn an, hielt sich eine Hand vor den Mund und stürzte auf die Toilette.

»Geht schon den ganzen Tag so. Vom Börek, Ecke Pepermöle/ Reeperbahn rät Maga ab«, sagte ein Glatzkopf in Karopullunder, der bis dahin lautlos im Sessel neben dem Tresen gesessen und sein Telefon gestreichelt hatte. »Müsst ihr wohl einen Moment warten, wenn's auch schwerfällt.«

»Keine Sorge. Wir helfen uns selbst«, sagte Carlo, trennte die beiden oberen Schecks vom Block auf dem Tresen und nahm die entsprechenden Pakete von Magas Schreibtisch.

Für Freitag waren Starkregen und Temperaturen knapp über dem Gefrierpunkt angekündigt. Johannes breitete sein gesamtes Schlechtwetterarsenal vor Walter aus. Da gab es Socken, Überschuhe, Beinlinge und Knielinge aus Neopren, diverse Regenjacken, Schirmmützen, Ohrenwärmer, Sturmhauben und lang- und kurzbeinige Regenhosen. Lediglich bezüglich der Handschuhe hatte er noch keine rundum befriedigende Lösung gefunden. Entweder die Hände kühlten aus oder die Handschuhe waren so dick, dass er sie ausziehen musste, sobald auch nur ein wenig Fingerfertigkeit gefragt war. Das war nicht selten der Fall. Das Funkgerät, das er bei entsprechendem Wetter in eine Tüte mit einem Loch für die Antenne steckte, weil es sonst absoff und das Mikrofon nur noch Blubbergeräusche weitergab, ließ sich mit gewissen Einschränkungen bedienen. Einen Scheck ausfüllen war unmöglich. Als am schwierigsten empfand er es aber, zwischen etlichen Kleidungsschichten einen auf Minimalgröße geschrumpften Kaltwetterpimmel zu bergen und gerade bei geringen Temperaturen produzierte sein Körper reichlich Abwasser. Zuletzt hatte er Handschuhe im Fischereibedarf gekauft und bei dem rechten Daumen und Zeigefinger abgeschnitten. Nun war es an Walter, sie auf Alltagstauglichkeit zu testen.

Am Vormittag blieb es trotz des wolkenverhangenen Himmels noch trocken. Die Leute auf den Straßen hatten wie auf Kommando Wollmützen in die Gesichter gezogen. Rundum fade Braun-, Grün- und Grautöne, außer den Leuchtreklamen um die Reeperbahn hielt nichts mehr dagegen. Walter staunte, wie gut die Spezialklamotten ihn warm hielten. Einzig seine mit Kältenadeln gespickten Knie und der stramme Ostwind machten ihm zu schaffen.

Gegen 14 Uhr, als die ersten Regentropfen fielen, rief ihn ein Herr Fründt vom NDR an. Er plante einen Fernsehbeitrag über Hamburgs ältesten Fahrradkurier.

»Sechzehn Uhr, unterhalb des Elbbergs, einverstanden?«, sagte er.

»Um die Zeit arbeite ich noch«, sagte Walter, überrumpelt von Fründts forschem Ton und eingeschüchtert vom Medium Fernsehen.

»Sie sind doch selbstständig, oder? Wie viel würden Sie nach vier denn noch verdienen?«

Walter schönte auf 60 Euro. Nicht etwa, weil er gerissen gewesen wäre und etwaige Honorarforderungen nach oben drücken wollte, sondern weil er hoffte, damit Fründts Budget zu sprengen.

»Wir würden Ihnen den Verdienstausfall ausgleichen und 50 Euro Honorar drauflegen. Hundertzehn Euro, was sagen Sie?«, sagte Fründt.

Walter hüstelte.

»Dann sehen wir uns um vier, ja?«

Eine Stunde vor Drehtermin waren außer Walter nur noch vier Fahrer auf der Straße. Per war keine Zeit zum Rauchen geblieben, er vermittelte in Höchstgeschwindigkeit. Trotzdem faulten ihm die Aufträge weg und seine Laune wurde kontinuierlich schlechter. Walter bekam eine Doppelschiene Richtung Altona und Bahrenfeld aufgebrummt. Er traute sich kaum zu sagen, dass er danach Schluss machen musste. Per jammerte und versuchte, ihn umzustimmen, aber Walter hielt dagegen.

»Ich habe einen Termin.«

»Was ist das denn für ein Termin? Beim Herrenfrisör, oder wie?«, sagte Per.

Walter zögerte zuerst.

»Ein Termin mit dem Fernsehen«, sagte er dann.

»Mit dem Fernsehen? Unser Herr-Ver-von-Walter avanciert zum Medienstar? Da fällt mir natürlich nichts mehr ein. Prominenz verpflichtet, sag ich mal. Wenn das so weitergeht, beulen sich demnächst die Paparazzi mit Maniok um einen Platz auf der Bank. Dann bring deine wilde Fahrt schön zu Ende, mach vor der Kamera eine gute Figur und wir hören uns hoffentlich nächste Woche wieder. Verhilf den Pedalpiloten zu Ehren. Freiheit, Brüderlichkeit, und was weiß ich … Schietwetter, Schotter und Suff!«

Am Treffpunkt gab es diverse Vordächer, unter die Walter sich hätte stellen können, aber weil er befürchtete, dort übersehen zu werden, wartete er mitten auf dem Bürgersteig. Der Regen sammelte sich in den Falten seiner Jacke und rann in kleinen Bächen nach unten. Aus dem grob zusammengeflickten Asphalt schauten ein paar Meter alter Bahngleise. In einer gefluteten Schiene wand sich ein bleicher Regenwurm. In dem Moment, als Walter in die Knie ging und ihn rettete, traf der NDR-Bus ein. Fründt öffnete das Fenster einen Spalt weit und fragte, ob er es mit Walter Schneck zu tun hatte.

»Schmeck. Wenn auch Schneck besser passen würde, bei diesem Wetter.«

Fründt schleuste einen Regenschirm durch die nun minimal geöffnete Tür, spannte ihn über dem Busdach auf und kam nach. Er streckte Walter eine Hand entgegen, sah den Wurm, hielt inne und rief seinen Kameramann.

»Sie fühlen sich verantwortlich?«, sagte er.

»Nicht grundsätzlich«, sagte Walter.

»Nur wenn es hart auf hart kommt?«

»Der schwamm hier herum und ich hatte nichts zu tun.«

»Ich verstehe. Dürften wir das filmen? Ein schönes Bild. Da kümmert sich jemand.«

»Nein«, sagte Walter und ließ den Wurm vom Finger rutschen.

Fründt folgte mit dem Blick in die Wasserlache.

»Dann nicht«, sagte er. Er schob den Unterkiefer nach vorn und biss sich kurz auf die Oberlippe. »Ich habe mir das folgendermaßen gedacht. Zuerst machen wir die Bilder. Zwei, drei Einstellungen. Einmal dort drüben am Eingang von dem Bürogebäude. Dann, wie Sie den Elbberg aufwärts radeln. Und dann unterhalten wir uns ein bisschen. Ist das recht?«

Walter hüstelte. »Eins muss ich klarstellen …«, sagte er.

Aber Fründt wollte die Aufnahmen beginnen, solange noch Licht war und vertröstete ihn auf später.

Das Bürogebäude hatte mehrere durch eine Galerie verbundene Eingänge, zu denen jeweils eine kurze Holztreppe führte. Sie einigten sich auf den ersten Eingang. Die Regieanweisung lautete, dass Walter nach draußen kam und auf sein Rad stieg, sobald Fründt ein Handzeichen gab. Walter brachte sich in Stellung. Er beobachtete durch die Glasfront, wie Fründt den Kameramann mit präzisen Bewegungen in Position brachte und die Hand hob. Er ging nach draußen, aber bevor er die Treppe in Angriff nahm, blieb er stehen und schaute Fründt fragend an.

»So nicht«, sagte Fründt. »Ich verstehe, Sie sind kein Profi vor der Kamera, aber stellen Sie sich einfach vor, Sie erledigen Ihre Arbeit – schnell, schnell, schnell – so geht das in Ihrem Business doch zu. Raus aus der Tür, rauf auf's Rad, und am Besten noch ein Blick auf die Uhr.«

»Ich habe keine Uhr.«

»Gut, dann ohne Uhr. Aber schnell. Hier soll es um Dynamik gehen«, sagte Fründt und stöhnte gerade laut genug, dass Walter es hören konnte.

Beim zweiten Versuch kam Walter auf den schmierigen Holzdielen der Galerie ins Schlingern, rettete sich ans Geländer und wieder landete sein Blick bei Fründt.

»Deshalb müssen Sie doch nicht aufhören. So was passiert doch in der Eile. Ich bin nicht Steven Spielberg und Sie sind nicht George Clooney. Wir wollen Menschen zeigen. Hier geht es um Authentizität. Nächster Versuch, hilft ja nichts.«

Walter eilte konzentriert durch die Tür, ließ eine Hand auf dem Geländer mitlaufen, bis er die Stufen hinab war, hob ein Bein über den Sattel und fuhr los. Fründt klatschte in die Hände.

»Prima. Und jetzt der Elbberg. Wir drehen in zwei Etappen. Wir platzieren uns in der Mitte. Sie radeln vorbei. Sportlich, wenn es geht. Dann warten Sie kurz. Wir platzieren uns oben. Und Sie machen den Rest. Da dürfen Sie gerne Erschöpfung zeigen. Dazu hätte ich eine hübsche Textidee.«

Nach zehn Minuten waren die Szenen im Kasten. Beim anschließenden Gespräch erzählte Walter, wie er zum Kurier geworden war.

»Bestens«, sagte Fründt und überreichte ihm Honorar und Verdienstausfall in bar. »Morgen Abend. Achtzehn Uhr. Hamburg-Journal. Wenn Sie möchten, lasse ich Ihnen eine DVD mit dem Beitrag zukommen.«

22

Johannes hatte Oli und Leyla, ihren gemeinsamen Freund Gerhard und Maga eingeladen. Um Walters Fernsehpremiere gebührend zu feiern und um einen guten Grund zu haben, sich bei Maga zu melden, nachdem sie mehrere Tage nichts von sich hatte hören lassen. Maga kam als Letzte. Auf dem Tisch hatte Johannes Getränke, Trockenobst, Chips, Baguette und Caprese bereitgestellt. Sie grüßte mit der Stimme eines schüchternen Schulmädchens in die Runde. Ihr Blick hastete haltlos über die kahlen Wände. Johannes verblüffte dieser Auftritt. Er hatte ihr gesundes Selbstbewusstsein bewundert, am Morgen nach ihrer gemeinsamen Nacht und auf der Fahrt von Dänemark nach Hamburg teilweise für übersteigert gehalten, und jetzt kam sie so daher? Er ließ sich seine Überraschung nicht anmerken, während er sie durch die Wohnung führte.

»Gefällt mir«, sagte sie beim abschließenden Blick von der Loggia. »Ich habe mit so einer Jungsbude gerechnet. Mit Zeug überall, alten Socken und einem Mief wie bei Hagenbecks Raubtierkäfigen.«

Sie strich mit kalten Fingern über den Rücken seiner auf der Brüstung liegenden rechten Hand.

»Das sind doch die Schimmelhochhäuser hier? Liest man doch immer, wie asozial die sind?«

»Schimmelhochhaus gibt es nur eins. Das steht an der Grindelallee vorne. Da wohnen die, die sonst kein Vermieter haben will. Nicht einmal billig, habe ich mir sagen lassen. Die anderen Blöcke hier wurden in den letzten zehn Jahren alle saniert. Eigentlich ist das hier das Szeneviertel von morgen, wenn der Altbauwahn erstmal vorbei ist. Erst letzten Monat ist über den Gang ein Produktdesigner und im Erdgeschoss eine Galerie eingezogen.«

Pünktlich zum Beginn des Journals saßen sie alle auf dem Sofa. Walter neben Johannes, Gerhard, Oli, Leyla und Maga. Im ersten Beitrag ging es um das Tierheim in der Süderstraße. Leyla verliebte sich auf der Stelle in einen knopfäugigen Staffordshire-Mischling. Im zweiten Beitrag ging es um ein Tanzprojekt in einer Kletterwand. Oli kannte den Choreografen. Immer wenn er kein Geld hatte – und das war oft der Fall – stand er für Oli als Runner oder Fahrer zur Verfügung. Oli war hin und her gerissen, ob er diese Lebensgestaltung anstrengend, hirnrissig oder bewundernswert finden sollte. Im dritten Beitrag ging es um Walter. So schroff Fründt sich im Umgang gegeben hatte, so treffend hatte er das Material aufgearbeitet. Der Kurieralltag war an keiner Stelle verklärt, sondern mit allen wesentlichen Vor- und Nachteilen geschildert. Walters Situation war glasklar dargestellt. Er wurde als rüstiger Senior porträtiert, der keinen Hehl daraus machte, dass er an seinen Grenzen agierte und dadurch ausgesprochen sympathisch wirkte. Nach dem mit Neil Youngs *Old Man* unterlegten Abspann folgte ein Beitrag über den Schachklub von 1830 e. V. Johannes schaltete ab.

Sie waren sich einig, dass Walter ein Fernsehgesicht hatte. Oli wollte ihn für eine Imagekampagne, deren Dreh er gerade vorbereitete, ins Gespräch bringen. Walter wurde verlegen, stopfte sich eine Portion Chips in den Mund und fragte nach Magas

Magenbeschwerden. Sie lief rot an. Sie gab nun einer Pizza mit verdorbener Salami die Schuld. Leyla kniff sie in den Oberarm, aber das bekam keiner mit.

»Apropos«, sagte Maga, »der Mist scheint noch immer nicht ganz raus zu sein.«

»Im Ernst?«, sagte Johannes, aber sie war schon an der zerschossenen Tür vorbei und um die Ecke.

»Und bevor ich bei Maga war, habe ich einen getroffen, der anscheinend tatsächlich der älteste Kurier von Hamburg ist«, sagte Walter.

»Severin?«, sagte Johannes.

»Ich weiß nicht«, sagte Walter.

»Ein Kinn wie ein Amboss und Augen wie ein Kampfstier?«

»Das kommt hin.«

»Das ist Severin. Der ist der Härteste von allen. Er provoziert jeden Sommer einen Unfall, bei dem er sich einen harmlosen Bruch zuzieht, lässt sich Verdienstausfall und wenn's geht Schmerzensgeld zahlen und ruht sich im Schanzenpark gründlich aus, damit er angreifen kann, wenn es nach dem Sommerloch wieder losgeht.«

»Was soll'n das?«, sagte Leyla.

»Der hat Klöten«, sagte Oli.

»Das ist ja wohl so was von neurotisch«, sagte Gerhard.

Das brachte sie auf die Frage, ob bestimmte Berufe mit bestimmten Neurosen Hand in Hand gingen. Wenn es nach Oli ging, wurde mit der Zeit jeder, der viel arbeitete, auf seine Weise seltsam. Bei ihm, als Produktionsleiter bei einer Filmproduktion, war das der Zwang, Probleme abzuwickeln, bevor sie überhaupt anfielen. Wenn es nach Johannes ging, waren die passenden Neurosen lange vor der Berufswahl zumindest angelegt.

»Eigentlich suchen sich die Neurosen den Beruf aus, dem einer nachgeht. Das Mädchen, das Komplexe wegen ihrer schlechten Haut hat, wird Make-up-Künstlerin. Der Borderliner wird

Psychotherapeut. Der Zwängler Ingenieur. Nur die Neurose, die einer Karriere als Politiker zugrunde liegt, kann ich noch nicht so genau benennen ...«

So ging es eine Weile hin und her.

»Wie ist das bei euch Postlern, Walter? Was läuft bei euch nicht rund?«, sagte Oli.

Walter kraulte sein mittlerweile dicht eingewuchertes Kinn.

»Früher waren wir halt Eigenbrötler. Aber jetzt ...«

Sein malader Fingernagel war am Morgen beim Shampoonieren der Haare vollends abgegangen. Er zeigte auf das nackte Nagelbett.

»Ja?«, sagte Oli.

»Warte doch«, sagte Leyla.

»Das war mein Nachfolger. So sind die Postler von heute.«

»Brutal?«, sagte Oli.

»Nein.«

»Dumm, blind?«, sagte Oli.

»Mach doch langsam«, sagte Leyla.

»Hektisch?«, sagte Oli.

»Auch nicht.«

Maga kam mit einem blassen, befreiten Lächeln zurück.

»Du musst die Hintergründe erklären«, sagte Johannes und erzählte von Walters Tagen an der Seite von Thommy Thomaszewski. »Leute, die auf diese einfachen Jobs angewiesen sind, sind auf eine demütige Art übereifrig. Die haben solche Angst, einfach ausgetauscht zu werden. Für die ist ein unbefristeter Arbeitsvertrag das Höchste im Leben.«

»So kann man das sagen«, sagte Walter.

Maga beugte sich nach vorne, bis sie Blickkontakt mit Johannes hatte. Als hätte sie mit ihrem Mageninhalt die Schattenhaftigkeit gleich mit ausgekotzt, war sie nun wieder ganz geradeaus.

»Was ist denn das Höchste in deinem Leben?«, sagte sie.

»Bei uns kommen auch ständig Typen an, die sagen: Gerne auch unentgeltlich, bevor sie Moin sagen«, sagte Oli.

»Wenn du nur einmal die Schnauze halten würdest«, sagte Leyla und küsste ihn.

»Das Höchste in meinem Leben? Auf jeden Fall nicht meine Arbeit. Frei verfügbare Zeit. Freundschaft. Liebe und Träume meinetwegen«, sagte Johannes.

»Geht das konkreter? Zeit für was? Und was für Träume?«, sagte Maga.

Oli wollte wieder etwas sagen, aber Leyla ließ nicht von ihm ab. Gerhard saß daneben und wusste nicht so recht, wohin mit sich. »Das hatten wir doch schon mal. Ich will eigentlich nur meine Sachen machen und irgendwie davon leben können. Film, wegen mir Dokumentarfilm, oder journalistischen Film. Hauptsache ich erzähle mit bewegten Bildern von Sachen, die die Welt umtreiben. Und dann hätte ich vielleicht gerne lieber früher als später eine Familie und mit der will ich so viel Zeit wie möglich verbringen. Weil Kinderköpfe weniger Aufmerksamkeit bekommen als Familienwagen und Telefon, haben wir doch so viele Bekloppte«, sagte Johannes.

Magas Blick gefror auf seinem fest. Sie wurde wieder blasser. Oli drückte Leyla in die Sofalehne und grinste breit.

»Eine Familie ist aber eine ziemlich verbindliche Angelegenheit, Jo. Du solltest erst mal üben, einen Satz zu bilden, der ohne eigentlich oder vielleicht und diese ganzen anderen Hintertürchen auskommt«, sagte er.

Johannes war überrumpelt von seinen eigenen Worten. Es war ihm in dieser Klarheit neu und nicht geheuer. Er wollte den Fokus von sich haben und erzählte von seiner Mutter, ihrem Geschäft und dem Informationsbrunch.

»Da fahren wir zusammen hin, Walter«, sagte er.

»Da fahre ich nicht hin«, sagte Walter.

»Die Lüneburger Heide im Herbst soll wunderschön sein.«

»Ohne mich.«

Walter starrte auf Waits und den Affen, als wären ihm die Augen ins Gesicht gemeißelt.

»Und was ist das für ein Geschäft?«, sagte Leyla.

»Ein gutes Geschäft für meine Mutter und ihren Göttergatten. Ein Reinfall für alle anderen Beteiligten.«

Walter hielt sich von da an zurück.

Es war kurz nach elf, als Oli zum Aufbruch trommelte. »Jo, wir müssen. Es gibt einiges zu tun. Nicht, dass dein Nachwuchs allein unter lauter Vollidioten aufwachsen muss, falls es so weit wirklich jemals kommt.«

Maga blieb einfach sitzen.

»Du kommst nicht mit?«, sagte Oli.

»Ich bleibe noch ein bisschen.«

»Verstehe«, sagte Oli.

Während Johannes und Maga vor der Wohnungstür warteten, bis ihre Freunde im Fahrstuhl verschwanden, breitete Walter sein Laken über das Sofa. Johannes wünschte ihm eine gute Nacht. Maga gab ihm Küsschen. Dann verschwanden sie in die Küche und schlossen die Tür in den Flur. Das Fensterbrett war breit genug, um bequem darauf zu sitzen. Johannes hatte für diesen Zweck Kissen bereitliegen. Der Deckel des Wasserkochers klapperte über dem Dampf. Teetassen und Honig standen bereit. Maga schaute auf das Poster an der Wand über dem Herd. Ein Foto von einer angefressenen Hauswand mit einem Graffiti, das ein Latinomädchen in britischer Hausmädchenuniform zeigte, wie sie eine Ecke der weiß besprühten Wand anhob, als wäre es ein leichter Stoff und den Inhalt einer Kehrschaufel ins Dunkel dahinter kippte.

»Du magst Banksy?«, sagte Maga.

»Ich mag Pointen.«

»Mein letzter Freund hat auch gesprayt. Dem war Banksy viel zu viel Pointe. Das war für ihn Verrat und Kommerz. Warum ich immer an idealistische Tagträumer gerate?«

Sie wandte den Blick in die Nacht. Johannes verfolgte die Bewegungen seines in der Scheibe gespiegelten Augenlids und hin und wieder sah er zu ihr. In Augenblicke zerlegt war sie nicht wirklich hübsch – die Nase etwas schief, die Haare fisselig, ein dichter Flaum über der Oberlippe. Erst alles zusammen und mit ihrem rauen Charme vermischt machte sie attraktiv. Nur eine Geschichte war das nicht mehr, seit sie ihn aus Dänemark zurückgeholt hatte. Er überlegte, ob es seinem Alter angemessen war, sich mit solchen Gänseblümchenfragen zu beschäftigen und dabei ein in der Scheibe gespiegeltes Augenlid zu beobachten? Er ahnte, dass es albern war, aber das kümmerte ihn jetzt nicht. Sie hatte ihn neugierig und vorsichtig gemacht. Sie zog ihn an und sie stieß ihn ab. Ihr egozentrisches Hin und Her, bevor sie nach Dänemark kam, war nicht angenehm gewesen. Die Nacht mit ihr auch nicht. Er hoffte auf eine zweite Chance. Und er fürchtete sich davor.

»Ist dir noch schlecht?«, sagte er.

»Nein. Ich bin die Tage nur ein bisschen durcheinander.«

»Was bringt dich durcheinander?«

»Darüber will ich jetzt nicht sprechen.«

Im Badezimmer gurgelte ein Abflussrohr.

»Vielleicht magst du hier schlafen?«

»Oli hat nicht unrecht«, sagte sie und lachte. »Vielleicht und eigentlich sind die eisigen Gipfel der Klarheit im Leben des Johannes Schmeck. Aber ich weiß ja jetzt, woher das kommt ...«

»Woher?«

»Von deinem Vater.«

»Findest du wirklich, ich bin Walter ähnlich?«

»Total.«

»Ich meine nicht vom Aussehen her. Von unserer Art?«

»Ihr seid euch in allem ähnlich.«

»Ach was ...«

Wahrscheinlich hatte sie recht, dachte er. Die dumpfe Negativprämisse, nicht wie Walter sein zu wollen, hatte ihn im Kreis herumgeführt und jetzt war er wieder am Ausgangspunkt angekommen. Da saß er dieser speziellen Frau gegenüber, einen Arm in der Schleife, vier Schrauben im Schlüsselbein, elf Stockwerke über Hamburg Hoheluft, von drei Glasscheiben und ein paar Millimetern Vakuum von Wind und Wetter abgeschirmt, und bekam gesagt, dass er seinem Vater in allem ähnlich war. Das wollte er nicht auf sich sitzen lassen. Er nahm einen zweiten Anlauf und fragte ohne eigentlich und vielleicht, ob sie bei ihm schlafen wolle. Jetzt fühlte er sich wie ein schüchterner Schuljunge.

»Heute nicht«, sagte sie.

Als die Türklingel oben zum ersten Mal ging, saß Frau Dombrowski gerade bei einem Tässchen Tee mit Augenzwinkern. Sie ließ den Löffel los, er kippte zur Seite und schlug einen Zacken aus dem Porzellan.

»Wo gehobelt wird, da fallen Späne«, sagte sie, neigte den Kopf und meinte das Geräusch um Lautlosigkeit bemühter Schritte zu hören. Als der Summer betätigt wurde, atmete sie aus. Endlich eine Gelegenheit, den Plan »Spion« auszuführen. Sie wuchtete sich auf den Rollator und kontrollierte, ob die Luft rein war. Der Türspion schaute in einen stillen, dunklen Flur. Sie hatte demnach keine Zeugen. Sie vergaß Ischias, Rheuma und die teigige Konsistenz ihrer Bandscheiben, stellte den Rollator zur Seite und trat vor die Tür. Der Fahrstuhl war eben über den Fünften gestiegen. Sie drückte den Rufknopf, kehrte in ihre Wohnung zurück, zog lautlos die Tür ins Schloss und lauerte. Aber sie hatte wenig Glück. Im Fahrstuhl standen Oli und Leyla. Leyla litt unter Höhenangst. Nicht so stark, dass sie sich davon abhalten ließ, Johannes zu besuchen, aber stark genug, dass sie die Stockwerksanzeige nicht aus den Augen ließ.

Sie hielt Oli zurück, als er bereits im Zehnten in den Flur treten wollte.

Frau Dombrowski blieb kaum Zeit, sich ihrer Enttäuschung hinzugeben, da klingelte es schon wieder. Sie verzichtete auf den Kontrollblick und ging direkt in den Flur. Dieses Mal klappte es. Nach einigen Minuten stand Gerhard vor ihrer Tür. Zuerst klopfte er, stand still und horchte, dann bückte er sich unter dem Fischauge weg, sah wohl das Klingelschild und verschwand. Frau Dombrowski schnupperte in den Flur. Gerhard hatte keinen signifikanten Geruch hinterlassen. Sie zog die Tür wieder zu und lauschte nach oben. Getrampel und Gerede. Als es keine zehn Minuten später schon wieder klingelte, lief ihr Spähprogramm schon fast routiniert.

Maga stutzte. Den Flechtkranz aus Salzteig und den Schuhabstreifer mit der Comicmaus brachte sie nicht mit Johannes zusammen. Sie warf einen Blick auf das Namensschild und verschwand.

Frau Dombrowski wartete einen Augenblick, schnupperte in den Flur und befand Magas Parfüm für billig und ordinär. Sie wartete noch eine Weile auf weitere verdächtige Bewegungen, dann kämmte sie ihre Haare, steckte die Perlenohrringe ein und zog ein gelbes Kleid mit Puffärmeln an. Das sollte sich in Kontrast zum Blau der Polizeiuniformen und zu den pastellfarbenen Decken über den Aufgebahrten gut machen. Eine so mutige wie elegante Farbkombination, hatten sie auf der Modeseite ihrer Programm-Illustrierten geschrieben, und die mussten das ja wissen, war schließlich deren täglich Brot. Sie dekorierte die Wohnzimmerkommode mit den Hummel-Figuren und einem Spitzendeckchen und legte ihre Kladde daneben.

Vielleicht würden die Reporter daraus zitieren und vielleicht würden sie ihre Kladde sogar im Fernsehen zeigen und in Zukunft wäre jeder Bürger verpflichtet, die Bewegungen seiner Mitmenschen in einer Dombrowski-Kladde zu dokumentieren.

Das wäre nicht schlecht. In jüngster Zeit achtete sie bei den Nachrichtensendungen immer darauf, wer auch mal was sagen und wer nur betroffen in die Kamera schauen durfte, wenn etwas passiert war. Zu Wort kamen immer die Leute, die am dichtesten im Rücken der Reporter standen und sich auch mal größer machten, als sie waren – egal ob bei Bombenanschlägen, Familiendramen, Amokläufen oder Naturkatastrophen. Immer die im Rücken des Reporters. Da musste sie gegebenenfalls hin. Und dann so oft wie möglich hoch auf die Zehen und schön in die Kamera schauen. Vielleicht nicht gerade lächelnd, aber auch nicht zu betroffen. Man musste irgendwie beredt wirken. Diese dummen Sprüche wie »Wenn wir uns mal getroffen haben, war er ausgesprochen nett und hilfsbereit« würde von ihr niemand zu hören bekommen. »Angefangen, Herr Reporter, hat es mit diesem Wimmern«, sagte sie und stellte sich vor, in einer Diskussionsrunde zu sitzen.

Den Ton des Fernsehers hatte sie abgestellt. Im Journal zeigten sie einen alten Mann, der mit seinem Fahrrad durch den Regen fuhr. Typisch, dachte sie, da sind die Unholde dabei, Hamburg und wahrscheinlich den halben Planeten in die Luft zu jagen und im Journal zeigen sie alte Männer, die mit dem Fahrrad durch den Regen fahren. Oben war es ruhig geworden. Außer Olis kreischendem Gelächter waren nur hin und wieder Schritte zu hören. Wahrscheinlich wiederholen die dort, dachte Frau Dombrowski, was sie da im Jemen oder in Afghanistan gelernt haben. Dass sie sich auf ihren großen Tag nicht vorbereiteten, konnte man ihnen ja nicht vorwerfen. Nach Afghanistan fahren und durch den Schmutz robben, das würde sie sich nicht antun wollen. Luise war da anderer Meinung. »Warum denn nicht«, hatte sie gesagt, »wenn dann im Jenseits statt der Jungfrauen nur stattliche Männer warten.«

Frau Dombrowski verzichtete auf den Tee in der Tasse und genoss den Rum pur. Nach der dritten Tasse nickte sie weg. Als sie aufwachte, war es oben mucksmäuschenstill. Sie hatte den Aufbruch verpasst. Alle lagen längst in den Federn. Sie richtete sich auf. Ihre Beschwerden machten sich wieder bemerkbar. Im Fernsehen gab es Eisenbahnromantik. Ihr Kleid war zerknittert. Auf der Brust ein feuchter Fleck. Sie ärgerte sich, weil diese Mischung aus Haftcreme und Medikamentenspeichel sich so schlecht herauswaschen ließ.

Johannes saß im Wartezimmer des Orthopäden. Unter seinen Füßen lag ein grau melierter Teppichboden mit stilisierten Knochen. Er wusste nicht so genau, ob er das amüsant oder albern finden sollte. Er las einen Artikel über die Bankenkrise. Demnach erschütterte sie die amerikanische Vorherrschaft auf den Finanzmärkten und beendete die Ära des Turbokapitalismus. Für Johannes hörte sich das eigentlich vielversprechend an. Vielleicht begann nun Axels Ära, die Rückkehr der Körperlichkeit. Er schmunzelte und sah auf. Der Empfangstresen war mit Kastanien und Herbstlaub geschmückt. Die einzige Patientin außer ihm war eine ältere Dame im Daunenmantel, die eine prall gefüllte Einkaufstasche zwischen den Füßen stehen hatte. Hinter dem Tresen werkelte eine auf den ersten Blick mäuschenhafte Frau, die aber immer bemerkenswert aufgeweckt unter ihren dezent geschminkten Lidern hervorblitzte und ihn mit der Strenge einer viktorianischen Gouvernante abfertigte.

Das *vielleicht morgen*, das in Magas *heute nicht* vom Vorabend steckte, hatte ihm das Orgasmusbuch in Erinnerung gerufen. Vielleicht würde sie bald bei ihm schlafen. Vielleicht würden sie es noch einmal versuchen. Er war nicht wieder dreizehn und fing bei Stimmbruch und Pickeln an, aber vielleicht bekam er trotzdem eine zweite Chance auf ein erstes Mal. Wieder war es ausgerechnet ihr Anruf, der ihn aus seinen Tagträumereien riss. Bereits ihr Name auf dem Display erregte ihn jetzt. Er verbannte sämtliche Relativierungsfloskeln aus seinem Wortschatz, bekam aber keine Gelegenheit, das unter Beweis zu stellen.

»Johannes ... sitzt du? Sonst setz dich. Ich bin schwanger!«, sagte sie.

Er bat mit gesenkter Stimme um einen Moment Geduld, sagte der Arzthelferin, dass er kurz auf den Flur musste, quetschte sich durch die schwere Tür, tat ein paar Schritte und rutschte mit dem Rücken an der Wand in die Hocke.

»Das kann nicht sein, das muss von jemand anderem sein«, sagte er und kam sich dabei reichlich plump vor.

»Jo, ich hatte von Männern wirklich die Schnauze voll und dann bist du auf der Party aufgetaucht und es war so nett mit dir ... Da kommt kein anderer in Frage.«

An der Tür am Ende des Flurs klebte ein Poster. Darauf war ein Heißluftballon mit Bausparkassenlogo abgebildet: Auf diese Steine können Sie bauen. Als Kind war es ihm unbegreiflich gewesen, dass Ballonfahrer Sandsäcke abwarfen, wenn es brenzlig wurde, weil das so endgültig war.

»Und, was meinst du?«, sagte Maga.

»Ich habe keinen Schimmer«, sagte er.

Sie verabredeten sich für den Abend in einer Bar. Als er ins Sprechstundenzimmer zurückkehrte, fragte die Helferin, ob alles in Ordnung sei.

»Alles bestens. Wunderbar«, sagte er und grinste sie senil an.

»Dann ist ja gut«, sagte sie und gab sich keine Mühe zu verbergen, dass sie ihm kein Wort glaubte.

Als er nach der Unterhaltung auf die Straße trat, blieb er eine Weile stehen und sah sich um. Vor dem Copyshop auf der gegenüberliegenden Straßenseite stand ein Studentengrüppchen. Einer von ihnen führte ein paar Tanzschritte vor. Ins Pflaster des Gehwegs waren goldene Gedenksteine mit den Namen und Geburtsdaten deportierter Juden eingelassen. Ein DHL-Wagen stand mit Warnblinkleuchte im Halteverbot. An all das würde er sich für den Rest seines Lebens erinnern. Wie wendig und flüchtig das Leben doch war? Innerhalb von zwei Wochen hatte es jede Form verloren, ohne dass er das auch nur ansatzweise forciert hätte. Es hatte sich aufgelöst wie die plüschig aufgeblätterten Seitenränder seiner Tourenhefte. Wie die Nähte an den Fersen seiner Radschuhe, an seinem Sommertrikot, den Polstern seiner Handschuhe. Wie die Lenkergriffe, die sein Handschweiß weich wie Kinderknete gemacht hatte. Wie all die abgeschliffenen Zahnräder, die ausgeleierten Fahrradketten, die aufgezwirbelten und angerissenen Bowdenzüge.

Er bemühte sich um eine sinnliche Vorstellung davon, was es bedeutete, Vater zu werden, brachte aber nur Karikaturen zustande. Eine Spermie brach aus dem Fahrerfeld aus, sprintete davon, drang in eine Eizelle, die wie ein Planet durch einen dunklen Kosmos schwebte. Die Eizelle teilte sich in zwei andere Zellen und die teilten sich weiter und weiter. Er erinnerte sich, wie seine Biologielehrerin die Begriffe präembryonale, embryonale und fötale Phase in einer fast unleserlichen Schrift an den linierten, rechten Flügel der Tafel geschrieben hatte. Wie konnte aus der Zelle ein Rumpf mit Gliedmaßen und Kopf werden? Kurt Cobain hatte sein Mädchen Bean genannt, weil sie auf den ersten Ultraschallbildern wie eine Bohne aussah. Johannes versuchte es mit einem bohnenförmigen Herzen, aber es schlug eckig und mechanisch, wie in einem schlecht animierten Lehrfilm. Es wollte sich nicht mit einem Netz aus Adern umgeben, das zu Fleisch, Knochen und Organen wurde. Er führte seine Vorstellung ins Absurde, verpasste der Bohne Arme und Beine, die unversehens losstrampelten. Doppel-Zwo Filius, dachte er, aber seine Gedanken blieben synthetisch. Fühlen konnte er nichts. Wie zwei einander gegenübergestellte Spiegel, die zusammen die Ewigkeit probten.

Am Abend fuhr er in einem höllisch eingeheizten Bahnwaggon zur Feldstraße. Genervt vom billigen Parfüm der Partymädchen auf dem Platz über dem Gang, vom schamlosen Mampfen der Frau gegenüber, vom schlechten Design der Werbetafeln über den Fenstern, von den Regenschlieren an den Scheiben. Später nervte ihn das Drängeln und Trödeln auf den Treppen nach Übertage, die Regenlachen auf den Bodenkacheln, die Kippen, die darauf trieben wie Schiffe ohne Steuermann, das Rot der Fußgängerampel. Weil so viele Leute so eng beieinander warteten, musste er den Schirm weit über seinem Kopf halten. Das Blut lief aus seiner Hand, sie wurde kalt und taub und im nächsten Moment griff eine Windböe an, der Schirm hob die Arme, gab auf, und Johannes stopfte ihn verärgert in den nächsten Papierkorb. Er war durchgefroren, missgelaunt und müde, als er sich in der vereinbarten Bar an einen Tisch neben dem Durchgang zur Toilette setzte. Der Barmann und die Barfrau sahen aus, als wären sie einer Zeitschriftenanzeige von American Apparel entsprungen. Noch hatten sie nicht viel zu tun. Sie flachsten herum, wischten über Tresen und Tische, häckselten Eis und spülten Gläser ab. Die Barfrau bewegte sich wie ein besonders kerniger Kerl. Der Barmann mit kleinen Trippelschritten. Überflüssig zu sagen, dass sie ihn nervten. Auf einem Podest vor dem Schaufenster im Eingangsbereich legte ein DJ mit konzentrierter Lässigkeit Soul- und Funk-Platten auf. Am einzigen besetzten Tisch saß ein Enddreißiger, las in einem Taschenbuch mit dünnen Seiten, die gescheitelt liegen blieben, ohne sich aufzufächern, und machte sich Notizen in einem kleinen Heft. Von Zeit zu Zeit korrigierte er den Sitz seiner Hornbrille oder atmete in ein Pilsglas, bis die Brillengläser beschlugen.

Johannes orderte ein Astra und ein Glas Wasser. Aufregung machte ihn durstig und Durst stillte er prinzipiell nicht mit alkoholischen Getränken. Als Maga durch die Tür kam, schaute der Enddreißiger auf und ließ die Brauen hüpfen. Ohne von Maga abzulassen, tastete er nach seinem Pils und atmete wieder hinein. Johannes kam ihr ein paar Schritte entgegen, nahm ihr die tropfnasse Kunstlederjacke ab und hängte sie über eine Stuhllehne. Sie umarmten einander zaghaft, bevor sie sich setzten. Der Enddreißiger wandte sich wieder seiner Lektüre zu. Die erste halbe Stunde plänkelten sie rosarot aneinander vorbei. Die Bar füllte sich allmählich. Das Licht wurde gedimmt. Der DJ riss den Lautstärkeregler nach oben und feierte seine Performance zunehmend ab.

»Dann bist du also schwanger?«, sagte Johannes steif.

»Sieht ganz danach aus«, sagte Maga.

Ihr war Anfang der vorigen Woche beim Hochsprudeln des Morgenkaffees ein erstes Mal übel geworden. Sie machte zuerst die zwei Liter Tütengazpacho verantwortlich, mit der sie in der Nacht ihren Heißhunger gestillt hatte und später tatsächlich den Börek aus der Mittagspause. Ein Verdacht kam ihr unter der Dusche. Ihre Brüste fühlten sich konsistenter an als sonst. Aber sie hielt sich an ihren straffen Bauch und den Wunsch, bloß nicht schwanger zu sein, und deutete die veränderten Brüste als Hinweis auf das Kommen ihrer überfälligen Periode. Die blieb aber aus, während Gazpachohunger und Übelkeit zunahmen. Der Schwangerschaftstest fiel positiv aus. Sie ging zu ihrer Frauenärztin. Die bestätigte das Ergebnis. Sie hielt einen unwahrscheinlich langen Tag still, dann erzählte sie Leyla davon, die seit Jahren der Meinung war, Johannes sei der passende Mann für Maga.

»Leyla bekam feuchte Augen und wollte sofort feiern gehen. Und dann habe ich es noch meinem Balkonnachbarn gesagt, und jetzt bist du an der Reihe.«

»Und Oli, weiß Oli davon?«

Johannes sagte das nur, um überhaupt etwas zu sagen.

»Leyla hat versprochen, erstmal nichts zu sagen. Und auf die ist Verlass. Eher platzt sie vor lauter Aufregung. Was Oli betrifft, hast du mein vollstes Verständnis. Wenn ich mir vorstelle, dass du das deinen Kollegen sagst, bekomme ich auch Zustände. Eine von den Pappnasen fragt mich dann bestimmt am Tresen, ob ich tatsächlich schwanger bin … und in dem Augenblick steht garantiert mein Chef oder sein Schatten neben mir …«

Ihre Pupillen zoomten auf und zu. Vielleicht manifestierte sich darin tatsächlich ihr Bemühen, ihn klar zu sehen. Er verlor sich in diesen Augen und redete sich um Kopf und Kragen. Er begriff noch nicht, verstand noch nicht, spürte noch nicht, sah noch nicht, was es bedeutete, bedeuten konnte, wie es sich auswirken würde, vom Gefühl her, ganz praktisch – Arbeit, Wohnung, Kinderbettchen – und ihre Beziehung natürlich auch, vor allem ihre Beziehung, und wie es finanziell hinhauen könnte, wobei er sich sofort schämte, das gesagt zu haben, so kleinlich kam ihm dieser Aspekt vor, so wenig wollte er sich mit solchen profanen Dingen beschäftigen. Als er mal schauen wollte, was das nun mit ihm machte, platzte ihr der Kragen. Bei der Party hatte sie gerade in seinen verrauschtesten Ansagen eine grundlegende und sympathische Weltoffenheit erkannt, aber jetzt ging ihr das zu weit.

»Mal sehen ist ja gut. Müssen wir alle und sollten wir generell öfter tun. Aber ich bin bereits schwanger und nur weil du das nicht kapierst und es vermutlich auch kaum auf einen Schlag zu kapieren ist, heißt das nicht, dass ich weniger schwanger bin. Ich weiß nicht, wie dein Leben sonst so abläuft, aber in dem Fall ist für die Fakten gesorgt. Denen müssen wir jetzt hinterherkommen. Das ist kein Grund zur Panik, aber auch kein Grund, den Kopf in den Sand zu stecken.« Sie hielt die Hände vor den Bauch. »Ich bin schwanger. Da wächst ein Kind in mir. Und der Vater von dem Kind bist du, Johannes. Weit ist das Ding noch nicht gediehen. Es hat noch ordentlich Wegstrecke vor sich, bis es ans Licht kommt. Da kann noch einiges schiefgehen. Aber wenn nicht, beult sich hier demnächst ein Ei heraus und in knapp neun Monaten haben wir Kinderüberraschung. Ich glaube, du weißt so gut wie ich, wie schnell ein paar Monate vergehen können?«

»Weiß ich. Aber was willst du von mir? Jetzt. Konkret. Soll ich einen Namen vorschlagen und das Kleine für einen Krippenplatz anmelden?«

»Weiß ich doch nicht, was ich von dir will. Ich weiß nur, dass ich es nicht abkann, wenn du hier so unbeteiligt herumsitzt. Vielleicht solltest du doch bald mal mit jemandem darüber sprechen. Für mich ist es damit greifbar geworden. Sprich doch mal mit deinem Vater darüber. Du jammerst doch immer, weil ihr euch nichts zu sagen habt. Wenn das kein fruchtbares Gesprächsangebot ist, dann weiß ich auch nicht.«

»Walter sagt wahrscheinlich ach so, und das war es dann.«

»Na dann.«

Sie drehte den Aschenbecher zwischen den Handflächen. Er leerte sein Pils und das Wasser.

»Nur um das grundsätzlich geklärt zu haben, Abtreibung kommt für dich nicht in Frage?«

Sie präsentierte ihre Lebensgeschichte, als hätte sie auf diese Frage nur gewartet. Die ersten Jahre ihres Lebens hatte sie allen Ernstes in einer Kommune in der Hafenstraße verbracht. Als der Häuserkampf sich zuspitzte, zog ihre Mutter mit ihr nach Eimsbüttel. Ihr Vater warf eine Zeit lang Pflastersteine, dann tauchte er auf Gomera unter, rief sie in unregelmäßigen Abständen an, schickte Pinienkerne und getrocknete Orangenscheiben und ging davon aus, sie wäre deswegen völlig aus dem Häuschen. Ihre Mutter gab derweil Yogastunden und verdiente genug, um sie über Wasser zu halten, aber dann wurde sie depressiv. Maga wollte damit klarkommen und half, wo sie konnte. Die Mutter rutschte von der Depression in die Manie und die nächsten Jahre ging es kontinuierlich auf und ab. Als Maga die Schule beendete, hatte sie nicht die Geduld für ein Studium oder eine Ausbildung. Sie absolvierte ein Praktikum bei *Einsatz* und wegen ihrer scharfen Zunge und ihrer herzlichen Pragmatik bot man ihr die Stelle als Tresenmädchen an. Das war nicht wirklich, was sie sich vorgestellt hatte, aber so war es eben gelaufen.

»Abtreibung geht überhaupt nicht. Das ist mein Trauma, entschuldige. Ich hätte zwei ältere Geschwister, wenn meine Mutter derzeit der Meinung gewesen wäre, sie wäre reif dafür. In ihren Depressionen hat sie dauernd von den beiden gesprochen. Sie waren in meinem Leben immer präsent. Sie waren Geister. Und keine guten.«

Der DJ erreichte eine neue Ekstasestufe. Der Enddreißiger atmete wieder in sein Pilsglas, hatte offenbar einen Gedankenblitz und füllte etliche Seiten in seinem Notizbuch. Johannes fühlte sich leer wie eine Autobahn am Neujahrsmorgen.

»I feel like a preacher waving a gun around«, sagte er.

»Bitte?«

»Waits.«

»Waits, und was soll das? Sind wir hier bei Coffee & Cigarettes?«

»Kam mir nur so in den Sinn.«

»Passt schon. Bevor sie krank wurde, hat meine Mutter jeden Morgen Swordfishtrombones gehört ...«

»Sehr sympathisch«, sagte er und stand auf. »Ich muss kurz raus. Normalerweise hilft mir frische Luft, wenn ich mich festgedacht habe.«

»Dann müsstest du bei deinem Beruf ja ausschließlich aus losen Gedanken bestehen?«

»Lose Gedanken? Das könnte hinkommen.«

Während er zur Tür ging, ließ er den Enddreißiger nicht aus den Augen. Er wollte eine Spur von Neugier oder Erleichterung auf seinem von einem rotstichigen Backenbart gesäumten Gesicht entdecken. Der Enddreißiger tat ihm den Gefallen nicht und schrieb einfach weiter in sein Notizbuch. Draußen regnete es nach wie vor. Er schlug den Jackenkragen nach oben und umrundete den Schlachthofkomplex. Maga hatte also ein Trauma. Hatte er auch eins? Er hätte gerne eins. Traumata machten das Leben doch irgendwie leichter, gaben Orientierung und gute Gründe, nicht klarzukommen. Seine Mutter stammte aus einem pietistischen Pfarrerhaushalt. An die Großmutter erinnerte er sich nur in schwarzen Kleidern und mit einem streng gebundenen Dutt. Bestimmt war seine Mutter auch ungewollt schwanger geworden. Walter war zehn Jahre älter als sie. Vielleicht hatten sie heiraten müssen? Zeitlich würde das hinkommen. Walter hatte nie darüber geredet und er hatte nie gefragt. In Walters Welt stellte man keine Fragen. Man schwieg und hielt aus, schwieg und hielt aus. Er war gewissermaßen Walters Nachfolgemodell. Ob die Sollbruchstellen behoben oder nur kaschiert worden waren? Bisher war er von Ersterem ausgegangen. Nun zweifelte er daran. Wer, wenn nicht er, hätte dafür sorgen sollen?

Bei Tom Waits' letztem Album hatte dessen Sohn mitgewirkt. Nicht jeder konnte mit seinem Vater bizarre Rockalben aufnehmen, das wäre zu viel verlangt, aber manche hatten zumindest Mütter, die diese Alben hörten. Warum nur kam es ihm immer so vor, dass die Probleme der anderen leichter zu lösen waren als seine eigenen? Abtreibung, Trennung, Depression – nackte Zerrüttungen, die man beim Namen nennen und anpacken konnte. Im Vergleich zu diesem ewigen Drüberleben kam ihm das vor wie Schulaufgaben.

Bei seiner Rückkehr saß der Enddreißiger am Tresen und hatte Buch und Notizbuch durch einen klaren Schnaps ersetzt. Die Bar war nun rappelvoll. Er musste sich den Weg zu Maga freirempeln.

»Dass du noch mal kommst«, sagte sie.

Mit einem Ärmel frottierte er sich die Haare.

»Ich habe auch ein Trauma«, sagte er und erzählte von seinen Eltern.

»Und was genau ist jetzt dein Trauma?«, sagte sie.

»Bei uns ging es nie darum, das richtige Leben zu leben. Es ging immer nur darum, der Familie und den Nachbarn und überhaupt allen im Dorf den Eindruck zu vermitteln, dass es das richtige Leben war.«

»Und was hat das mit uns zu tun?«

»Ich will nicht denselben Fehler machen.«

»Der Vergleich hinkt, Johannes. Mich zwingt höchstens Leyla zur Heirat. Und die tut das ausschließlich aus romantischen Gründen. Vollkommen integer ist das. Sie ist meine Freundin, sorgt sich aber vor allem um dich. Sie hat Angst, dass ich dich mit meinem Zynismus verschleiße oder verletze oder dass ich dich mit meinen Launen vertreibe. Und außerdem leben wir auch nicht auf einem Fünfhundertseelendorf in Baden …«

»Aber diese Dorfgene stecken in mir. Ich bin ganz schnell dabei und sage, wir machen das, bis dass der Tod uns scheidet. Ich muss mich bewusst gegen diesen Impuls stellen. Ich sage mir, langsam, Johannes. Du mochtest sie auf den ersten Blick. Du magst sie. Du wolltest am liebsten für immer in ihrer Wohnung bleiben. Du könntest stundenlang zuschauen, wie sie

deinen Vater zum Lachen bringt. Also wuppen wir das Kind –
da wäre ich sofort dabei. Aber dann sage ich mir, wir schauen
erst mal, und im besten Fall werden wir eine glückliche Familie, im schlechtesten ein Vater und eine Mutter, die miteinander
klarkommen und sich kümmern und wissen, warum es anders
gekommen ist.«

»Das hast du aber schön gesagt«, sagte sie und küsste ihn über
den Tisch hinweg, aber die Nacht verbrachten sie wieder in ge-
trennten Betten.

Obwohl Bent und Per Walters Sonderbehandlung vollends zu-
rückfuhren, wurde er in seiner zweiten Arbeitswoche zum nahezu vollwertigen Kurier. Er verstand das meiste von dem, was
über den Funk ging, die vertrauten Anfahrten häuften sich, den
Stadtplan musste er kaum noch bemühen, seine Traumastrecke
von der Langen Reihe zur Spaldingstraße, die ihm bei seiner
Jungfernfahrt wie eine Fernreise vorgekommen war, entpuppte sich als kurzer Hüpfer, und das Herzrasen, mit dem er in
den Fahrstühlen gestanden hatte, wich der Dankbarkeit für die
Ruhepause. Er lernte immer mehr von seinen Kollegen kennen. Mit Jochen verspeiste er Nussecken, Frauke handlangerte
er beim Reifenflicken, von Nhan hörte er sich einen Diskurs
über Gegenwartskunst an, und über Thorben schüttelte er nur
den Kopf. Am Mittwochnachmittag holte er sich ein erstes Mal
eine Anschlusstour, bevor er die letzte Sendung ausgeliefert hatte. Am Donnerstagmorgen überfuhr er seine erste rote Ampel.
Und als er am Freitagabend in der Dämmerung zur Scheckabgabe bei der Zentrale vorfuhr, dachte er noch an Johannes' Bitte,
den Kollegen auf keinen Fall von Magas Schwangerschaft zu

erzählen. Um die Bank waren etliche Pedalpiloten und Kurie-re anderer Buden versammelt. Scheu parkte er sein Rad neben dem Eingang und mühte sich die steilen Treppen in den vierten Stock hinauf. Beim Betreten des Raumes mit den Disponenten-plätzen und den beiden hastig zusammengezimmerten Kabinen, aus denen die Funker ihre Touren vermittelten, wurde ihm klar, warum man von »Buden« sprach. Etwas anderes war das nicht. Ein nackter Spanplattenboden mit dunklen Fußspuren auf den Freiflächen, überall Steckdosen und Kabel, und auf den Schreib-tischen überquellende Aschenbecher.

Eine Kabine war noch beleuchtet. Bert wippte in einem durch-gesessenen Bürostuhl, rauchte und nahm einen Schluck von sei-nem Bier. Unbemerkt ging Walter weiter. Eine in Dachlatten gefasste Plexiglasscheibe diente als Raumteiler. Er schob eine wackelige Schiebetür zur Seite und trat in den Aufenthaltsraum, von dem eine Teeküche und eine Toilette abgingen. Zum kalten Rauch kam hier noch der Mief feuchter Funktionsfasern.

Er sah aus einem der Gaubenfenster auf den Vorhof hinab. Das flackernde Schild, die vielen Reflektoren unter den Straßenlater-nen und die glühenden Zigarettenspitzen gaben der Szenerie et-was von einem Jahrmarkt. Er erkannte Bent, Frauke, Axel und Maniok, an dessen Namen er sich aber nicht erinnerte. Er dreh-te sich weg. Auf einem Schränkchen in der Ecke stand die mit Stickern tapezierte Scheckurne. In einem Fach darunter fand er einen Stoß Briefkuverts. Er hatte seine Schecks in einem Kellner-portemonnaie gesammelt. Er fühlte den dicken Packen, schob ihn in einen Umschlag, schrieb die 22 darauf und versenkte ihn in der Urne. Nebenan kam Paulsen durch die Tür. Kurz steckte er den Kopf zu Bert in die Kabine, dann kam er winkend auf Walter zu.

»Unser Senior«, sagte er und kam sehr nahe. Er erkundigte sich, wie die Woche gelaufen war.

»Gut«, sagte Walter und wich einen Schritt zurück.

»So soll es sein.«

Paulsen kombinierte stets eng geschnittene Anzüge mit exzentrischen Krawatten. Er hatte in den Achtzigerjahren nach der Pleite seines Getränkehandels ein überschaubares Erbe in die Firma gesteckt. Die Branche kam damals gerade in Schwung und er hoffte, als Kurierunternehmer nie wieder wirklich arbeiten zu müssen. In der Zwischenzeit waren die Kurierbuden wie Pilze aus dem Boden geschossen und führten einen harten Verdrängungswettbewerb. Deshalb erschien er mittlerweile gelegentlich im Büro, wobei keiner sagen konnte, was er dort genau tat. Den Fahrern war er nur ein Begriff, weil er bei herausforderndem Wetter und zur Scheckabgabe hin und wieder eine Kiste Bier stiftete. Er zog einen Zwanziger aus der Brusttasche seines Jackets.

»Für die Bande da unten. Wer hart arbeitet, darf auch hart feiern.«

Er öffnete das Fenster, beugte sich hinaus und rief: »Schaut mal rauf, Leute!«

Etliche Gesichter wandten sich nach oben.

»Hört mal her, Doppel-Zwo Senior kommt gleich mit Biergeld zu euch runter. Wie findet ihr das?«

Bent johlte. Maniok und ein bulliger Glatzkopf, den Walter nie gesehen hatte, stimmten ein Trinklied an. Paulsen hob die rechte Hand zu einem herrschaftlichen Gruß und machte das Fenster wieder zu.

Als Walter ein paar Minuten später in den Hof trat, torkelte Maniok auf ihn zu.

»Her mit der Kohle. Jetzt wird gesoffen und so.«

Walter streckte ihm den Zwanziger entgegen. Bent zog Maniok zurück, bevor er den Schein zu greifen bekam.

»Das kannst du vergessen, du alte Zecke. Du hast dir schon mal mit unserer Bierkasse einen schönen Abend gemacht.«

Bent rollte den Schein ein und steckte ihn hinter sein rechtes Ohr. Maniok deutete einen Schlag in seinen Bauch an.

»Wichser, du.«

Bent überließ ihm sein halb volles Bier. Er zog es leer und feuerte die Flasche auf die Eimsbüttler Chaussee.

»Sag mal, geht's noch?«, keifte Frauke.

»Rasier du dir die Zähne und so«, sagte Maniok.

»Walter, Alter, wie hast du das gemacht? In wirtschaftlich schwierigen Zeiten gibt Paulsen normal nie einen aus?«, sagte Bent.

»Das ist wegen Walters Prominenz«, sagte ein älterer Mann mit gelben Mausezähnchen.

»Das ist Jobst. Der einzige Autokurier, der sich mit uns Bikern abgibt«, sagte Bent.

»Genau der. Wat willste mehr«, sagte Jobst.

Bent bot Walter eine Zigarette an.

»Danke.«

»Du lebst auch gesund? Wie Jo? Salat, Tofu und Körner. Ihr seid mir mal Vögel, ihr beiden!«

Bent wandte sich an die anderen.

»Leute, ich würde mit Walter schnell Bier holen gehen. Habt ihr sonst noch Wünsche?«

Frauke wünschte sich Sojamilch. Jobst Rothändle. Maniok Jägermeister.

»Ich schau, was sich da machen lässt. Dann machen wir das so.«

Der Kiezsupermarkt war gleich nebenan. Bent nannte es »derbe geil«, dass Walter für Johannes einsprang und vor allem, wie gut er mittlerweile fuhr. Sein Vater war zwei Jahre älter als Walter und hatte sich im Vorjahr einen Treppenlift installieren lassen. Bent wollte wissen, wie es Johannes ging. »Schmerzen, schwierig, schlaflos«, – mehr fiel Walter nicht ein. Magas Schwangerschaft tanzte auf seiner Zungenspitze herum, aber noch hatte er die unter Kontrolle. Beim Anblick der Backwarentheke dämmerte ihm, dass er in absehbarer Zeit kein Abendbrot aufgetischt bekommen würde. Per Fingerzeig orderte er drei belegte Brötchen.

»Belegte Brötchen sind viel zu teuer für einen Kurier. Kauf dir drinnen einen Beutel Billigbrötchen und eine Packung Aufschnitt dazu. Kostet ein Drittel von den Stullen hier und macht auch satt.«

Die Verkäuferin war bereits mit Greifzange und Papiertüte zugange.

»Bitte ...«, sagte Walter.

»Was denn?«

»Die Wecken.«

»Bitte was?«

»Er will die Brötchen lieber doch nicht haben, meint er«, sagte Bent.

Fünf Minuten später parkten sie den Einkaufswagen mit zwei Kisten Billigbier, einer Schachtel Marlboro und einem Tetrapack Sojamilch hinter der Bank. Der Jahrmarkt hatte ordentlich Zuwachs bekommen. Jobst schimpfte über die Kur-Zigaretten und steckte sich eine an. Walter fummelte eine Scheibe Emmentaler in eins der bröckeligen Brötchen und sah sich um.

»Suchst du wen?«, sagte Frauke.

»Carlo.«

»Carlo hat Kinder. Ganz süße Fratzen. Der hat keine Zeit für unsere Bierballettproben.«

»Eure was?«

»Bierballettproben. Wegen dem Kronkorkenparkett und so weiter. Weil wir hier alle ein bisschen schwachsinnig sind ...«

»Ach ja. Das Bierballett.«

Walter nickte. Bent reichte ihm ein Bier.

»Das Bierballett ist sozusagen Alleinstellungsmerkmal der Pedalpiloten. Eins unter vielen.«

Als Walter die Flasche absetzte, schäumte es aus dem Hals und tropfte ihm über die Jacke. Er schaute sich um, aber niemand hatte die Panne zur Kenntnis genommen, und wenn, hätte es keinen gekümmert. Mit dem Hofer Weinfest war das hier nicht zu vergleichen, registrierte er.

Die Kuriere prosteten und palaverten kreuz und quer. Frauke stand jetzt über ein Rad gebeugt, schob im Dreisekundentakt eine Strähne hinter ihr rechtes Ohr zurück und fachsimpelte mit einem athletisch wirkenden Rastaträger über die Linie der Kette und die passende Übersetzung. Sechsundvierzig zu Siebzehn, Sechsundvierzig zu Achtzehn. Walter versuchte sich das einzuprägen. Eine stämmig gebaute Frau stellte sich als Svenja vor. Sie hatte am Ende des Sommers bei den Pedalpiloten angeheuert, um einem Biker auf die Spur zu kommen, der sie über mehrere Wochen jeden Morgen vor ihrer Haustür abgepasst und angelächelt hatte und dann nie wieder aufgetaucht war. Sie war überzeugt, dass er der Mann ihres Lebens war. Auch sie brachte ihre Bewunderung für Walter zum Ausdruck.

»Aber das ist doch selbstverständlich, dass ich meinem Sohn helfe«, sagte er.

Jochen hatte mitgehört und bot Erdnüsse an.

»Selbstverständlich ist das nicht. Mein Vater würde einen Teufel tun. Er ist der Meinung, wir sind die letzten Dienstboten dieser Welt, günstiges Humankapital, gesellschaftlicher Bodensatz.«

»Was ist denn das für ein Chauvi?«, sagte Svenja.

»Was ist falsch an Dienstboten?«, sagte Walter.

»Mein Vater meint, wir haben in unserem Job null Selbstverwirklichung und sind immer im Namen Dritter unterwegs«, sagte Jochen.

»Und was macht er?«, sagte Svenja.

»Er schickt Frachtschiffe durch die Welt«, sagte Jochen.

»Und das ist seine Selbstverwirklichung? Anzug und Vollklimatisierung, im Büro, im Flieger, in der Bahn? Da kann man auch anderer Meinung sein.«

»Wem sagst du das?«, sagte Jochen.

»Die werden schon noch dahinter kommen, dass wir mehr sind als Dienstboten. Die letzten fähigen Menschen im degenerierten Europa. Im besten Fall kommen sie dahinter, wenn die Innenstädte vollends verstopft sind. Dann werden sie uns subventionieren wie die Honigbienen. Aber wahrscheinlich begreifen sie das erst, wenn es zu spät ist«, sagte Axel.

»Meinst du?«, sagte Svenja.

»Wenn die Bedingungen sich ändern, kommt der Paradigmenwechsel«, sagte Jochen.

»Jochen ist unser Herr Professor. Der hat zu Ende studiert«, sagte Svenja. »Aber wenn es zu diesem Para-Dingsbums kommt, haben Walter und ich wohl nichts mehr davon. Bei aller Liebe. Allmählich habe ich die Faxen dicke. Das ist viel zu kalt und anstrengend und der Typ ist auch nur ein Phantom. Den hat keiner je gesehen. Nach Weihnachten mache ich die Fliege.«

Den ganzen Abend über wurde Walter hofiert. Er plauderte zunehmend frei zurück. Mitten in diesem Leben, so weit von allem, was er kannte, erledigte sich vieles wie von selbst, sogar der Biernachschub. Immer wenn seines leer war, war auf Anhieb jemand zur Stelle und reichte ihm ein neues.

»Noch ein, zwei Jahre, dann bin ich auch weg. Aber sag et keinem. Is mein Geheimnis«, sagte Sechs-Null.

»Und dann?«

»Kamerun. Ich habe da Connections. Ich baue eine Avocadofarm auf. Brauche nur noch ein bisschen Kapital. Kommst mich dann ma besuchen, ja?«

»Wenn ich dann noch lebe«, sagte Walter.

»Was soll das heißen? Traust du mir das etwa nicht zu?«

»Nein, nein. Ich bin nur nicht mehr der Jüngste.«

»Ach Walter, aber hör mal!« Sechs-Null prostete ihm zu. »Und verrätst du mir noch dein Geheimnis? Gibt es da etwas, das dich wirklich umtreibt?«

Der Alkohol hatte die Schrauben an Walters Zunge mittlerweile gelockert. Er erzählte von seiner Lieblingskundin Madeleine Fall, nannte sie eine sehr feine Dame und verriet, dass er ihr einen Strauß rostfarbene Chrysanthemen überreichen wolle.

»Da kann ich dir nur abraten. Frauen bringen nur Unglück«, sagte Sechs-Null.

»Nicht meine Madeleine«, sagte Walter.

Als die Gesellschaft auf acht Mann geschrumpft und die Temperatur auf 11°C gefallen war, bot Bent an, für ein paar Absacker den Aufenthaltsraum zu öffnen.

»Aber Maniok, kein Gepöbel, keine Kanonenschläge. Und wenn du kotzen musst, bitte ins Klo.«

»Ich kotze nie«, sagte Maniok.

Pacman lud Walter ein, eine Runde mit ihm zu zocken. Der Fahrercomputer erwachte scheppernd zum Leben. Walter holte sich einen Stuhl aus Berts Bude und nahm an Pacmans Seite Platz. Die anderen machten es sich auf dem von Brandlöchern und Flecken gemusterten Sofa gemütlich. Jobst knallte eine Flasche Jack Daniels auf den Tisch.

»Wat willste mehr«, sagte er, dann überrollte ihn ein heiseres Husten.

»Der mit der großen Klappe, das bist du. Alle anderen killen dich. Aber wenn du hier so eine Pille schmeißt, fangen sie an zu blinken und du kannst sie fressen. Wenn du alles sauber hast, kommst du ins nächste Level. Und da geht die Schose von vorne los. Das ist wie im Buddhismus. Das nächste Level, dieselbe Scheiße.«

Pacman fraß sich durch fünf Levels, ohne die Augenlider zu bewegen. Er kommentierte sein Spiel mit gedämpfter Stimme und großem Ernst. Dann verlor er innerhalb einer Minute seine drei Leben, blinzelte unkontrolliert und räumte schnaubend den Platz. Walter war innerhalb von ein paar Sekunden erledigt.

»Hat keiner gesagt, das ist einfach. Ein bisschen Übung muss sein. Jetzt schaust du mir noch mal gut zu, dann lernst du das schon«, sagte Pacman und stürzte sich in die nächste Schlacht. »Einmal links lang. Jetzt runter. Achtung, da kommt Blinky. Pille schmeißen. Blinky ist hin. Inky auch. Und jetzt schnell da rüber. Damit haben sie nicht gerechnet. Die Ratten.« Und zum Schluss: »Klarer taktischer Fehler. Der hat uns jetzt das Spiel gekostet. Da müssen wir noch mal gezielt ran.«

Während der nächsten anderthalb Stunden näherte Walter sich allmählich dem Ende des ersten Levels an. Pacman scheiterte immer früher und wurde zusehends stiller. Maniok hatte die halbe Flasche Jacky auf ex getrunken und war auf's Klo verschwunden. Er hatte sich übergeben und war um den Fuß der Schüssel geschlungen eingeschlafen. Bent erzählte, dass Maga ihn zur *Einsatz*-Weihnachtsfeier eingeladen hatte.

»Das geht richtig zur Sache, habe ich mir sagen lassen. Da schneit es Koks von der Decke. Und ich bin dabei!«

»Koks von der Decke? Wat willste mehr?«, sagte Jobst.

»Maga hat alle Funker und alle aus der Dispo eingeladen«, sagte Per.

»Aber bei mir ist das eine Herzensangelegenheit. Die steht auf mich, ich sag es euch«, sagte Bent.

»Wie kommst du darauf?«, sagte Axel.

»Neulich bin ich ja mal wieder gefahren, da habe ich dem Asphalt mal wieder Feuer gegeben. Und da hatte ich bei Maga was rauszuholen und da hat sie sich so vor mir gebückt, dass ich ihr einfach ins Dekolleté plinsen musste. Maga hat Wert darauf gelegt, dass ich mich von der Wohlgestalt ihrer Glöckchen überzeugen konnte.«

»Wann soll denn neulich gewesen sein?«, sagte Per.

»Muss im Frühling gewesen sein«, sagte Axel.

»Vorletzter Frühling vielleicht«, sagte Sechs-Null.

»Das war letzte Woche Montag. Oder vorletzte. Vier Touren. Tut euch das mal rein, Jungs«, sagte Bent.

»Lass die Finger von den Torten. Die bringen nur Unglück«, sagte Sechs-Null.

»Wat willste mehr?«, sagte Jobst.

»Bei der hast du doch keine Chance, Benzen. Thekenmädchen des Jahres, sage ich nur. Und dann schau dich an. Deine Wampe, dein Doppelkinn und die Fettlappen auf deinem Kopf«, sagte Per.

»Das sind nur Oberflächlichkeiten. Die mache ich mit Charakter und Witzigkeit locker wett«, sagte Bent.

»Hast du nicht neulich gesagt, die hätte was mit Jo gehabt?«, sagte Per.

»Das war nur so eine Transportermanngeschichte. Jo hat Maga längst mit mir abgemischt, Freundchen«, sagte Bent.

Sechs-Null und Per wollten wissen, was sie sich unter einer Transportermanngeschichte vorzustellen hatten. Bent erläuterte das Konzept. Sechs-Null pflichtete ihm lautstark bei. Pacman war wieder in Hochform. Walter wandte sich gelangweilt vom Bildschirm ab und fragte, ob sie von Maga sprachen.

»Mein Magaherz, na klar. Das Thekenmädchen von Einsatz. Die magst du auch, was? Ist sie nicht ein Traum? Demnächst ist das meine Torte. Ich mach euch dann mal bekannt, wenn du magst«, sagte Bent.

»Aber Maga ist doch schwanger«, sagte Walter und kaum hatte er den Mund zu, schaute er in die Runde und wünschte sich, dass keiner ihm zugehört hatte. Dem war aber nicht so. Bent sprang wie elektrisiert aus dem Sofa.

»Stimmt das?«

Per kicherte und rollte einen Joint.

»Ob das stimmt?«

»Was?«, sagte Walter.

»Dass Maga schwanger ist?«

Walter hüstelte.

»Das versteht Johannes also unter ›nur so eine Geschichte‹«, sagte Bent, schnappte seine Sachen, polterte an Pacman vorbei und durch den Funkerraum und aus der Tür.

»Stimmt das wirklich?«, sagte Axel, als die Tür in den Flur knallte.

Walter schüttelte den Kopf.

»Das wäre wieder mal eine Schlagzeile gewesen: Kurier schwängert Hamburgs Thekensonne«, sagte Per und rauchte seinen Joint an.

»Jetzt verbreitet Bent wieder wochenlang schlechte Laune am Funk und wir müssen das ausbaden. Wenn ich sage, dass ihr von Torten besser die Pfoten lasst, dann ist das kein Spaß vom alten weisen Sechs-Nuller, sondern das Destillat aus vielen Jahren nacktem Leben«, sagte Sechs-Null.

»Wat willste mehr?«, sagte Jobst.

Pacman hatte seit Bents Abgang wie versteinert vor dem Rechner gesessen. Jetzt hastete er durch den Raum, riss das Fenster auf und brüllte in die Nacht.

»Fünfhundert verfickte Punkte und ich hätte meinen Rekord geknackt. Und dann kommst du Fettkloß und rempelst mich an!«

»Beruhig dich und halt die Schnauze«, sagte Sechs-Null.

»Heute mal wieder Freakshow bei den Pedalpiloten«, sagte Per und reichte seinen Joint an Jobst weiter.

Sechs-Null zog eine Gitarre hinter dem Sofa hervor, stimmte sie und sang *Working Class Hero* und *Stairway to Heaven*. Er sang mit einer warmen Bassstimme. Die Augen hielt er geschlossen, den massiven Oberkörper über die Gitarre gebeugt. Jobst drückte den Joint aus und kuschelte sich in die Sofaecke. Per baute einen neuen Joint, steckte ihn Sechs-Null in den Mundwinkel, gab Feuer und trommelte auf dem Gitarrenzargen mit. Axel raffte ebenfalls seine Sachen zusammen und wünschte eine gute Nacht.

Walter hatte auch genug. Nur weil Pacman so hartnäckig war, zitterte er noch einmal den Avatar ins Verderben. Johannes konnte sich hoffentlich denken, wo er abgeblieben war. Er wollte ihn anrufen, aber der Akku seines Telefons war tot.

Sechs-Null stimmte *Blowin' in the Wind* an. Walter verschwand in die Teeküche. Ohne es zu merken, summte er beim Refrain leise mit. Der Wasserhahn ragte lose aus einem Loch in der verquollenen Arbeitsplatte. Er zapfte sich ein Glas Leitungswasser. An die Wandkacheln war mit Edding Kamikaze deluxe geschrieben. Das passte. Er würde Johannes beichten müssen. Besser, er erfuhr von ihm, dass er geplaudert hatte. Beim Versuch, das Klo zu betreten, stieß er die Tür gegen Manioks Kopf.

Maniok sprang auf und riss an der Klinke. Walter stolperte direkt in seine Faust und sackte rücklings auf den Boden. Maniok trat gegen die Hände, mit denen Walter sein Gesicht schützte, und dann in seinen Magen. Sechs-Null kam um die Ecke. Maniok setzte zu einem zweiten Magentritt an. Sechs-Null machte einen Schritt über Walter hinweg, schnappte Maniok an seinem Kapuzenpullover und hob ihn in die Luft.

»Sach ma. Bei dir hackt's wohl!«

Er drückte Manioks Schädel unter den Klowasserhahn. Maniok strampelte und stieß sich immer wieder den Hinterkopf. Irgendwann hielt er still und gab ein Peace-Zeichen.

»Was ist hier los?«, sagte Per.

»Du entschuldigst dich jetzt auf der Stelle bei Walter«, sagte Sechs-Null.

Walter stand vornüber gebeugt vor dem Kühlschrank und hielt sich den Bauch.

»Wofür soll ich mich entschuldigen?«, sagte Maniok und schob sich die nassen Haarsträhnen aus den Augen.

»Du hast Walter zusammengetreten«, sagte Sechs-Null.

»Wann denn das?«

»Gerade eben.«

»Echt, oder?«, sagte Per.

»Ehrlich?«, sagte Maniok.

»Schau ihn dir doch an«, sagte Sechs-Null.

Maniok sah zu Walter, dann auf den Boden.

»Ich geb dir ein Bier aus und so.«

»Danke, nein« flüsterte Walter.

»Ich würde sagen, wir machen Zapfenstreich«, sagte Sechs-Null.

Jobst schnarchte. Aus seinem Mundwinkel lief Speichel auf das Sofa. Per sah mit glasigen Augen in die Runde. Pacman saß am Rechner.

»Wir machen Schluss, Pacman«, sagte Sechs-Null.

»Nur noch ein bisschen. Heute ist mein Tag«, sagte Pacman.

»Mach die Kiste aus. Wir wollen alle heim.«

»Mein Dope ist alle«, sagte Per.

»Weck du mal Jobst«, sagte Sechs-Null.

Per rüttelte an seiner Schulter.

»Wat is los?«, sagte Jobst.

»Wir gehen. Der Whiskey ist ausgekotzt. Mein Dope alle. Und Maniok hat Walter zusammengetreten. Die Stimmung ist sozusagen gekippt«, sagte Per.

»Wat willste mehr?«, sagte Jobst.

Viertel nach eins klingelte Johannes' Telefon.

»Maga, so spät noch. Nichts dagegen, aber ich hatte auf einen Anruf von Walter gehofft. Der hatte Scheckabgabe und jetzt kommt er nicht heim und sein Telefon ist tot …«

»Laber mich nicht voll!«

»Was ist mit dir los? Alles in Ordnung?«

»In Ordnung ist ziemlich wenig, Johannes.«

»Wie?«

»Ich habe echt nichts von dir erwartet. Nichts Spezielles, weißt du. Ich habe ja auch keine Ahnung, wie mir geschieht. Ich werde auch nicht alle Tage schwanger. Es ist dein gutes Recht, dir Zeit zu nehmen. Auf jeden Fall besser, als gleich den nächsten Rohrkrepierer zu fabrizieren …«

»Was?«

»Weißt du, als ich Leyla davon erzählt habe, hat sie diesen Frauenblick gekriegt und wollte wissen, von wem, und ich habe gesagt, so ein Kurier, und sie hat gesagt, nein, und ich habe gesagt, wenn's bei Ihnen brennt, treten wir in die Pedale – Drei Sekundes Verkehr und raus mit der Ladung, und jetzt haben wir den Salat, und ich habe sie gebeten, auf keinen Fall Oli davon zu erzählen, weil es dem Herrn Doppel-Zwo aus irgendeinem ominösen Grund verdammt wichtig ist, dass Oli nur von ihm persönlich von seinem Supercoup erfährt …«

»Was ist denn los? Worum geht's dir denn?«

»Ich finde es einfach nicht so geil, dass dein gesamtes Kollegium Bescheid weiß und sich wahrscheinlich schon auf einen Namen für das Früchtchen geeinigt hat.«

»Mein Kollegium weiß worüber Bescheid?«

»Worüber wohl? Mach dich nicht dümmer, als du bist.«

»Ich habe keine Ahnung, von was du sprichst.«

»Ach, Jo, vergiss es einfach und hol schnell deine Kindergarten- und Ich-war-das-nicht-Phase nach, aber in etwa vierunddreißig Wochen solltest du allmählich in der Lage sein, deinen Mann zu stehen, ein bisschen wenigstens, oder auch nicht … Ich habe auf jeden Fall keine Lust, dass dann auch dein Vater ran muss, weil du nicht in die Puschen kommst.«

Johannes brach das Gespräch ab. Der Rohrkrepierer und die Angst vor dem Päckchen Zukunft, das in den Baufälligkeiten seines Lebensprovisoriums randalierte, schlossen kurz. Walters Reisewecker war wieder der Leidtragende. Er krachte gegen die Wand und die Kunststoffscheibe über dem Ziffernblatt platzte heraus. Johannes wirbelte durch die Wohnung, klapperte mit Schranktüren und Schubladen, bis der Badezimmerspiegel ihm seinen Kindertrotz in aller armseligen Lächerlichkeit vor Augen hielt. »I feel like a preacher waving a gun around«, grummelte er, zog das Genick ein und stampfte krähenhaft wie Waits persönlich auf die Fußbodenkacheln. Die Nachricht musste über Walter zu den Kollegen gelangt sein, auf welchem Weg auch immer Maga davon erfahren hatte. Er hielt gegen seinen Impuls, Probleme aufzuschieben, aber sie ging nicht ans Telefon und antwortete nicht auf seine Textnachricht.

Eine halbe Stunde später knarzte der Schließzylinder, ein Lichtkegel huschte an der Flurwand empor und Walter lief in die nächste Faust.

»Musst du dich mit den Geschichten anderer Leute interessant machen?«, sagte Johannes, noch bevor Walter ins Wohnzimmer kam. »Ich habe immer gedacht, du bist nicht falsch und wir haben uns einfach verpasst. Schwierige Zeiten damals, oder was auch immer. Aber jetzt, wo ich mir anschauen muss, wie du durch deine Tage schleichst und zu zittern anfängst, weil eine Pennerin dich anmacht, da kotzt du mich nur noch an.«

Walter schlich ins Wohnzimmer. Er hüstelte und sah Johannes matt an.

»Ich bin, wie ich bin«, sagte Walter einen Augenblick später.

»Du bist, wie du bist. Es kommt, wie es kommt. Das ist schön für dich. Du hast dich damit ja auch ganz okay über Wasser gehalten in deinem beschissenen Leben. Das Problem ist nur, du bist nicht allein. Auf jeden Fall nicht immer gewesen. Und leider hast du mir auch nur gezeigt, wie man ist, wie du bist. Wie man die Schnauze hält und hofft, dass alles gut wird. Wenn die Alte davonläuft, wenn der Sohn von der Schule geschmissen werden soll, wenn der Arbeitgeber einen ausbeutet. Du bist, wie du bist, und ich quäle mich ab, nicht so zu sein, wie du bist, und komme dabei nicht von der Stelle. Mit deinem Scheißprinzip Walter komme ich in meinem Leben nicht voran. Das Prinzip war schon immer dürftig und jetzt ist es vollends überholt. Heutzutage widmest du dein Leben einer wie auch immer gearteten Karriere, oder du gehst unter und wirst wahrscheinlich zur Belustigung der anderen noch dabei gefilmt.«

Johannes lauerte auf die nächste Vorlage, aber Walter presste die Lippen aufeinander und schluckte. Seine Haut wirkte grau. Seine geröteten Augen waren auf Banksys Affen gerichtet. Vielleicht war es nur Müdigkeit, vielleicht weinte er, jedenfalls war da ein feuchter Glanz zwischen seinen Lidern.

»Entschuldige, Walter. Wahrscheinlich ist das alles halb so wild. Wir beide hauen uns jetzt ins Bett und morgen sieht die Welt wieder anders aus«, sagte Johannes und zog sich zurück.

Im Morgengrauen schnappte die Wohnungstür zu. Im Fahr-stuhlschacht herrschte schon wieder Ruhe, als Johannes begriff, dass Walter weder Versöhnungsbrötchen holen noch auf einen Spaziergang durch die schlafende Stadt gegangen war. Von der Loggia aus sah er ihn mitsamt Trolley um die Ecke des Bezirks-amts verschwinden. Er nahm die Verfolgung auf. Wenn Walter die gröbsten Navigationsfehler hinter sich hatte, konnte er nur die Bahnstation Hoheluftbrücke ansteuern. Tatsächlich holte er ihn auf der Rolltreppe zum Bahngleis ein und drängte sich ne-ben seinen Trolley. Walter ignorierte ihn, machte einen Schritt von der Treppe und stellte sich an das Gleis, auf dem die Bah-nen Richtung Stadtmitte verkehrten. Johannes bat ihn um Ver-zeihung, aber Walter blinzelte über das angemooste Dach der McDonald's-Filiale, als wäre er Luft.

Auf dem Gegengleis stolperten ein paar Nachtgestalten aus der Bahn. Sie stanken nach Alkohol, Parfüm und Rauch. Ein Junge, bei dem der Bartwuchs noch nicht eingesetzt hatte, blies in eine Trillerpfeife. Ein Mädchen mit Puppengesicht, Minirock und Pfennigabsätzen schwankte wie ein angeschossener Schwan über das Pflaster. Sie hielt eine Rose vor der Brust. Sie strauchelte. Die Rose fiel auf die Kante des Bahnsteigs. Das Mädchen bückte sich. Der Junge mit der Trillerpfeife sprang heran und kickte die Rose auf das Gleis.

»Momentchen, mein Röslein, ich hol dich«, kicherte das Mädchen und streifte ihre Pumps ab.

Ein Mädchen mit drallen Schenkeln packte sie an der Kunstpelzkapuze.

»Bleib hier, Birte.«

»Nimm die Pfoten weg, du Schlampe.«

Der Rest der Clique beobachtete das Geschehen vom Treppenaufgang. Ihre Köpfe wippten zu einem mager aus einem Smartphonelautsprecher scheppernden Beat.

Das Mädchen mit der Hand an der Kapuze bat die »Spasten«, ihr zu helfen. Ein drittes Mädchen erzählte, wie sich vorige Woche jemand vor ihre Bahn geworfen hatte, woraufhin Polizei und Krankenwagen kamen, ein Öko in der Bahn zu heulen anfing und die Ärzte einen blutigen Plastiksack vom Bahndamm trugen.

»Ihr seid solche Vollspasten«, sagte das zweite Mädchen und ließ von Birtes Kapuze ab.

Birte rutschte über die Kante. Walter ging über die Mitte des Bahnsteigs und schaute nach den Signalen an den Gleisen.

»Schaut mal, der Alte steht auf kleine Mädchen«, sagte einer der Jungs und stierte Walter an. »Birte bläst dir bestimmt einen, wenn du ihr hilfst, die Fickrose zu holen. Du Opfer ...«

Birte winkte mit der Rose.

»Kann mir einer hochhelfen?«

»Hörst du nicht, Birte braucht Hilfe.«

Auf der anderen Seite fuhr nun die Bahn Richtung Stadtmitte und Hauptbahnhof ein. Einer der Jungs zog Birte nach oben.

»Wem soll ich den Schwanz lutschen?«, sagte sie und kicherte.

Die anderen grölten.

»Auf jetzt, du Pädoschwein. Du träumst doch von süßen kleinen Fickmäuschen.«

»Die ist so dicht, die will nicht mal Geld dafür.«

Walter ging einen Schritt auf die Clique zu. Er beugte den rechten Arm im Ellbogen und ließ den Daumen aus seiner Faust schnappen. Er bemühte sich um präzise Bewegungen und lächelte dabei, wie er es von Carlo gelernt hatte. Johannes erkannte die Provokation als solche. Er schob Walter durch die nächstgelegene Waggontür und zwischen den Sitzreihen vorwärts. Die Jungs auf dem Bahnsteig starrten einander einen Augenblick zu lange ratlos an und stürmten dann los. Die Waggontüren hatten bereits geschlossen und die Bahn setzte sich in Bewegung. Die Jungs hämmerten auf die Türöffner, ließen Faustschläge und Tritte gegen den Bahnwagen prasseln und rotzten auf die Scheiben.

»Mach doch nicht so was, Walter. Die sind zwar jung und mit jedem für sich könnte man fertig werden, aber im Rudel würde ich mich mit solchen verballerten Typen nicht anlegen. Was hast du denn da überhaupt veranstaltet?«, sagte Johannes.

»Das Idiotenventil«, sagte Walter, der reglos zwischen zwei Haltestangen stand.

»Was ist das bitteschön?«

Walter machte es vor.

»Und das nennst du Idiotenventil?«

»Carlo nennt das so.«

Mit Olis Bus machten sie sich auf den Weg nach Lüneburg. Auf den ersten Kilometern rutschte Johannes nervös auf dem Beifahrersitz hin und her. Er sagte den Weg an, Walter benannte im Vorüberfahren Reeperbahn, Heiligengeistfeld und Hauptbahnhof. Als sie die Autobahn erreichten und er das permanent gegen die Windschutzscheibe knallende Nilpferd vom Innenspiegel genommen hatte, nahm ihn die Ruhe ein, die Walter hinter dem Steuer ausstrahlte. »Wo bist du nach der Scheckabgabe so lange abgeblieben«, sagte er, und senkte die Stirn gegen die kalte Scheibe. Walter erzählte im Plauderton. Bents Abgang und Manioks Attacke sparte er aus. Sein Fauxpas hatte über Nacht an Dramatik verloren. Johannes sah es ihm nach und schrieb Maga eine weitere Nachricht.

Der letzte Teil des Weges schlängelte sich entlang bracher Felder. Sie verfransten sich und erreichten das Tagungshotel zwanzig Minuten nach Veranstaltungsbeginn. Es war ein auf Gutshaus getrimmter Bauklotz mit dem Charme eines Altenpflegeheims. Es befand sich in einem gepflegten, weitläufigen Park. Vor der Pforte war ein durchfallbrauner Mercedes geparkt.

Hasselbrock war Farbe und Marke offenbar über all die Jahre treu geblieben. Lediglich in Sachen Ausstattung hatte er ein paar Preisklassen nach oben korrigiert. Ledersitze und Turbo hatte es früher nicht gegeben.

Über breite Treppenstufen gelangten sie in eine rustikale Lobby. Der Rezeptionist schmunzelte sie heran und wies mit einem weißen Handschuh auf einen Gang, an dessen Ende sich der Konferenzraum befand. An der Tür war mit Tesastreifen ein Farbdruck mit dem *Myway*-Logo festgeklebt. Stürmischer Beifall war zu hören. Sie nutzten den Aufruhr und schlüpften in den länglichen Saal. An der Kopfseite befand sich eine Bühne, dahinter eine Leinwand, über die funkelnde Prismen tanzten. Bis auf schmale Gänge an den Rändern und in der Mitte war die Fläche komplett bestuhlt. Fast alle Stühle waren besetzt. Neben dem Eingang wartete ein jungfräuliches Buffet. Über dem Mittelgang hing eine Reihe Kronleuchter von der Decke. Links blickte ein Panoramafenster auf die Teichanlage im Park. Im Hintergrund der Bühne löste sich Hasselbrock gerade aus einer Umarmung mit Emilie und übergab ihr das Mikrofon. Die Leute auf den Rängen schienen von der Szene ernsthaft berührt. Johannes machte in der drittletzten Reihe zwei freie Plätze auf der Fensterseite aus. Als Emilie sich von Hasselbrock abwandte, saßen sie schon. Der Applaus brauste wieder auf. Emilie deutete eine Verbeugung an.

»Mein Gerd hat euch eben erzählt, was für ein starker Mann er doch ist. Aber ich sage euch eins, daheim bei mir in der Küche, da ist er so klein ...«

Sie führte Zeigefinger und Daumen ihrer rechten Hand zusammen. Gelächter erfüllte den Saal. Walters Sitznachbar klopfte sich auf die Schenkel. Johannes brachte keinen zielführenden Gedanken mehr zustande. Walter hielt sich an die Oberflächen. Das Rautenmuster des Teppichs. Der seifige Geruch. Die auf den Kopf gestülpten Lichtvulkane an den Wänden. Emilies seltsame Rhetorik. Und ihr gleichermaßen vertrautes und fremdes Gesicht.

»Spaß muss sein«, sagte sie. »Aber deshalb seid ihr wahrscheinlich nicht gekommen, oder?«

Einige verneinten.

»Ihr seid wegen etwas anderem gekommen, ja?

Nicht weil ihr Spaß haben wollt?

Ihr seid gekommen, weil ihr Träume habt, oder nicht?

Weil ihr frei sein wollt?

Frei über eure Zeit verfügen wollt?

Das ist doch wahr, oder?

Ihr habt doch alle Träume, ja?«

Sie trat für einen Moment vom Mikrofon zurück. Die Leute applaudierten und trampelten mit den Füßen. Johannes sah zu Walter. Der schien die Klunker an einem Kronleuchter zu zählen.

»Ihr alle, die ihr heute hierher gefunden habt, ihr habt Träume, nicht wahr? Ihr wollt gut leben? Ihr wollt verreisen, schöne Autos fahren, ein Ferienhaus auf Mallorca oder hier in der Heide besitzen? Ihr sucht alle nach einer Veränderung in eurem Leben?«

Sie breitete die Arme aus. Walters Nebenmann formte seine Hände zu einem Trichter und jauchzte. Weiter vorne sprangen einige von den Plätzen auf.

»Ihr seid ja sehr stürmisch heute. Mir kommt es vor, als hätten ein paar von euch schon Erfahrungen mit dem *Geschäft* gemacht. Ist das so? Stimmt das?«

Wieder gab es euphorische Zurufe.

»Schön, dass auch ihr gekommen seid.

Das wissen unsere Frischlinge bestimmt zu schätzen, oder?«

Sie trat an den Rand der Bühne und ließ den Blick über die Köpfe schweifen. Johannes brachte sein Gesicht hinter dem Schädel seines Vordermanns in Deckung. Walter regte sich nicht.

»Aber jetzt möchte ich diejenigen sehen, die zum ersten Mal hier sind. Die vielleicht noch nicht so genau wissen, was das hier soll. Die Zweifler und Skeptiker.«

Sie machte eine Kunstpause.

»Ja – die gibt es auch. Leute, die vom *Geschäft* hören und denken, das kann doch überhaupt nicht wahr sein. Da muss es einen Haken geben. Den finde ich und dann knöpfe ich diese Scharlatane daran auf.«

Wieder Gelächter und Gejohle.

»Zweifler und Skeptiker gibt es immer. Einige sogar. Und eine von denen, die kenne ich ganz gut.«

Die Hände in die Hüften gestemmt, stand Hasselbrock feixend am rechten Bühnenrand. Sie wandte sich zu ihm.

»Einer von denen, der hört ihr gerade zu.«

Sie richtete die linke Hand auf die entsprechende Schläfe, als wäre sie eine Pistole.

»Aber davon erzählt euch jetzt besser mein Mann. Ich kann das nicht so gut. Ich versuche immer zu kaschieren, wie kleinlich und ängstlich ich meinem Glück so lange im Weg gestanden habe. Aber zuerst würde ich gerne noch all diejenigen sehen, die noch nicht unseren Businessplan kennen?

Die zum ersten Mal auf einem unserer Treffen sind?

Würdet ihr bitte alle kurz aufstehen. Für mich, für die anderen?«

Unter tosendem Applaus stand etwa ein Drittel der Leute im Saal auf. Einige aus der ersten Reihe wurden von Emilie kurz geherzt. Dann forderte sie alle anderen auf, sich an die eigenen Anfänge zu erinnern und die Frischlinge willkommen zu heißen. Walter wurde von seinem Sitznachbar angetippt.

»Gratulation, mein Herr. Ich kann Ihre Zurückhaltung nachvollziehen. Mir erschien das am Anfang auch zu schön, um wahr zu sein. Aber die Zweifel verschwinden. Verlassen Sie sich darauf.«

Emilie übergab das Mikrofon an Hasselbrock. Er kniff sie in den Hintern, trat in die Mitte der Bühne und erzählte von seinem Werdegang, gewürzt mit reichlich Kalauern und Altherrenwitzchen. Ursprünglich war er in leitender Position in der Textilbranche tätig. Mit einem soliden Einkommen, viel Anerkennung, aber auch vielen Überstunden und Dienstreisen. Ein Kollege in den Staaten erzählte ihm ein erstes Mal vom *Geschäft*. Er machte sich darüber lustig und vergaß das *Geschäft*, bis Jahre später ein Kegelfreund ebenfalls von einem *Geschäft* schwärmte. Dieses Mal stieg Hasselbrock ein, allerdings in der Absicht, festzustellen, dass das Ganze ein zum Himmel stinkender Betrug war.

»Aber dann habe ich ein bisschen gemacht, wie mein Freund Rolf mir das erklärt hat, und schon habe ich damit Geld verdient. Dann dachte ich, das ist aber komisch. Selbstverständlich dachte ich das. Weil, ich habe überhaupt nichts dazu getan. Nur hin und wieder Leute getroffen und ihnen vom *Geschäft* erzählt. Und das habe ich weiterhin gemacht. Leute getroffen und ihnen vom *Geschäft* erzählt.

Und das Ding lief. Und es lief immer besser.«

Er ließ seine fleischigen Lippen schnattern und erntete selbst dafür Applaus.

»Und im Nu ist aus dem *Geschäft* mehr Geld geflossen als von meinem Arbeitgeber. Und deshalb habe ich mir gesagt, jetzt machst du Nägel mit Köpfen. Ich bin zu meinem Chef gegangen, habe gesagt, ich will mehr Geld verdienen und weniger arbeiten. Und mein Chef hat geantwortet, wie stellen Sie sich das denn vor, Herr Hasselbrock? Und ich habe gesagt, dass ich das nicht weiß, weil ich kein Chef bin, sondern nur Angestellter. Und mein Chef hat gesagt, dass wir über Geld reden können. Und ich habe gefragt, wie es mit weniger arbeiten aussieht? Und er hat geantwortet, dass das schwierig wird. Gut, habe ich dann gesagt, mehr Geld genommen und den Zirkus noch eine Weile mitgemacht. Aber dann ist aus dem *Geschäft* noch mehr Geld geflossen. Ich bin wieder zu meinem Chef gegangen, der hat mir noch eine Gehaltserhöhung angeboten, aber in Bezug auf die Arbeitszeit ließ er nicht mit sich reden, und dann … dann habe ich gekündigt. Herr Hasselbrock, hat mein Chef daraufhin gesagt, ich glaube, Sie machen einen großen Fehler. Herr Bock, habe ich geantwortet, ich bin überzeugt, Sie täuschen sich.«

Während sein Konter leidenschaftlich gefeiert wurde, ging Hasselbrock an einen Tisch im hinteren Teil der Bühne und nippte an einem Champagnerglas. Emilie verharrte am Rand des Geschehens und gab sich amüsiert. Hasselbrock trat noch einmal nach vorne und erzählte von ihrer ersten Begegnung. Walter drückte den Rücken durch. Johannes verschränkte die Arme vor der Brust. Die Projektionen auf der Bühne gingen ins Rote.

»Ich wollte sie vom ersten Moment an«, sagte Hasselbrock. »Aber es gab ein Problem. Emilie war damals verheiratet. Und Emilie hatte einen Sohn.«

Sie nickte zustimmend. »Hat einen Sohn«, sagte Johannes leise.

»Dann habe ich mir gesagt, Gerd, davon lass die Finger. Die verbrennst du dir nur.«

Emilie trat an seine Seite. Johannes senkte sein Gesicht in die Hände. Walter starrte auf die Bühne. Oder durch alles hindurch. Hasselbrock hielt das Mikrofon unter ihren Mund.

»Dann habe ich aber gesagt, Gerd, ich bin verzweifelt, ich möchte mein Leben verändern, ich möchte bei deinem *Geschäft* einsteigen, aber mein Mann macht nicht mit.«

»Und daraufhin habe ich etwas gesagt, das mich noch nie jemand hatte sagen hören. Dazu kann ich nichts sagen, habe ich gesagt«, sagte Hasselbrock.

»Aber ich war hartnäckig. Dieser Apfel war zu knackig, als dass ich ihn nicht hätte anbeißen wollen. Ich habe gesagt, Gerd, ich möchte mein Leben verändern, ich möchte, dass mein *Geschäft* wächst und ich möchte mit dir leben.«

Sie legte eine Hand um seine Hüfte. Er hob einen Arm in die Luft.

»Und ich habe noch einmal gesagt, dass ich dazu nichts sagen kann.«

Er küsste sie auf den Mund. Sie beugte sich zum Mikrofon.

»Jetzt wird Gerd wieder sentimental.

Mach es kurz, Gerd, übertreib nicht wieder.«

Sie legte den Kopf an seine Schulter.

»Ich habe noch ein drittes Mal gesagt, Gerd, ich möchte mein Leben verändern. Und dann hat er mich angeschaut wie ein hungriger Hund die Dose mit den Goodies. Ich möchte unbedingt mit dir leben, habe ich gesagt, und dann hat er mich so gedrückt ...«

Er drückte sie an sich und sie schaukelten wie beim Stehblues hin und her.

»Genau so. Und dann haben wir das gemacht. Einfach so.«

Applaus, Fußgetrampel, Gejohle. Außer Walter und Johannes blieb keiner sitzen. Eine La-Ola-Welle ging durch die Reihen. Weiter vorne skandierten einige »Has-sel-brock, Has-sel-brock«, und Gerd und Emilie verbeugten sich, wie am Ende einer gelungenen Theaterpremiere. Walter hielt sich an die schuppenbeschneite Stuhllehne seines Vordermanns. Johannes schüttelte den Kopf, ohne es zu registrieren. Es dauerte Minuten, bis der Applaus abflaute. Emilie nahm auf einem Stuhl neben der Bühne Platz. Hasselbrock erzählte, wie er die Flitterwochen in Las Vegas spendierte. Wie Emilie voll ins *Geschäft* einstieg und ihm unter die Arme griff. Wie sie immer größere Erfolge feierten. Er warnte vor Altersarmut, Jugendarbeitslosigkeit, der Finanzkrise, die jederzeit über den Teich springen konnte, und riet jedem, genau zu überprüfen, wer dafür bürgte, dass morgen noch für sein Auskommen gesorgt war. Er sprach von Qualifikationsstufen und vor allem von Erfolg, Reichtum und Glück. Eine halbe Stunde später trat ein letztes Mal Emilie ans Mikrofon. Sie bat sämtliche Berater aufzustehen.

»Liebe Neulinge, Interessierte, Skeptiker …

Viele kenne ich seit Jahren. Viele sind Freunde geworden, die ich in meinem Leben nicht mehr missen möchte. Und das, das möchte ich abschließend betonen, das ist das Schönste an diesem *Geschäft*.

Man hat nicht mit Kollegen zu tun … Es ist nicht ein gemeinsames, von Gemecker und Leiden begleitetes Martyrium, das einen eint, es ist eine gemeinsame Begeisterung … Die Begeisterung für einen gelebten Traum!«

In das daraufhin ausbrechende Getöse hinein bat sie die Berater, selbst ein paar Worte zum *Geschäft* zu sagen. Etliche rissen die Arme in die Luft. Sie rief die entsprechenden Leute beim Vornamen auf und Männer und Frauen aller Altersklassen berichteten, mal euphorisch, mal schüchtern, von ihren Erfolgen und der Hoffnung, viele neue *Geschäftspartner* hinzuzugewinnen. Walters Sitznachbar ergriff ebenfalls das Wort. Er hatte vor Kurzem seinen Job als Sachbearbeiter in einer Bank verloren und deutete das als Wink des Schicksals, dass er endlich im *Geschäft* Vollgas geben sollte. Anfangs machte es noch den Eindruck, seine Stimme könnte jeden Augenblick wegbrechen, aber mit jedem Zwischenapplaus wurde sie kräftiger, und als am Ende wieder der ganze Saal tobte, schnellte er mit hysterisch geweiteten Augen aus seinem Stuhl.

»Freunde, es ist an der Zeit, dass wir unsere Ketten abwerfen. Wie Sklaven schleppen wir uns jeden Morgen zur Arbeit und geben für ein kümmerliches Gehalt unsere teure Lebenszeit. Nutzt diese Chance, Freunde. Setzt die Segel in den Wind. Wir brauchen euch!«

Er reckte mehrmals die Fäuste in die Luft, klatschte etliche Hände ab, die ihm von den umliegenden Plätzen entgegengestreckt wurden, setzte sich wieder und legte eine von Neurodermitis zerfurchte Hand auf Walters rechtes Bein.

»Was für ein Glück, dass Sie heute hier sein dürfen.«

Wortlos pflückte Walter die Hand von seinem Schenkel. Hasselbrock hatte mittlerweile wieder Ruhe in den Saal gebracht, ein weiteres Treffen angekündigt und das Buffet für eröffnet erklärt. Aus den Lautsprechern ertönte *We are the Champions*, der Geräuschpegel darunter hob an, die Zuhörer umarmten einander, gaben Küsschen und schüttelten Hände. Einige begannen, zur Musik zu schunkeln. Andere strömten direkt zum Buffet. Johannes hatte Walter im Vorfeld das Versprechen gegeben, dass sie die Veranstaltung am Ende sofort verließen, doch an der Tür wurden sie von Hasselbrock abgefangen.

»Meine Herren, Sie wollen schon gehen?«

Er gab Johannes die Hand.

»Wie war noch Ihr Name?«

»Johannes Schmeck.«

Für einen Augenblick stutzte Hasselbrock, dann hob er seine Oberlippe wie einen Vorhang über die übertrieben gebleichten Zähne.

»Was für eine Überraschung, mein Junge. Hatte ich dir nicht versprochen, dich ins Boot zu holen? Wie geht es dir? Wo lebst du mittlerweile? Was arbeitest du? Hast du Erfolg?«

Die von 150 Lungen durchgeatmete Luft im Raum hatte Johannes träge gemacht.

»Ich bin Fahrradkurier. In Hamburg«, sagte er.

»Fahrradkurier, mein Junge? Und damit verdient man gut?«

»Geht so.«

»Eine dumme Frage, ich sehe schon. Wenn du gut verdienen würdest, wärst du bestimmt nicht hier. Arbeitest du denn in Selbstständigkeit oder als Angestellter?

»Selbstständig.«

»Respekt, mein Junge. Du sprichst einem freiheitlichen Lebensstil zu? Das hast du von deiner Mutter. Ein Charakterzug, mit dem du es in unserem *Geschäft* weit bringen kannst.«

»Apropos«, sagte Johannes. »Wo ist denn meine Mutter?«

Hasselbrock überging die Frage.

»Du hast noch jemanden mitgebracht? Sehr schön, mein Junge. Das lobe ich mir. Nur gemeinsam sind wir stark.«

Hasselbrock wandte sich an Walter. Johannes meinte zu erkennen, wie sein feistes Grinsen für einen Moment wackelte. Die beiden standen einander zum ersten Mal gegenüber. Walter kannte Hasselbrocks Geruch und seine tieftönende Stimme, gesehen hatte er ihn immer nur vom Küchenfenster, das auf den Hof schaute, in dem Hasselbrock Emilie während der Veranstaltung vor zwölf Jahren jeden Abend abgesetzt hatte. Er empfand weder Sympathie noch Antipathie. Hasselbrock war ihm egal. Es war offensichtlich, dass er gut an Emilies Seite passte. Wäre er nicht gekommen, wäre es ein anderer gewesen, sagte er sich.

»Gerd Hasselbrock ist mein Name. Aber das dürften Sie mitbekommen haben.« Er gab ein polterndes Lachen von sich. »Auch nicht mehr der Jüngste, was? Aus welcher Branche kommen Sie, wenn ich fragen darf? Sie sind nicht etwa auch Fahrradkurier?«

»Ich bin Pensionär«, sagte Walter.

»Pensionär? Lassen Sie mich raten. Sie haben ein hartes Arbeitsleben hinter sich, und hätten nun endlich Zeit, Ihre Träume zu leben, aber Ihnen fehlt das passende Kleingeld? Ich kann Ihnen folgendes verraten: Hier sind Sie genau richtig. Freut mich, Sie im *Geschäft* begrüßen zu dürfen. Wie war noch Ihr Name?«

»Walter Schmeck.«

Hasselbrocks Doppelkinn trat hervor.

»Dachte ich es mir doch. Was wollt ihr hier?«, sagte er mit gedämpfter Stimme.

»Ich wollte mal wieder meine Mutter sehen.«

»Ich meine ehemalige Frau.«

»Emilie hat sich zurückgezogen. Sie fühlt sich nicht wohl«, sagte Hasselbrock und drängte die beiden zur Tür.

»Aber wir wollten noch bleiben. Vielleicht kommt sie ja noch«, sagte Johannes.

»Dies ist eine Geschäftsveranstaltung und ich habe nicht den Eindruck, dass ihr euch für das *Geschäft* interessiert.« Hasselbrock legte seine üppig beringten Wurstfinger auf die Türklinke. »Wenn ihr nicht auf der Stelle verschwindet, rufe ich die Polizei.« Das Telefon hatte er schon im Anschlag.

»Auf geht's«, sagte Walter und zog Johannes aus dem Saal.

Den Rezeptionisten fragten sie nach dem nächsten Wanderparkplatz. Wo sie schon in der Gegend waren, konnte es nicht schaden, Lungen und Hirn in der kantigen Herbstluft auszuwaschen.

»Die Letzten, die kommen, die Ersten, die gehen. Abgesehen davon, dass Sie überhaupt hier aufgetaucht sind, machen Sie alles richtig, meine Herren«, sagte der Rezeptionist.

»Ich war bis vor ein paar Jahren mit der Referentin verheiratet«, sagte Walter.

Im berufsbedingt gefühlsbereinigten Gesicht des Rezeptionisten stand die Frage, ob er in einen Fettnapf getreten war.

»Bisher war mir nicht hundertprozentig klar, dass ich nichts verpasst habe. Jetzt weiß ich es«, sagte Walter und wünschte einen schönen Tag.

22

»Irgendwie seltsam, diese Hysterie und all das«, sagte Walter während ihrer Fahrt durch den kahlen Wald. Ob er sich Emilie so vorgestellt hatte, wollte Johannes wissen. Walter behauptete, sich keine Vorstellung gemacht zu haben. Johannes wurde still. In Sachen Dümmlichkeit, Oberflächlichkeit und geschmacklosem Auftreten hatte Emilie seine ohnehin niedrigen Erwartungen unterboten. Aber trotz allem war sie seine Mutter. Er hatte keine andere. Die Frage, ob besser oder schlechter, stellte sich nicht. Sie hatte ihn in die Welt gesetzt, das Interesse verloren und stehen lassen, wie die Djembe und den Fußwannenwagen in Walters Keller. Es fühlte sich nicht gut an, dass sie ausgerechnet dem *Geschäft* treu geblieben war. Genau genommen tat es weh. Aber wenigstens hatte sie aufrichtig fröhlich gewirkt, als sie Träume von Traumlosen in vage Worte fasste, um damit Begehrlichkeiten zu wecken. Sie war ein Händler, der für gutes Geld Hoffnung an Mutlose verkaufte. Sie schien ihre Sache zu tun, egal wie fragwürdig die war. Vielleicht sollte er sich daran ein Beispiel nehmen und ebenfalls seine Sache tun. Dann wäre nur noch zu klären, was diese Sache war? Weiterhin Frachtstücke von einem Ort zum anderen transportieren? Ein Kind großziehen und nicht das Interesse daran verlieren? Magas Liebe gewinnen und ihr Liebe geben? Oder noch etwas anderes? Hoffentlich noch etwas anderes. Nicht, weil er Liebe und das Großziehen eines Kindes nicht für ehrenhafte Aufgaben hielt. Eher um dem Kind etwas vorauszuhaben, wenn es demnächst auf eigenen Beinen stand, oder um dem Verrinnen der Zeit etwas entgegenzusetzen. Aber warum ausgerechnet Film? Warum nicht einfach ein kleineres, erträgliches, einträgliches Übel, mit dem er sich über Wasser halten konnte? Ein Ingenieurstudium, Sozialarbeit, Krankenpflege? Etwas, das gefragt war. Er übte sich in Realismus, kam aber schnell dahinter, dass Walter diesen Weg in aller Konsequenz gegangen war, und hier war der Haken. Walter hatte nicht die geringste Ahnung, was ein gutes Leben betraf. Es kümmerte ihn überhaupt nicht. Vielleicht begnügte er sich damit, einigermaßen komfortabel existieren zu dürfen, weil er aus einer Zeit stammte, in der die Muttermilch noch mit Hunger und Elend gepanscht worden war?

Walter setzte den Blinker und bog auf einen von schlanken Birken gesäumten Wanderparkplatz. Ein paar Sekunden lang tanzte eine Staubwolke über dem sandfarbenen Schotter. Eine Wanderkarte neben einer grob gezimmerten Sitzgarnitur verriet ihnen, dass sie Zugang zu vier Rundwanderwegen hatten. Zwei davon waren als einfach eingestuft, einer als mittelschwer, einer als anspruchsvoll. Ohne Worte einigten sie sich auf den anspruchsvollen. Innerhalb des ersten Kilometers verfielen sie in Gleichschritt. Sie erinnerten sich an gemeinsame Wanderungen im Nordschwarzwald, aber die meiste Zeit gingen sie still, bis Walter nach etwa zwei Stunden unvermittelt stehen blieb.

»Was ist?«, sagte Johannes.

»Du hast ja recht«, sagte Walter.

»Womit?«

»Dass ich kein guter Vater war.«

»Das habe ich doch nie behauptet.«

»Ich hätte Emilie nicht heiraten sollen.«

»Die Frage stand doch damals überhaupt nicht im Raum.«

»Man hat getan, was erwartet wurde. Und als ihre Eltern unter der Erde waren, ging es ganz schnell auseinander.«

»Du hast doch getan, was du konntest. Vielleicht nicht immer perfekt. Aber wer ist schon perfekt?«

»Man hätte das anders machen müssen. Das wäre für alle Beteiligten besser gewesen.«

»Wie anders?«

»Man hätte es bleiben lassen sollen.«

»Aber du konntest doch nicht wissen, wie das wird. Das weiß man ja immer erst hinterher.«

»Das war doch abzusehen. Allein der Altersunterschied. Das hätte man wissen müssen.«

»Hör doch auf. Das ist gelaufen. Und jetzt bist du hier und hilfst mir noch ein bisschen.«

Walter pflückte einen Parasolpilz aus dem Unterholz, brach eine Ecke aus dem fleischigen Schirm und schnupperte.

»Eigentlich hätte ich genug. Eigentlich würde ich gerne zurück«, sagte er.

»Kannst du nicht noch bleiben?«

»Wie lang denn?«

»Ich schätze in einer Woche kann ich wieder selber fahren.«

»Noch eine Woche?«

»Du würdest mir wirklich einen großen Gefallen tun. Wäre doch auch blöd, jetzt wo es einigermaßen läuft, aufzuhören ...«

»Von mir aus. Aber nächsten Samstag ist Allerheiligen. Da muss ich zurück sein.«

»Warum denn das?«

»Weil Frau Banat nur um Allerheiligen rostfarbene Chrysanthemen führt.«

»Was es mit denen auf sich hat, würde mich ohnehin noch interessieren?«

Walter schmunzelte und erzählte freiheraus von Madeleine, der freundlichsten Kundin im Zweiundzwanziger. Er beschrieb ihren Flur und den Duft ihrer Hände und dass er eigentlich nur in Frühpension getreten war, um ihr die rostfarbenen Chrysanthemen so bald wie möglich und mit gutem Grund überreichen zu können. Nun war Johannes perplex.

»Nicht schlecht, ich meine, gut ... Dann fährst du noch eine Woche. Und nächstes Wochenende buche ich dir einen Zug zurück, das ist dann dein Heimschuss, und dann, wie soll ich sagen, dann stellst du der Lady die Blumen zu. Einverstanden?«

In seine letzte Runde startete Walter in voller Schmuddelwetter-
montur. Die Batterien, die seine Muskeln speisten, waren höchstens zur Hälfte geladen. Obwohl er den ganzen Vormittag über
mindestens eine Sendung in der Tasche hatte und pausenlos in Bewegung war, kühlte er aus. Die Wärme aus den Büros und Praxen
und selbst die Abwärme der Glühbirnen unter den Farbgläsern der
Fahrradampeln sog er in sich hinein. Im Anschluss an die Auslieferung in einer Großkanzlei legte er im Foyer eine Ruhepause ein.
Der einzige Zweck des Raumes war es, Eindruck zu machen. Er
glich einer Kathedrale. Ein schwarz gefliester Boden, verglaste Au-
ßenwände, die Rückwand mit durchleuchtetem, ockerfarbenem
Marmor verkleidet, die Seitenwand mit mattem Schiefer. Der kan-
tenlose Tresen davor glänzte wie ein Konzertflügel. Darauf stand
eine Vase mit Chrysanthemen, die er aber nicht als solche erkannte.
Weil seine Klamotten trieften, wagte er es nicht, sich in einen der
Barcelona-Sessel fallen zu lassen, obwohl er gute Lust dazu gehabt
hätte. Er wollte seine jüngsten Touren im Tourenbuch nachtragen,
aber der Inhalt seiner Hüfttasche hatte die Konsistenz von Papp-
maschee angenommen. Er verfrachtete den Batzen in eine Jacken-

tasche, massierte sich die Oberschenkel, hörte am Funk mit und bot nach einiger Zeit auf eine gewagte Dreierschiene.

»Walter, was soll ich sagen? Ich brauch nicht zu fragen, ob einer schneller ist. Da ist eh keiner in der Gegend. Mach das, Walter. Gib alles.«

Walter sammelte die Sendungen ein und fuhr zur nächsten Auslieferung. Altbau, fünfter Stock, ohne Fahrstuhl. Er bekam Seitenstechen. Seine Oberschenkel krampften. Beim Abstieg lockerte er die Beine so gut es ging und dann freute er sich auf die entspannenden Meter entlang der Außenalster, ein paar Schluck Tee aus der Thermoskanne und einen Bissen von seinem Käsebrot. Als er auf den Gehweg trat, tönte das Funkgerät.

»Wer ruft?«, sagte Per.

»Sechs-Null.«

»Sechs-Null, was ist los? Lässt du mich auch noch im Stich bei dem Sauwetter? Sag an, Alter?«

»Im Stich lassen is' der falsche Ausdruck, aber die Konsequenz is' dieselbe. Ich hatte einen Crash mit einem Kollegen von der Konkurrenz. Der liegt hier neben mir in einer Pfütze und sieht nicht gut aus. Kannst du uns einen Krankenwagen schicken? Heimhuder Weg, gleich bei der Kirche da?«

»Mach keine Scherze. Dafür ist heute keine Zeit. Was ist los?«

»Ich sach et dir doch, ein Unfall. Material- und Körperschäden inklusive.«

Der Heimhuder Weg war in Walters Nähe.

»Ein Unfall? Tatsächlich? Leute, dann bitte ich um einen Moment Geduld. Ich muss eben mal einen Notruf starten ...«, sagte Per.

Walter gab durch, dass er in einem Augenblick dort sein könnte, aber Per hatte bereits den Telefonhörer am Ohr und antwortete nicht mehr.

»Walter, mein Freund. Komm und tröste mich«, sagte Sechs-Null.

Walter bog um zwei Ecken, dann sah er ihn mit nach vorn gebeugtem Kopf auf dem Bordstein sitzen. Blut tropfte von seiner Nasenspitze. Der Kollege von der Konkurrenz lag zur Hälfte unter seinem Fahrrad mitten auf der Wendeplatte vor der Kirche. Er hatte die Lippen aufeinander gepresst und hielt mit der einen Hand jeweils das Handgelenk der anderen. Walter tippte Sechs-Null an. Sechs-Null hob den Kopf. Ein Gemisch aus Blut und Regen verklebte seine Haare. Walter wurde übel. Er griff nach einem Laternenpfahl.

»Keine Panik, Walter. Echte Schmerzen hat nur der Kollege. Bei mir is dat halb so wild. Du könntest in meiner Tasche nach Tempos schauen.«

Walter fand Kuverts, alte Fahrradschläuche, zum Schmierlappen umfunktionierte Boxershorts, einen Korkenzieher, ein Paar Notsocken, Deospray, jede Menge Kronkorken und angeschimmelte Backwarentüten in Sechs-Nulls Tasche, aber keine Tempos.

»Gib mir so eine Tüte. Das saugt ja auch«, sagte Sechs-Null.

»Auf keinen Fall«, sagte Walter und nahm Tempos aus seiner eigenen Tasche.

Der andere Kurier erkundigte sich, ob Hilfe unterwegs war.

»Tatütata kommt gleich«, sagte Sechs-Null, während er ein Tempo nach dem anderen einblutete und fallen ließ.

Walter riskierte einen Blick und diagnostizierte eine daumenlange Platzwunde quer über Sechs-Nulls Stirn. In diesem Moment fuhr Tobias Tabel vom Lokalressort Hamburg der MEINUNG vorbei. Er erfasste die Lage, aber erst zwei Kreuzungen später rang der Schweinehund, der eine Story witterte, den Schweinehund nieder, der Feierabend machen wollte. Er vollzog ein Wendemanöver, das drei andere Verkehrsteilnehmer nötigte, kräftig in die Eisen zu steigen, und kehrte zum Unfallort zurück. Bei herabgelassener Scheibe schoss er ein paar Bilder und betrachtete sie auf dem Display. Er fuhr näher und erkannte in Walter den ältesten Kurier der Stadt. Bei der Redaktionssitzung am Morgen hatten sie noch über ihn gesprochen. Walter war mittlerweile zu prominent, um von den Königen des Boulevards ignoriert zu werden. Tabel zoomte, positionierte Walter in der Mitte des Displays und schoss noch ein paar Sequenzen.

»Sach ma, geht dat noch?«, brüllte Sechs-Null und wankte mit gereckter Faust auf Tabel zu.

Tabel schoss eine letzte Serie und fuhr davon. Sechs-Null schleuderte ihm einen Stein hinterher. Walter riet zur Ruhe. Von Norden näherte sich ein Martinshorn.

»Wat is denn das? Kommt hierher, macht Bilder und fragt nicht ma, ob er was helfen kann. Wat für ein Arschloch.«

»Hört mich Sechs-Null?«, sagte Per am Funk.

»Ich höre.«

»Der Notarzt müsste jeden Augenblick bei euch sein.«

»Ich kann schon die Hupe hören.«

»Du hörst dich ganz fit an. Geht es dir denn gut?«

»Wenn man davon absieht, dass ich blute wie Schlachtvieh, ist das bei mir halb so wild. Das Problem ist der Kollege von Transfunk.«

»Du hast eine Funktranse umgefahren? Das ist aber nicht, was ich mir unter fairem Wettbewerb vorstelle, mein Freund.«

»Ich bin unschuldig. Da hat eher er mich geschnitten. Aber das wird noch zu klären sein.«

»Wer ist es denn? Macht Severin jetzt etwa auch im Winter Urlaub?«

»Sev is das nicht. Ein junger Hüpfer, frisch aus der Hipsterfabrik. Mit neongrünen Felgen, Military-Shorts, Strubbel-Frisur und Schnauzbart. Noch nie gesehen, den Kerl.«

»Frischfleisch? Alles klar. Dann schau ich mal, wen ich zum Abmischen schicken kann.«

»Das ist doch kein Thema. Walter ist ja hier.«

»Stimmt. Hattest du gesagt.«

Die Sendungen in seiner Tasche passten nicht zu Walters Sendungen, aber sonst war sowieso kein Fahrer in der Gegend, also

tippte Per sie auf Walter weg. Ein Polizeiauto und ein Krankenwagen bogen auf den Kirchplatz. Walter wollte weiter, aber eine
bienengesichtige Polizistin hielt ihn auf. Sie glaubte nicht, dass
er weder an dem Unfall beteiligt war, noch ihn beobachtet hatte
und bestand darauf, seine Personalien aufzunehmen. Ihr Kollege
begutachtete die Räder. An Walters Rad bemängelte er die profil-
armen Reifen. Die haben keinen Grip, sagte er und sprach Grip
sehr amerikanisch aus. Bei Sechs-Nulls Rennrad bemängelte er
die fehlenden Speichenreflektoren. Die Sanitäter holten Sechs-
Null in den Rettungswagen, bahrten den Fahrer von Transfunk
auf, und schoben ihn ebenfalls hinein. Der Polizist widmete sich
seinem Rad. Die Gabel war geknickt. Er hob das Hinterrad an
und trat auf das Pedal, von dem ein durchgerissener Lederriemen
hing. Rad und Kurbeln drehten sich synchron. »Da haben wir
schon die Unfallursache. Schreib auf: Fixed Gear. Ohne Bremsen war der junge Herr unterwegs. Mit starrem Gang. Das Rad
nehmen wir gleich mit. Wird sichergestellt. Ist nicht zulässig im
Straßenverkehr.«

Die Sanitäter stiegen aus dem Rettungswagen. Einer verschwand in der Fahrerkabine, der andere, ein schmächtiger Kerl
mit gelblicher Gesichtshaut, kam zu Walter und den Polizisten.

»Dem Burschen können Sie ausrichten, dass wir sein Fixie direkt mitnehmen. Wird konfisziert.«

»Was nehmen Sie mit?«

»Sein Fixie. Fixed Gear. Rad ohne Gangschaltung und Bremsen. Brandgefährlich, wie man sieht.«

»Das Rad von dem anderen können wir auch mitnehmen.
Oder, wenn er ein Schloss hat, machen wir es hier fest. Falls ihm
das lieber ist. Das Rad ist so weit in Ordnung. Lediglich Speichenreflektoren müssen nachgerüstet werden.«

»Ich frag schnell nach«, sagte der Sanitäter und ging mit schlurfenden Schritten zum Rettungswagen zurück.

»Ich kann dann weiter?«, sagte Walter.

»Sie warten«, sagte die Polizistin.

»Ich habe wichtige Sendungen auszuliefern«, sagte Walter.

»Dann gehen Sie eben«, sagte der Polizist.

Walter wollte los. Der Sanitäter kam zurück.

»Warten Sie bitte. Der eine, der mit dem ...«

»Fixie«, sagte der Polizist.

»Der mit dem Fixie fragt, ob der ältere Kollege seine Sendungen übernehmen und bei seiner Zentrale anrufen kann, damit das ...«

»Abgemischt wird«, sagte Walter. »Kann ich machen.«

»Doch nicht so eilig, was?«, sagte der Polizist.

Walter ging mit dem Sanitäter zum Krankenwagen. Sechs-Null saß auf einer Bank an der Seite. Der größte Teil seiner Stirn war von einem weißen Pflaster bedeckt. Der Transfunk-Kurier bat ihn, Walter einen Kundenflyer und eine Filmrolle aus seiner Tasche zu reichen.

»Du bist ein Engel. Ich bin Jan.«

Sechs-Null gab Walter seinen Fahrradschlüssel und flüsterte ihm ins Ohr.

»Hör dir das an, aber sag et keinem. Ich habe eben überschlagen. Eine Woche Krankschreibung bringt mir knapp einen halben Quadratkilometer ein, wenn ich Krankengeld bekomme und trotzdem weiterfahre.«

»Ein Quadratkilometer wovon?«

»Na, wat wohl? Ackerland in Kamerun.«

»Natürlich. Verstanden. Euch beiden gute Besserung«, sagte Walter, schloss unter den kritischen Blicken der Polizisten Sechs-Nulls Rad an einer Straßenlaterne fest und gab bei Transfunk Bescheid. Deren Funker war nicht begeistert und bot Walter an, die Tour gegen Barzahlung zu erledigen. Walter wollte nicht und ihm gelang es sogar, das genau so zu sagen. Der Funker erfragte seine nächsten Stopps und die Telefonnummer, damit einer seiner Fahrer sich wegen der Abmischung melden konnte.

Nur widerwillig nahm Walters ausgekühlte Muskulatur wieder die Arbeit auf. Das Stressplus verdrängte Hunger und Durst aus seinem Bewusstsein. Der Kollege von Transfunk, mit dem er abmischte, war Severin. Die Richtigstellung in dem Fernsehbeitrag hatte ihn besänftigt. Er gab sich zahm und freundlich. Die Erleichterung darüber setzte Walters letzte Reserven frei. Er bewegte sich von Auslieferung zu Auslieferung durch die trübe Stadt und kümmerte sich nicht darum, ob es nieselte oder schüttete oder zur Abwechslung trocken blieb. Gegen Abend kamen zu der Auftragsflut noch die Anrufe von MEINUNG-Reporter Tabel. Zuerst vertröstete Walter ihn auf später und meinte damit frühestens am kommenden Tag, aber Tabel rief schon eine halbe Stunde danach wieder an, woraufhin Walter ihn verhältnismäßig schroff abwies. Nach einer Stunde meldete sich Tabel ein drittes Mal, schlug Walter breit, ein einminütiges Telefoninterview zu geben und molk zehn Minuten mehr oder weniger zitierfähiger Statements zur Lage der Kurierbranche und der Niedriglohnbranche im Allgemeinen aus ihm heraus.

Am Abend war Walter die meisten Kilometer seiner Dienstzeit gefahren und hatte den höchsten Umsatz in der Tasche. Im Flur von Johannes' Wohnung ließ er Tasche und Jacke fallen, richtete seine zitternde Stimme ins beleuchtete Wohnzimmer und bat um irgendetwas zu essen, ohne sich zu zeigen, ließ Badewasser einlaufen, streifte die tropfnassen Füßlinge ab und pellte die Radhose über die blaugefrorenen Schenkel. Er senkte seine runzligen Zehen durch den knisternden Schaum und stieg ins Badewasser. Ein Schwarm feiner Nadeln schoss durch seine Venen.

Sein Rücken war steif. Die Innenseiten seiner Schenkel wund. Dampfschwaden schwebten vor seinem Gesicht, aber das Innere seines Körpers blieb frostig, wie ein gefrorener Acker. Er spülte den Mund mit dem laugigen Seifenwasser. Den ganzen Tag über hatte er nur ein Brötchen und zwei Schluck Tee zu sich genommen, nun trank er aus einem Zahnbecher und drückte sich auf den Magen, bis die Krämpfe vorüber waren. Farbige Lichttupfer pulsierten vor seinen Augen und fächerten sich in Strahlenkränze auf. Da hatte er fast ein Leben lang am Rand von allem ausgeharrt und keine Ansprüche geltend gemacht und nun war er ins Zentrum geraten und alles drehte sich um ihn.

Eigentlich wollte Frau Dombrowski die *MEINUNG* auf der Bahnfahrt zu ihrem Gastroenterologen durchblättern, aber als sie Walter im Hintergrund des Bildes auf der Aufmacherseite erkannte, schmiss sie ihre Prioritätenliste über den Haufen.

HAMBURGS FAHRRADKURIERE LIEFERN SICH BLUTIGE STRASSENSCHLACHTEN
Während unsere Politiker noch diskutieren, ob die US-Finanzkrise hier ankommt, tobt an den Rändern der Gesellschaft schon ein blutiger Verteilungskampf.

stand da unter der Headline BEUTEKAMPF. Sie wählte die Telefonnummer aus dem Impressum, nannte ihren Namen, zitierte die Headline, wog ihren Rumpf zwölf Takte lang im Rhythmus einer schmissigen Musik, da war sie schon mit Tabel verbunden. Der machte sich so schnell auf den Weg, dass ihre Vorbereitungen noch nicht abgeschlossen waren, als er vor der Haustür stand. Sie drückte den Türöffner, zitterte Perlenstecker durch ihre Ohrlöcher, wedelte mit dem Staubtuch über die Hummel-Figuren und erwartete den Herrn Reporter vor ihrer Wohnungstür. Durch eine kräftige Umarmung und Küsschen links und rechts brachte sie ihre Freude über sein Kommen zum Ausdruck.

Tabel ließ das mit messianischem Gleichmut über sich ergehen. Er war daran gewöhnt, wie ein Erlöser empfangen zu werden, wenn er sich mit Leuten von geringer gesellschaftlicher Relevanz abgab, die es nicht wagten, den Groschen aus der betrieblichen Kaffeekasse zu stibitzen oder mit der Schnellfeuerwaffe aus dem Sportschrank des Vaters um sich zu schießen.

Frau Dombrowski lotste ihn nach drinnen. Unter den Puffärmeln ihres Kleides wuchsen dunkle Schatten. Sie schenkte Tee ein, bat ihn, auf dem Sofa Platz zu nehmen, setzte sich dazu, klappte ihre Kladde auf und erzählte los. Dass Tabel eifrig Notizen machte, spornte sie an, weit auszuholen und Vermutungen als unumstößliche Tatsachen zu präsentieren.

»Und das ist direkt oben drüber?«, sagte er, nachdem sie die Kladde zugeklappt hatte. Ihm war nicht entgangen, dass hier jemand einem ähnlichen Wahrheitsbegriff wie er selbst verpflichtet war.

»Direkt über uns befindet sich das Bombenlabor. Dieselbe Wohnung. Derselbe Schnitt«, flüsterte sie und zeigte zur Zimmerdecke.

Bevor Tabel ging, erfüllte er ihr den Wunsch, sie nebst Kladde und Hummel-Figuren zu fotografieren. Er versprach sich zu melden, falls er Fragen hätte, und fuhr zurück in die Redaktion.

Auf seinem Schreibtisch lag eine Pressemeldung. Ein unbekannter Kurier hatte einen Kioskverkäufer über den Tresen seines Büdchens gezogen und sämtliche MEINUNG-Zeitungen von der Auslage gefegt.

Er prüfte, ob die Aussagen von Frau Dombrowski auch in diesem Zusammenhang funktionierten. Es könnte hinkommen. Er durchforstete das Archiv, stieß auf die Sache mit den Fixed-

Gear-Rädern, illegale Rennen, diverse Verkehrsdelikte und auf die eine oder andere Branchenpleite. Die radikalste Geschichte war ein Kurier, der eine Frau in die Notaufnahme boxte, weil sie mit ihrem Kinderwagen den Radweg gekreuzt hatte. Das Thema schien nicht undankbar. Ressentiments waren en masse vorhanden. Eigentlich ein gefundenes Fressen. Damit würde er es bestimmt ein zweites Mal auf den Titel schaffen. Er entschloss sich, diesen berühmten Senior-Kurier auf dem Weg in den Feierabend abzufangen, doch als er in die Brahmsallee kam, lag Walter längst auf dem Schlafsofa.

Johannes schob sein Rad direkt an Tabel vorbei, hob im Schein einer Straßenlaterne ein Bein über den Sattel und zuckelte unsicher über den Asphalt. Er beschleunigte, bremste und beugte sich immer tiefer in die Kurven. Zwei schmerzfreie Testrunden und er wurde euphorisch. Er gab Gas und nahm im Stehen den abgesenkten Bordstein vor einer Garageneinfahrt. Der Ruck löste Großalarm aus. Sämtliche Muskeln seines Oberkörpers wurden hart. Er fühlte sich, als hätte ihm jemand Knochenmehl in die Bronchien gestreut. Er trat gegen die Schmerzen an und hoffte, beim Ausfahren einer Schlangenlinie die Krämpfe einigermaßen locker zu bekommen. Nach drei Runden im Karree war es wieder erträglich. Sofort nahm er einen zweiten Bordstein in Angriff. Er fixierte den Lenker mit der Hand am unversehrten Arm, ließ den versehrten Arm locker an der Seite herabbaumeln und steuerte auf die Kante zu. Das Ruckeln gelangte nicht bis in die Bruchstelle. Es war nicht angenehm, aber auszuhalten.

Bei der Bewältigung weiterer Bordsteine und Schlaglöcher häufte er sich ein Vertrauenspolster an. Als er das für dick genug hielt, wagte er sich auf den von holprigem Pflaster zerfressenen Radweg am Grindelberg. Geht doch, dachte er und machte sich im Geist für Montagmorgen betriebsbereit.

Gebückt stehen und die Klettstreifen der Schuhe schließen? Machbar. Der Druck des Taschengurts über der Bruchstelle? Er konnte den Gurt über die andere Schulter laufen lassen. Aktenordner, Teppichproben, Modellbücher? Undenkbar.

Dicke Tropfen kündigten den nächsten Regenguss an. In der Hoffnung, dass es bald wieder aufhörte, stellte er sich an der Bahnstation unter. In Gedenken an Walter performte er das Idiotenventil und betrachtete dabei sein Spiegelbild im Schaukasten eines Fotogeschäfts. Er lachte laut auf. Der Wind schmiss Regenschwaden gegen die Klinkerwand. Ein Fallrohr speiste einen stattlichen See über die Gehsteigplatten. Aus einem Mülleimer ragte eine aufgerollte Zeitung. Es war Zufall, dass er Sechs-Null auf der Aufmacherseite erkannte. Er vergewisserte sich, dass nichts Erbrochenes und keine sonstigen Soßen an der Zeitung klebten, zog sie aus dem Müll. Er war nicht überrascht, an dieser Stelle solchen Stuss zu lesen. Grundsätzlich störte er sich kaum an den Methoden, mit denen dort Aufmerksamkeit generiert wurde. Aber wo es um seinen Berufsstand ging, berührte es ihn doch. Damit ging es ihm ähnlich wie seinen Kollegen. Frauke zum Beispiel fand die Geschichte frevelhaft. Axel war der Meinung, die ganzen Nasen würden sich umschauen, wenn ihnen der Kessel um die Ohren flog und alles, was irgendwie prekär und unterprivilegiert war, zum Sturm auf die Paläste blies. Jochen erklärte jedem, der seinen Weg kreuzte, wie das Prinzip Hype funktionierte.

In dieser Nacht kam Johannes die Idee, zu Walters Abschied ein Kurierrennen zu veranstalten, einen Film darüber zu machen, und sich damit bei Bike-Film-Festivals zu bewerben. Ein Alleycat als Übergangsritual in ein Leben mit Verantwortung. Ein letztes beschäftigungstherapeutisches Bollwerk gegen Zukunftsfragen, und im besten Fall eine Antwort darauf. Am Morgen stattete er den Pedalpiloten einen Besuch ab. Paulsen hatte in der Vergangenheit oft Büroplätze, Drucker, Kopierer und Materialien gestellt, wenn es darum ging, ein Alleycat vorzubereiten. Gundula gab zu bedenken, dass eine Vorlaufzeit von zwei Tagen knapp werden könnte. Aber er war überzeugt, dass er Walter nicht länger würde hinhalten können. Es musste jetzt sein. Nach ein paar Minuten kam Paulsen mit einem namenlosen Gruß und fragendem Blick aus seinem Separee.

»Johannes«, sagte Johannes, um ihm auf die Sprünge zu helfen.

»Das ist Jo, Doppel-Zwo Junior, das Original. Alta Holzschädel«, sagte Gundula.

Paulsen tippte sich an die Stirn und fragte, wie es ihm ging und was er so trieb.

»Nichts Besonderes. Mich auskurieren.«

Gundula belachte den Standardkalauer ausgiebig.

»Du hast über ein Alleycat gesprochen? Als Statement gegen dieses Negativimage, gegen diese Kriegstreiberei, ja?«, sagte Paulsen und knallte die jüngste MEINUNG vor Johannes auf den Tresen.

KURIERTERROR IN HAMBURG lautete die Schlagzeile. Sie war mit einem Archivbild illustriert. Der klassische Kurier in der Totalen, dahinter verschwommener urbaner Raum.

»Als Statement gegen das Negativimage? Warum eigentlich nicht«, sagte Johannes.

»Ich, Paulsen, sowohl als Sozialdemokrat als auch als Chef der Pedalpiloten, unterstütze dieses Unterfangen mit allen mir zur Verfügung stehenden Mitteln. Du kannst hier arbeiten, die Materialien benutzen, und ich sehe, was ich sonst noch zuschießen kann.«

Damit hatte Johannes, was er wollte. Er stieg einen Stock tiefer. Er wollte, dass Bent den Event über seine Kanäle kommunizierte. Er fand ihn in der Teeküche vor einer Schüssel Karottensalat und einer Flasche Biomalzbier.

»Was ist mit dir los, bist du krank? Ich dachte, du hättest Gemüseallergie?«, sagte er.

Bent wollte sein Leben ändern. Wieder jeden Mittag als Kurier auf die Straße, jeden Abend Sit-ups und Liegestütz, kluge Bücher lesen, nicht mehr so viel vor dem Rechner hocken, trinken und rauchen. »Irgendwann reicht es eben mit dem Schmodderleben. Der dicke Bent ist bald Vergangenheit. All die Weiber, die sich an meiner Schulter über ihre Misserfolge in der Liebe ausweinen und den Hauptgewinn vor ihrer Nase verschmähen, ich habe da keine Lust mehr drauf. Irgendwann reicht es. Ich will jetzt auch mal ran.«

»Oha«, sagte Johannes. »Und wie kam es zu dem Gesinnungswandel?«

»Das fragst ausgerechnet du? Wie ich bei der Scheckabgabe am Rad gedreht habe, hat dein Vater bestimmt erzählt?«

Johannes verneinte. Bent schilderte, wie er die Scheckabgabe hatte ausklingen lassen. Nach seinem Aufbruch ging er frustriert Richtung Max-Brauer-Allee und folgte dem blinkenden Herzen in die Astra-Stube unter der Sternbrücke. Mit dem Barmann Kai hatte er einige Jahre in einer Grindcore-Band gespielt. Kai spendierte einen Jägermeister und stellte seine neue Freundin Monique vor. Monique erzählte von der fantastischen Wohnung, die sie bezogen hatten. Als Kais Schichtablösung kam, setzte sich Monique auf seinen Schoß. Bent beschrieb im Detail, wie sie vor seiner Nase ihre Zungen schlängeln ließen, wie sie ihre Haut durch die groben Maschen ihrer Netzstrumpfhose drückten, und wie ihr Zungenpiercing im Kneipenlicht schimmerte. Johannes ahnte, dass hier mindestens einer nur einen Teil der Wahrheit kannte. Durch ein gelegentliches »Und dann?« versuchte er Bents Fabulierwut ein wenig einzudämmen. Bent setzte seinen Heimweg fort. Im Schanzenpark fetzte ein Hund mit sirenenblau blinkendem Halsband über die Wiesen. Im Schatten eines Baumes begann er hysterisch zu kläffen und drehte sich um einen schwarzen Punkt. Bent ging näher, sagte »Was ist denn los, Kleiner?«, und bekam von einer Frau auf einer Sitzbank gesagt, dass der Hund einen Igel entdeckt hatte. Bent hoffte, der Hund würde sich nicht in die Nase pieken, und befand das verhärmte Gesicht und den vollen Busen der Frau für äußerst attraktiv. Er fragte nach dem Namen des Hundes, sie behauptete, er heiße Ziegenpeter, er nannte sich Alm-Öhi, woraufhin sie meinte, dass das nichts half, weil Heidi dringend nach Hause musste.

»Da musste ich mir dann eingestehen, dass das nicht mein Tag war. Dass das generell nicht so meine Tage waren, die letzten Jahre.«

Bent setzte seinen Nachhauseweg noch viel frustrierter fort und pausierte an der Binnenalster. Vor Jahren hatte er mit dem Handy bei einer Abholung ein Bild von Maga geschossen. Sie hatte bereitwillig einen Lutscher aus dem Glas auf der *Einsatz-Theke* in den Mund geschoben und ein Auge neckisch zugekniffen. Jetzt schien sie kaum überrascht, um diese Zeit noch einen Anruf zu bekommen. Er fragte, ob sie wirklich schwanger sei. Sie wollte wissen, wer er überhaupt war, und dann, woher er ihre Nummer hatte. Er behauptete, sie hätte sie ihm gegeben, dabei hatte er sie heimlich im Handy der Ersatz-Disponentin erspäht. Sie kaufte ihm die Lüge ab, leugnete die Schwangerschaft, und schaffte es anscheinend, ihn so charmant aus der Leitung zu schieben, dass er die letzten Kilometer zu seiner Wohnung im Hammerbrook wie auf Federn ging, sich ohne Absacker oder Playstation schlafen legte, und am Samstagmorgen mit all den guten Vorsätzen aufwachte.

Die Aufrichtigkeit, mit der Bent zu seinen Niederlagen stand, klatschte Johannes ins Gesicht.

»Bent, ich glaube, ich muss dir etwas beichten«, sagte er.

»Was ist denn jetzt schon wieder?«

»Bent, Maga hat dich angelogen. Sie ist wirklich schwanger.«

»Was? Und warum erzählt sie mir dann, dass sie nicht schwanger ist?«

»Weil es eigentlich viel zu früh ist, um darüber zu sprechen.«

»Ach ja. Und wer soll bitteschön der Vater sein?«

»Wer wohl?«

»Doch nicht wirklich du?«

»Doch.«

»Und warum hast du dann behauptet, das wäre nur so eine Geschichte gewesen?«

»Weil es nur so eine Geschichte war.«

»Aber du hast behauptet, das wäre aus zwischen euch. Wir hatten ausgemacht, wir mischen Maga ab ...«

»Manchmal kommt es eben anders ... Damals wusste ich nicht, dass sie schwanger ist.«

»Alter, mach keine Sachen! Und jetzt?«

»Ich weiß auch nicht so recht. Zurzeit haben wir Funkstille. Aber wenn du das alles für dich behalten würdest, wäre es trotzdem nett.«

»Du willst mir doch nicht ernsthaft verklickern, dass du Tresengöttin Maga dick machst, und dann den Schwanz einziehst? Nicht, dass ich es dir wirklich gönnen würde, aber in dieser Situation, und diese Frau ... Ich meine, der Preis ist heiß! Von mir aus halte ich die Schnauze, von mir aus verbreite ich die Nachricht von deinem ollen Rennen, aber wenn Maga dort nicht auftaucht, und du mir keine wasserdichte Erklärung dafür geben kannst, dann bring ich dich um, dann mache ich Tragödie, dann haben wir Beutekampf Episode Drei.«

Die amerikanische Immobilienkrise wuchs sich zur Weltwirtschaftskrise aus. Was das bedeutete, wusste keiner. Die Prognosen standen nicht selten Stirn an Stirn. Es wurde vom Ende des Kapitalismus geunkt, von einer Neuordnung der Welt. Zunächst produzierte die Krise aber vor allem reichlich apokalyptische und entsprechend gut verkäufliche Schlagzeilen. Und damit verhagelte sie Tobias Tabel und seinem Kurierterror die dritte Titelseite in Folge. Für ihn war das Grund genug, sie nicht zu mögen. Er hätte die Terrorszenarien der Alten in die Heide jagen und den Bezug zur aktuellen Wirtschaftslage kräftiger zeichnen sollen. Mit Terrorismus hatte das nichts zu tun. Das war ein Gerangel, weil es auf den billigen Plätzen allmählich eng wurde. Er hatte auf den Gaul gesetzt und jetzt jagten sie die Sau über die Rennbahn. Pech im Spiel. Beim nächsten Mal wieder, dachte er und zerknüllte den Zettel mit Dombrowskis Telefonnummer.

Walter hatte natürlich ebenfalls etwas von der Krise mitbekommen, aber Politik und Wirtschaft kümmerten ihn wenig, solange er nicht unmittelbar betroffen war und davon ging er aus.

Einen Job würde er sich wohl nicht mehr suchen müssen, seine Rente hielt er für sicher, sein überschaubares Vermögen steckte in seinem Haus, einer gut vermieteten Eigentumswohnung, dem Weinberg und zwei Streuobstwiesen. Aber dann dümpelte der Mittwoch so gediegen vor sich hin, dass er sich kurzzeitig fragte, ob die Wirtschaft schon lahmte und die Auftragsdichte entsprechend ausdünnte. Dabei war es am Funk nur deshalb so ruhig, weil wegen des Kaiserwetters und der unmittelbar bevorstehenden Abrechnung ausnahmslos alle angeschlossenen Fahrer auf der Straße waren und sämtliche Aufträge auf den Punkt wegschafften. Bald machte er sich darum keine Gedanken mehr und genoss das moderate Arbeitstempo. Während einer längeren Freistehperiode bummelte er durch Planten un Blomen, später ärgerte er sich über die Verwahrlosung des Weinbergs über den Landungsbrücken, und dann landete er als siebter Freisteher in der City. Er wollte eigentlich auf dem Gertrudenkirchhof die Beine hochlegen, aber Per rief zum kollektiven Freistehen auf dem Rathausmarkt, also schlängelte Walter sich durch die ungebremste Kaufkraft auf der Mönckebergstraße. Etliche Pedalpiloten, Biker anderer Buden und ein paar Rikschafahrer hatten sich auf den Steinstufen vor dem Rathaus versammelt. So viele Kollegen auf einem Haufen hatte er seit der Scheckabgabe nicht erlebt. Die Erinnerung an Manioks Tritte dämpfte seine Lust auf diese Gesellschaft. Er wollte den Lenker drehen, aber Sechs-Null winkte ihn heran.

Bent hatte sein Versprechen gehalten. Die Versammlung beschwor die Vorfreude auf das Alleycat, feierte Sechs-Nulls Attacke auf das Zeitschriftenbüdchen, verköstigte sich mit Brötchen, Schokoriegeln, Äpfeln und hart gekochten Eiern. Nhan schlürfte eine mit Sprudelwasser aufgegossene Fertigsuppe, die sich aber nicht richtig lösen wollte. Svenja führte ein Telefonat mit dem Finanzamt, und als sie alles geklärt hatte, übernahm Per das Gespräch.

Walter beobachtete das Geschehen, während er in der Freiste-
herliste nach oben wanderte. Als Johannes ihm von dem Rennen
erzählt hatte, war er nicht angetan gewesen. Für ihn gehörte es
in dieselbe Kategorie wie Firmenläufe und Fußballturniere bei
der Post, und die hatte er konsequent gemieden. Aber die Begeisterung der Kollegen sprach für sich. Vielleicht war es nicht
so falsch. Vielleicht war es sogar richtig. Er würde das auf jeden
Fall auch noch durchstehen. Als er auf der Eins stand, war ein
Kurier fällig, um bei der Räumung eines Büros beizustehen. Ab
und an wurden sie zu rechtlich brisanten Vorgängen hinzugeholt,
um im Streitfall zu bezeugen, dass alles korrekt erledigt worden
war. Meistens waren das Kündigungsfälle, bei denen der Arbeitgeber sich gegen eventuelle Nachforderungen und Klagen des
Freigestellten absichern wollte. Walter hatte Bedenken, weil er
nur noch ein paar Tage in Hamburg war.

»Da mach dir mal keine Sorgen. Wir haben oft solche Jobs
und ich weiß von keinem, der je im Zeugenstand gestanden hat.
Und selbst wenn die was wollen, macht das nichts. Dann gibt
es Kilometergeld und alles. Das wird so üppig entlohnt, davon
kann der gemeine Kurier nur träumen«, sagte Sechs-Null, der
in der Zwischenzeit eine kurze Tour gefahren war und bei der
Gelegenheit Bier eingekauft hatte.

Also erledigte Walter auch diesen Job zur Zufriedenheit aller
Beteiligten. Dabei kam er in den Genuss, aus dem 15. Stock über
den Hafen zu schauen. Ein Fünfmaster segelte an den Landungsbrücken vorbei und ein Trupp Kugelroboter reinigte unter der
Aufsicht eines Schwarzen das Pooldeck eines Kreuzfahrtschiffes.
Eigentlich hätte dieser harmoniegesättigte Tag als Happy End
seines Kurierdaseins getaugt.

Im Morgengrauen zog sich der Himmel wieder zu. Die Wolken hingen tiefer denn je und stäubten eisigen Nieselregen über die Stadt. Walter fuhr gemächlich durch Eppendorf, unter einer Brücke hindurch, wo sich ein paar Möwen tief ins aufgeplusterte Gefieder duckten. Er sehnte sich nach dem Panoramaweg, nach seinen Sachen an ihrem Platz, seinem Garten, seinem Weinberg. Er wollte den Keller ausmisten und mit Johannes' Unterstützung die Hinterlassenschaften von Emilie loswerden. Djemben und Fußwannenwägen wurden bei Ebay zu guten Preisen gehandelt. Und weil er beim Verkauf helfen musste, hatte Johannes nichts dagegen einzuwenden, wenn ihm ein Teil des Erlöses zugutekam.

Ein forsches Hupen riss ihn aus seinen Gedanken. Im nächsten Augenblick brauste ein anthrazitfarbener Porsche Cayenne an ihm vorbei und bog scharf rechts weg. Walters Bremsen bissen im letzten Augenblick. Sein Hinterrad brach aus. Er polterte einbeinig über die Straße, fing sich und lief wie betrunken vom Adrenalin ein paar Meter hinter dem klobigen Autobug her. Der Fahrer streckte eine Hand aus dem Fenster und zeigte ihm den Mittelfinger. Walter prägte sich das Kennzeichen ein und kehrte zu seinem Rad zurück. Innerlich schäumte er vor Empörung, äußerlich war er völlig in sich zusammengesackt. Der Lenker am Rad war verdreht, ein Pedalkäfig verbogen, der Rest schien in Ordnung. Er notierte das Kennzeichen in seinem Fahrtenbuch und bog den Lenker gerade. Ein weiteres Auto kam um die Ecke gebogen und hielt vor ihm an. Er ging davon aus, dass das aus Sorge geschah und war bereit, seine Empörung auf der Stelle einzumotten und sich kurz im Mitgefühl eines sensiblen Zeitgenossen zu wärmen. Die Scheibe ging nach unten. Walter wollte erklären, dass er mit einem Schrecken davongekommen war und kein Grund zur Sorge bestand. Er bückte sich und blickte in Augen, die tief in einem hageren Männergesicht versenkt waren.

»Pass doch auf, du Trottel. Dein hirnloser Fahrstil geht doch auf die Kosten der Allgemeinheit. Wer bezahlt denn deine Knochen, wenn du dich hinpackst? Ich bezahl die, du Arschloch!«, sagte der Mann und fuhr mit quietschenden Reifen davon.

Walter war sprachlos. Das war nicht neu in seinem Kosmos. Neu war nur, dass er unter der Sprachlosigkeit litt und der Druck vom Hüsteln allein nicht weniger wurde. Was war hier los? War der Nieselregen mit Bosheit versetzt? Eine Weile stand er fassungslos am Straßenrand, dann erledigte er seine Auslieferung bei einem Innenausstatter. Die Verkäuferin verfolgte mit stramm über die Zähne gespannten Lippen, wie er einen Batzen Teppichproben aus der Tasche zog und herrschte ihn an, ob es denn sein musste, dass er alles volltropfte. Er verließ den Laden, ohne etwas zu sagen und drehte im Eingangsbereich den Funk wieder laut.

»Keine Touren«, sagte Bent, wie schon während der letzten halben Stunde. Um die Mannschaft trotzdem bei Laune zu halten, zitierte er seine Lieblingsstellen aus den Beutekampf-Artikeln, führte die Hamburger Buden gegeneinander in den Krieg und ließ alles in einem schlimmen Gemetzel enden, wie Tarantino es nicht besser hätte inszenieren können. Pacman meldete sich ab.

»Wer bleibt mir dann noch? Doppel-Zwo, die alte Bank. Alles klärchen bei dir, Walter? Du bleibst mir treu?«, sagte Bent, der den Sturm nach der Ruhe fürchtete.

»Ich wurde eben um ein Haar angefahren, aber sonst geht es mir bestens«, sagte Walter.

Bent registrierte seine Betroffenheit.

»Hast du dir wehgetan?«, sagte er. »Nein? Dann danke ich dem Herrn im Himmel. Stellt euch vor, unser – tja, das variiert jetzt je nach Berichterstatter – Vorzeigekurier, respektive Rädelsführer verunglückt in der heißesten Phase des Kampfes. Dann, nehme ich an, wäre der Mob nicht mehr zu halten …«

Im Schutz eines Bushaltestellenhäuschens wartete Walter, dass es weiterging. Nach fünfzehn Minuten hatte Bent eine Tour vom Feenteich zum Glockengießerwall in der Lesung. Walter bot zwanzig Minuten. Er dachte an Carlos Empfehlung und wollte den Frust in Energie umwandeln.

»Wirklich, Walter? Eine Anfahrt, die drei Mal so lang ist wie die Strecke? Und danach stehst du auf Nummer zehn in der City oder auf Nummer fünf am Bahnhof?«

»Besser als hier herumzusitzen«, sagte Walter.

»Na dann, Leute, hört hin, Walter wieder. Das ist Attitüde. Der Mann verdient Respekt. Johannes wird in große Fußstapfen treten, wenn er nächste Woche wieder auf die Fahrernummer Doppel-Zwo hört …«

Carlos Rezept zeigte Wirkung. Er wurde mit jedem Tritt ruhiger und ausgeglichener. Aber dann schwabbelte in einer Kurve das Hinterrad seltsam zur Seite weg. Er trat noch ein paar Mal, der Rollwiderstand nahm zu und das Rad schwamm immer mehr. Sein Hinterreifen war platt.

Wenn er den Feenteich in der gebotenen Zeit herausholen wollte, blieb ihm keine Zeit zu flicken. Er gab Bent Bescheid.

Bent bot die Tour neu an, aber die Freisteher hatten unter den Dächern am Rathausmarkt einen spontanen Umtrunk einberufen und keiner war scharf darauf, wegen ein paar Euro mehr durch den Regen zu fahren.

»Gut. Walter, dann lass ich den bei dir. Die Kollegen trauen sich nach deinem derben Einsatz nicht mehr oder einer von der Konkurrenz hat sie hinterhältig niedergemeuchelt. Man weiß es nicht. Du flickst in aller Ruhe deinen Platten und falls Beschwerden kommen, sage ich gleich, dass selbst unser bester Fahrer vor höherer Gewalt nicht gefeit ist.«

Walter hätte die Tour lieber losgehabt, aber er wollte die Sache nicht unnötig komplizieren. Er schob das Fahrrad zu der Bushaltestelle zurück, setzte sich auf einen gelben Plastikschalensitz und drehte sein Rad auf Sattel und Lenker. Trübes Regenwasser schoss aus dem Schutzblech über seine Hose. Die Schmiere auf den Felgen färbte seine steif gefrorenen Finger schwarz. Ein Stahlstrang aus einem Bowdenzug spießte sich ins Fleisch eines Handballens. Bus Nummer 25 hielt an. Walter verkroch sich unter seiner Kapuze. Zwei ältere Damen banden sich bunt gepunktete Plastikkopftücher um und sprachen tatsächlich über die Kurierguerilla.

»Da kommt einiges auf uns zu.«

»Das sollen ja bereits kriegsähnliche Zustände sein.«

»Mein Mann wird in Gold anlegen.«

Ein Mädchen mit Schulranzen, das an der Hand einer jungen Frau ging, zeigte auf Walter und machte sich Sorgen um den armen alten Opa.

Walter zerdrückte die Wassertropfen, die sich über dem Schmierfilm auf seinen Fingern spannten und wartete, bis er wieder allein war. Dann hob er mit den Reifenhebern den Mantel aus der Felge und pulte eine Grünglasscherbe aus dem Gummi. Er pumpte den Schlauch auf und drehte, bis ihm ein fischiger Luftstrahl ins Gesicht blies. Es war ein bisschen her, dass er zum letzten Mal einen platten Reifen hatte. Er hielt sich an die kryptische Flickanleitung. Nach zwanzig Minuten rieb er sich so gut es ging die Hände sauber und machte sich wieder auf den Weg. Die Nässe über dem Asphalt zog sich zu weitläufigen Wasserlachen zusammen. In der Oberfläche der Alster, die hier durch einen Kanal südwärts floss, taten sich permanent kleine Krater auf. Walter fuhr flink und ohne nachzudenken, bis eine aus der Reihe am Straßenrand geparkter Autos herausragende Flanke seine Aufmerksamkeit auf sich zog. Die Lackierung passte. Die einsehbaren Ziffern des Kennzeichens ebenfalls. Er beschleunigte, ohne weiter nachzudenken und hielt seinen rechten Fuß gegen den Außenspiegel. Mit einem wertigen Geräusch ploppte dieser ab, schepperte gegen den Kotflügel und baumelte an einem Kabelstrang auf halber Höhe über der Straße.

Eine halbe Stunde später war das Mittagsloch überstanden und die nach wie vor dunklen Wolken begnügten sich mit einem müden Tröpfeln. Die Zeit verging wieder wie im Flug und als Per ihn am Nachmittag rief, war er schon drauf und dran, endgültig in Pension zu treten.

»Eine Frage, Walter«, sagte Per und Walter war nicht klar, ob er sich die Lungen aus dem Leib hustete oder unkontrolliert lachte. »Das ist schon richtig, wie ich das den Herren von der Rennleitung eben gesagt habe: Es kann unmöglich sein, dass heute Mittag, so gegen eins, einer unserer Fahrer in Winterhude unterwegs war und einen Rückspiegel von einem Auto getreten hat?«

»Ein Rückspiegel? In Winterhude? Auf keinen Fall.«

Johannes verbrachte den nächsten Tag bei den Pedalpiloten. Er schrieb das Manifest, eine Auflistung der Aufgaben und Checkpoints, die im Rahmen des Rennens angefahren werden mussten. Er kämpfte sich durch einen Papierstau, der sämtliche Problemlichter des Kopierers zum Leuchten brachte, komplimentierte ein Bahnticket für Walter aus Paulsen heraus, buchte einen Zug, lud Fründt vom NDR und Weill von den *Abendnachrichten* ein, und bestellte einen Bekannten von Oli, der anscheinend Lust, Zeit und das nötige Talent hatte, um die Veranstaltung zu filmen, und bescheiden genug war, das für einen Kasten Bier zu tun. Er plante auch Maga ein. Sie konnte sich ihm nicht ewig entziehen. Leyla hatte ihm geraten, es zunächst mit Demut und Beharrlichkeit zu versuchen, und versprochen, im Notfall einzugreifen. Er druckte die von Gerhard designten Flyer, die Sechs-Nulls gereckte Faust zeigten, und laminierte sie an der Seite von Paulsen ein. Das waren die Spokecards, die zwischen die Speichen gesteckt als Startnummern und nach dem Rennen als Trophäe dienten.

Gegen drei tippte Paulsen auf seine Armbanduhr und behauptete, einen wichtigen Kundentermin außer Haus zu haben.

»Du schaffst das vollends, ja? Wenn es eng wird, schau mal in den Hof. Der mit den grünen Haaren, der da immer auf der Bank abhängt, der hilft dir bestimmt, wenn du ihm Bier anbietest.« Paulsen öffnete eine Schublade seines Schreibtischs. Bauch an Bauch schaukelten darin sechs Dosen Bier. »Als Chef muss man auf solche Sachen vorbereitet sein«, sagte Paulsen, band seinen Karoschal um und war weg.

Fünf vor sieben schob Johannes Spokecards und Manifeste in seine Tasche und verließ ebenfalls das Büro. Vorsichtig schlüpfte er in den Tragegurt. Obwohl der über seine unversehrte Schulter lief, konnte er das Zerren kaum aushalten. Er klammerte sich mit beiden Händen an den Handlauf, als Sechs-Null die Treppe heraufgestürmt kam.

»Doppel-Zwo. Das Original. Wie geht es? Lange nicht gesehen.«

»Mir geht's ganz gut, also, verhältnismäßig. Und dir und deinem Rammschädel? Ich habe mir sagen lassen, du hast mit dem Konkurrenten wenig Erbarmen gehabt.«

»Ich wasche meine Hände in Unschuld. Der Kollege behauptet, er war Zen-artig unterwegs, hat die Bewegungen in der ganzen Stadt gespürt, nur ausgerechnet mich hat er verpasst. Ich wäre in seinem Kosmos einfach nicht vorgekommen. Was soll man da machen?«

»Und Walter hat Erste Hilfe geleistet?«

»Walter, klar. Ein guter Mann, dein Vadda. Mit dem hab ich einiges erlebt, sach ich dir.«

Johannes schmunzelte, nicht ahnend, dass Walter ihm nur von einem Bruchteil dieser Erlebnisse erzählt hatte.

»Wärst du so nett und würdest mir die Tasche abnehmen? Mein Schlüsselbein will da noch nicht so wie ich.«

»Kann ich machen. Aber zuerst feiern wir Scheckabgabe und Monatsende.«

»Gut, dass du das sagst. Ich hätte Walters Schecks glatt wieder nach Hause getragen.«

Sechs-Null schnappte Johannes' Tasche, ging vorne weg und war schon im proppevollen Aufenthaltsraum verschwunden, als Johannes zwischen den Funkerkabinen lang ging. Bei Bert war noch Licht. Johannes klopfte gegen das Holz neben dem Durchgang.

»Du kommst morgen auch?«, sagte er.

»Der Sohn vom Haudegen!«

»Was heißt hier Haudegen?«

»Das kann ich mir denken, dass dein Herr Papa davon zu Hause nichts erzählt. Du hättest ihm bestimmt eine hinter die Löffel gegeben.«

»Wie meinst du das?«

»Ich werde mich hüten …«

Bert schüttelte den Kopf. Johannes hielt sein Geschwätz für Blödsinn, der nicht ausblieb, wenn einer tagtäglich in einem verbeulten Kombi durch verstopfte Straßen kroch oder auf einen flimmernden Bildschirm starrte und Touren vermittelte.

»Ob du morgen kommst?«, sagte Johannes.

Bert nickte. Johannes ging weiter. Die Plexischeibe war beschlagen. Der Geräuschpegel von dahinter konnte mit jeder Kneipe am Hamburger Berg mithalten. Pacman und Jochen standen an der Tür. Pacman betete seine besten Schienen der Woche herunter und nur das Zucken seiner Daumen verriet, dass er sich insgeheim wieder an seinem Rekord abarbeitete. Bent, Maniok, Per und zwei Jungs, die Johannes nur vom Sehen kannte, saßen auf dem Sofa. Per und Bent hatten Maniok strenge Auflagen erteilt und waren bereit, ihn bei der geringsten Auffälligkeit vor die Tür zu boxen. Beim Anblick von Johannes rief Bent »Beutekampf« und initiierte eine La-Ola-Welle. Maniok bohrte mit einem Daumen Schaumstoffköttel aus einem Brandloch. Frauke stand auf einer umgedrehten Bierkiste und begutachtete die Wunde auf Sechs-Nulls Stirn. Der zupfte währenddessen an ihrem Oberlippenflaum. Sie deutete einen Kinnhaken an und ließ bei der Beurteilung der Naht ihr Grundstudium der Medizin durchscheinen. Per rollte einen Joint. Axel, Matze und Gregor unterhielten sich am Durchgang zur Küche über die Sixdays und einen günstig bei Ebay erstandenen französischen Bahnradrahmen. An der Wand davor lehnten Thorben, Nhan, Jobst und sogar Carlo.

»Geile Sache, das Rennen«, sagte Jochen.

»Genau. Die Vollspacken von der MEINUNG«, sagte Pacman. Svenja kam herein.

»Puh. Ich lass die Tür ein bisschen auf, ja? Sonst ersticken wir hier.«

Bert schnorrte von Pacman eine Zigarette und beschwerte sich über den Lärm. Jochen schob die Tür wieder zu und öffnete die Fenster.

»Wie sieht das aus? Kommen Morgen auch Kuriere von anderen Buden?«, sagte Svenja.

»Die Hoffnung stirbt zuletzt, was?«, sagte Jochen.

»Bent war für die Kommunikation zuständig. Ich vertraue darauf, dass er allen Kurieren dieser Welt Bescheid gegeben hat«, sagte Johannes.

Bent erklärte Per zum alleinverantwortlichen Aufseher über Maniok, überließ Pacman seinen Platz auf dem Sofa und legte Johannes einen Arm über die Schultern.

»Bentmann hat das Ding über sämtliche Kanäle beworben. Morgen kommen alle, die Rang und Namen haben. Sogar eine Delegation aus Berlin. Die schlagen demnächst hier auf. Pennen alle bei mir. Haben nur gemeckert, weil das Rennen am Vormittag steigen soll. Aber ich hole die höchstpersönlich aus dem Schlafsack. Das wird ein Fest.«

»Unter Umständen nicht so schlecht, wenn du die übelsten Wracks liegen lässt, falls morgen die Presse auftaucht«, sagte Jochen.

»Die taucht auf jeden Fall auf. Dafür habe ich gesorgt«, sagte Johannes.

»Meine Kieler Sprotten kommen auch«, sagte Nhan.

»Und dein Vadda freut sich auf das Rennen?«, sagte Bent.

»Geht so. Der freut sich eher auf sein Zuhause. Der hat allmählich genug von Stadtluft und Fahrrädern.«

»Will er nicht für immer bei uns bleiben? Hier ist es doch viel schöner als da unten am Arsch der Heide. Ich hatte Walter gerne am Funk … Der war lustig.«

»Walter will heim. Der hat was zu erledigen. Ganz abgesehen davon, dass ich auch gerne mal wieder meine Ruhe haben will.«

»Walter ist doch Rentner. Was hat der denn zu erledigen?«

»Eine Dame und einen Strauß Blumen.«

»Ihr Doppel-Zwos und die Damen«, sagte Bent und prostete Johannes zu. »Aber ich seh' es euch nach.«

»Ich habe noch gesagt, er soll die Finger von den Weibern lassen«, sagte Sechs-Null. »Aber irgendwoher musst du diese Schwäche für's schwache Geschlecht ja haben. Erbkrankheit nennt man so was.«

»Das schwache Geschlecht, wa?«, sagte Svenja.

»Kriegst gleich eine«, sagte Frauke.

»Welche Schwäche?«, sagte Johannes.

»Die ganzen Konfusionen mit Mädchen und so. Oder war da nichts, Bent?«, sagte Sechs-Null.

»Nö, nö«, sagte Bent.

»Bis vor ein paar Tagen war ich ja der Meinung, ich hätte mit meinem Vater rein gar nichts gemeinsam. Und jetzt kommt ihr mir mit Vergleichen an, die bis in die Intimsphäre reichen. Ich glaub's ja nicht«, sagte Johannes.

»Erbkrankheiten kommen bisweilen erst nach Jahren ans Licht, nur mal so«, sagte Bent. »Ich zum Beispiel war ein Unfall auf einer Kieztoilette und meine Eltern haben sich zuerst gewundert, weil ich für die Umstände erstaunlich gut geraten war – die waren beide polytoxisch dicht und der Liebesakt wurde von einer Polizeirazzia unterbrochen, kurz bevor es am schönsten ist.

Ich bin ein Sehnsuchtstropfenkind, sozusagen. Erst als ich mir mit vierzehn nicht mehr die Haare geschnitten habe, Tag und Nacht mit den Rockern von der Hoheluft abgehangen bin und nur noch Grillhähnchen und Burger in mich reingestopft habe, hat es meinen Eltern gedämmert, dass irgendwas doch nicht so rundlief.«

»Jo, Alter! Wie dein Vater abgeht. Woher hat er das denn? Doch nicht von dir? Du bist doch überhaupt nicht so ein Haudrauf?«, rief Per vom Sofa.

Nun hakte Johannes nach.

»Was habt ihr denn alle? Hat Walter was angestellt, oder wie?«
Bent und Per grölten.

Bent stand vor Johannes wie ein Schuljunge vor einer zerschossenen Fensterscheibe. Per imitierte den Polizisten, der ihn wegen des abgetretenen Rückspiegels angerufen hatte. Und plötzlich redeten alle durcheinander von Walters Tritt gegen den Außenspiegel.

»Was wollt ihr mir weismachen?«, sagte Johannes.

»Dass dein Vater nicht so ein Schwiegersöhnchen wie du ist«, sagte Bent.

»Walter der Terminator. Ich hatte hier die Rennleitung an der Strippe. Streitwert 900 Euronen. Ernsthafte Konsequenzen, hat der Herr gemeint. Aber eben nicht, wenn Mister Per einen deckt«, sagte Per.

»Walter hat einen Spiegel abgetreten?«, sagte Johannes.

»Genau das«, sagte Bent.

In der nächsten Stunde feierten sie den Tritt, als wäre er die erste bemannte Marslandung. Im Kosmos der Pedalpiloten hatte sich Walter damit unsterblich gemacht. Maniok verwickelte Johannes noch in ein ungleich vertraulicheres Gespräch. Seit der Prügelnacht hatte er keine Drogen und keinen Alkohol mehr angerührt. Entsprechend aufgeräumt wirkte er nun. Verschämt und schüchtern erzählte er, wie er bei der Scheckabgabe auf

Walter eingetreten hatte, »anscheinend«, er wusste ja nichts mehr davon. Es tat ihm leid, »wie nichts sonst in seinem verpfuschten Leben«, besonders weil Walter ihn als einziger nicht behandelt hatte, als wäre er ein bisschen behindert.

Johannes hielt sich konsequent an Apfelschorle, aber trotzdem meinte er zu spüren, wie eine gewisse Magie von der Bank zu ihnen hochstrahlte. So wohl hatte er sich bei den Pedalpiloten noch nie gefühlt. Wahrscheinlich hatte er das Walter zu verdanken. Kurz vor zehn verabschiedete er sich trotzdem. Er musste noch Maga erreichen. Auf dem Heimweg schlug er einen Haken in ein dunkles Seitensträßchen. Ein Ziel hatte er schnell ausgemacht. Ein aufpolierter, flunderiger Sportwagen schimmerte im Schein der Laternen. Er machte sich auf Schmerzen gefasst, gab Gas und trat den Spiegel auf das Kopfsteinpflaster.

22

Während Johannes bei den Pedalpiloten werkelte, saß Walter
matt am Frühstückstisch und lauschte dem Funk. Thorben bekam gerade eine Tour von *Einsatz* angeboten. Er moserte, von
wegen er stünde »seit Mutter Lottes Tod im muffigen Sterbe-
bett« als Erster am Bunker frei und die Anfahrt zu *Einsatz* wäre
zu derbe und bestimmt würde gleich eine bessere Tour herein-
schneien.

»Geht klar, Thorben Knochenbrecher. Dafür findet sich bestimmt auch jemand anderes«, sagte Bent.

»Mutter Lotte lebe hoch. Her mit der Tour, aber schnell«, sagte Thorben.

In der nächsten Runde hatte Bent eine Schiene von der direkt
am Bunker vorbeiführenden Feldstraße.

»Heilige Mutter Lotte hat mir in den Hals geschissen. Was soll
das jetzt? Ich fahr weg und der Gekreuzigte zieht sich die Nägel
aus den eitrigen Pfoten und tischt üppig auf. Und ich dachte
noch … Ach was, egal, egal!«

Das bisschen, was Walter verstand, reichte aus, dass er Thorben endgültig für geisteskrank hielt, brachte ihn aber auch auf

die fixe Idee, dass es interessant sein könnte, über gefahrene Touren und ausgeschlagene Möglichkeiten Buch zu führen. Die Suche nach einem leeren Blatt Papier und einem Stift führte ihn vor das Zimmer von Johannes. Bisher hatte er da keinen Blick hineingeworfen. Als er die Klinke drückte, flatterte sein Puls wie ein Kinderdrachen im Wind. Obwohl die Fenster gekippt standen, hing ein verspannter Geruch in der Luft. Regenschlieren rannen an den Scheiben hinab. Er schaute auf Jahrhundertwendehäuser, kahle Baumkronen, ein paar Kirchtürme und Dächer, ein paar Schornsteine, die kaum sichtbar ins Wolkengrau atmeten. Die Vorstellung, als Kurier durch die Straßen da unten gefahren zu sein, war so blass wie die Farben der Stadtpläne, mit denen er hantiert hatte. Er versuchte, die Welt vor den Fenstern mit den entsprechenden Planquadraten abzugleichen. Von der Außenalster blieb aus seiner Perspektive nur eine mickrige Leere, die auch eine breitere Straße oder einen baumlosen Park hätte beherbergen können. Eindeutig zu identifizieren waren nur die Kuppel des Planetariums im Stadtpark und der Glockenturm von St. Nikolai. Es kam ihm vor wie ein Wunder, dass sich all die trockenen Namen nun mit konkreten Bildern verknüpft hatten.

Er trat vom Fenster. Auf dem schlichten Holzbett lag ein zerlegenes Laken, eine aufgeschlagene Decke und ein Kissen, alles in Weiß, ebenfalls mit Emilies Initialen bestickt, außerdem zwei Bücher und das Booklet einer CD, wobei er sich nicht die Mühe machte, den Schriftzug zu entziffern. Er erinnerte sich, wie er vor Johannes' Auszug Geschirr und Bettwäsche zusammengepackt und eine Postkarte mit einer Fotografie vom Panoramaweg anno 1954 dazugelegt hatte. Mit den besten Wünschen und der Aufforderung, die Heimat und den Vater nicht zu vergessen. Das war lange her und doch war es, als hätte Johannes gestern seine Sachen gepackt. War Johannes der Aufforderung gefolgt? Ja und nein. Er hatte nicht viel vergessen müssen. Was war Heimat?

Wer war er schon gewesen? Ein alter Kauz, der sich vor dem Leben versteckte.

Das Stahlregal neben der Tür war zur Hälfte mit einem bunten Tuch verhängt. Der obere Regalboden bog sich unter der Last einer Postkiste mit Fahrradteilen und -werkzeug. Auf dem mittleren Regalboden lagerte Johannes' überschaubare Garderobe und weitere Bücher. Walter machte sich nichts aus Büchern, aber vielleicht sollte er das ändern, wenn er Madeleine tatsächlich näherkommen wollte. Er hatte ihr ständig Bücher gebracht. Sie hatte ihm Gedichte und Episoden aus Romanen und Erzählungen vorgelesen, Abbildungen von Kunstwerken und Fotografien aus fernen Ländern gezeigt. Er hatte das immer durchgestanden, und war sich auf den ersten Schritten von ihrer Haustür weg besonders klein vorgekommen.

Der Schreibtisch lag voller Rechnungen, Mahnungen und Postwurfsendungen. Mittendrin stand der Laptop und eine Tasse mit Schreibutensilien. Er testete ein paar Kugelschreiber, schob sich einen mit schwarzer Mine in die Hosentasche und schaute nach Papier. Die Tischplatte lag rechts auf einem Blechschrank auf. Gleich in der obersten Schublade fand er einen Packen Büropapier. Trotzdem inspizierte er alle anderen Schubladen, bevor er das Zimmer mit zwei Blättern in der Hand verließ.

Er breitete den Stadtplan über den Esstisch und hörte ein paar Lesungen mit. Weil er wahrscheinlich kaum hinterher kam, wenn er alle Touren protokollierte, wollte er sich auf Carlo und Frauke beschränken. Die fuhren gut, sprachen deutlich, und außerdem mochte er die beiden. Er schrieb *Frauke* auf das erste Blatt, *Carlo* auf das zweite. Jeweils in der Mitte zog er eine vertikale Linie. Links davon notierte er, welche Touren die beiden fuhren. Rechts, was sie fahren könnten, wenn sie sich anders entschieden hätten, und die Uhrzeit, zu der die entsprechenden Aufträge zum ersten Mal gelesen wurden. Immer wenn sich eine neue Alternative auftat, zog er eine weitere vertikale Linie.

So handhabte er das zwei Stunden lang. Dann steckten in jeder Lesung so viele relevante Touren, dass er den Überblick verlor.

Er dachte darüber nach, aufzuhören und sich an die Arbeit zu machen. Aber seine Forschung – in Gedanken benutzte er dieses Wort – kam ihm zu groß und wichtig vor, um einfach beiseitegelegt zu werden, oder er hatte einfach keine Lust mehr, durch den Regen zu radeln. Er hoffte, eine Art goldene Regel zu finden, mit deren Hilfe sich die Runde um Runde auftuenden Möglichkeiten in Richtig und Falsch unterscheiden ließen. Er brauchte nur ein besseres Notationssystem und mehr Platz, um das Ganze einigermaßen überschaubar zu Papier zu bringen, dann würde das schon werden.

Der Funkerwechsel kam ihm wie gerufen. Er holte mehr Papier und klebte jeweils vier Blätter im Rechteck aneinander. An der Unterkante dieser Bögen notierte er, wo Carlo und Frauke gerade unterwegs waren oder unterwegs sein könnten, wenn sie davor anders entschieden hätten.

In Pers erster Lesung steckten gleich drei neue Touren, die für Frauke in Frage kamen. Sie entschied sich für eine kleine Runde mit mehreren Auslieferungen in der Stadtmitte. Er schrieb mit und umkringelte die Möglichkeiten, die sie damit ausgeschlagen hatte. Für Carlo war zunächst nichts dabei, aber in der Pokerrunde holte er sich zwei Sendungen aus dem Nachbarbezirk.

Walter überschlug seinen Umsatz und ging zurück zu einem Punkt vor etwa einer halben Stunde, als er eine dreifache Schiene im Osten verpasste, weil er lieber in der City geblieben war. Walter kam zu keinem klaren Ergebnis in der Frage, ob Carlo damit gewonnen oder verloren hatte.

Kurz darauf ersteigerte sich Frauke eine weitere Tour und gleich noch eine und noch eine und dann wieder Carlo und dann wieder Frauke. Nach fünf Lesungen wucherten Walters Aufzeichnungen den oberen Rändern seiner Bögen entgegen. Nach zehn Lesungen fragte er sich, woher diese Schwere in seinem Denken kam. Er trat auf die Loggia, spuckte über die Brüstung und machte sich an die Auswertung.

Angesichts der Tatsache, dass Walter die Aufzeichnungen nach zehn begonnen und vor vier beendet hatte, war Carlos Umsatz von 140 Euro beachtlich. Er legte einen Zeigefinger auf die Abzweigung mit der vielversprechenden Ostschiene und rechnete nach, wie hoch der Umsatz dort ausfallen hätte können. Noch zehn bis 15 Euro mehr. »Nicht schlecht«, sagte er leise und kümmerte sich um Frauke. Bei ihr war einiges durcheinander geraten, nachdem sie eine andere Sendung als vereinbart eingepackt hatte. Sie kam auf 80 bis 100 Euro, genauer bekam er das nicht hin. Er trommelte eine Weile mit den Fingerspitzen auf der Tischplatte, dann zeichnete er die Schaubilder ins Reine und vermerkte entlang der einzelnen Zweige ihre jeweiligen Werte. Er zeichnete eine zweite und eine dritte Version und übertrug sämtliche Daten in ein Diagramm, bei dem der vertikale Schenkel für die Zeit stand und der horizontale für die Höhe des Umsatzes. Wieder benötigte er mehrere Anläufe, bis ihn das Ergebnis einigermaßen zufriedenstellte. Zum Schluss zeichnete er die dem rechten Blattrand am nächsten kommende Linie rot nach und übertrug alle gefahrenen Touren in seinen Stadtplan, wodurch ein Liniengewirr entstand, das sich in den zentralen Vierteln zu einem finsteren Fleck verdichtete. Er fingerte in seinem Haaransatz herum. Ein paar Schuppen rieselten auf das Papier, aber nicht die Spur einer goldenen Regel.

Als Johannes nach Hause kam, saß Walter mit zerzausten Haaren vor kaltem Kaffee und einem Brot mit Trockenrissen in der Butter, und rings um ihn lagen zerknüllte Blätter.

»Was ist denn mit dir los?«, sagte er.

Walter regte sich nicht.

»Du hast nicht zufällig gekocht? Ich hätte dermaßen Appetit. Und dann sollten wir einen trinken«, sagte Johannes.

Walter sah ihn ausdruckslos an. Johannes begriff, dass er irgendwie neben der Spur war, aber nicht, wie sehr. Er ging in die Küche, belegte sich ein paar Brote mit Ziegengouda und packte schwarze Oliven auf seinen Teller. Walter hockte jetzt über seine Aufzeichnungen gebeugt am Couchtisch. Johannes platzierte einen Stapel Spokecards vor seiner Nase.

»Schau!«

»Jetzt nicht«, sagte Walter.

»Wie?«

»Später vielleicht.«

Walter hielt einen Kugelschreiber in der rechten Hand, folgte einer Linie zum Blattrand und schaute erwartungsvoll auf.

»Was hast du denn da?«, sagte Johannes. »Das sieht aus wie die Aufzeichnungen von einem Seismografen. Bekommen wir ein Erdbeben, oder was hat das zu bedeuten?«

»Das habe ich für euch gemacht«, sagte Walter und sein Blick torkelte durchs Zimmer wie eine Stubenfliege mit angeschmorten Flügeln.

»Für wen?«

»Für euch Kuriere.«

»Was du nicht sagst ...«

Walter räusperte sich und erklärte, was Carlo im Verlauf des Tages abgeräumt hatte und abräumen hätte können. Redepausen machte er nur, um nach Luft zu schnappen. Nach einigen Minuten wurstelte er einen weiteren Bogen unter dem ersten hervor und tippte auf diverse Haken und Verästelungen. Johannes konnte fast sein Herz schlagen hören.

»Ganz ruhig«, sagte er.

Aber Walter kam gerade erst in Fahrt. Er redete über Leerfahrten, Schienen und Abmischungen, und über Entscheidungen, richtige und falsche Entscheidungen. Johannes hörte mit einem Ohr hin, und als Walter etwas tiefer Luft holte, entschuldigte er sich und verschwand ins Nebenzimmer, um mit Maga zu telefonieren. Erstens war es höchste Zeit. Zweitens hatte sie Erfahrung mit durchgeknallten Elternteilen. Seine Erklärungen in der Sache Bent und Walter interessierten sie nicht. Leyla hatte ihr alles erzählt. Er entschuldigte sich. »Kein Problem«, sagte sie. Er war nicht überzeugt, dass ihr hanseatisches Temperament für die Kühle in ihrer Stimme verantwortlich war. Auch über das Rennen wusste sie Bescheid. »Von mir aus«, antwortete sie auf die Bitte, darin eine Sonderrolle zu übernehmen. In Bezug auf Walters jüngste Eskapaden riet sie zu einem Cognac oder einem Spaziergang. Johannes bezweifelte, dass es damit getan war und erwähnte Manioks Prügelattacke, Walters Tritt gegen den Spiegel und wie er ihm nachgeeifert hatte.

»Ich glaube trotzdem nicht, dass du dir um Walter Sorgen machen musst. Richtige Psychoprobleme tauchen nicht von einem Moment auf den nächsten auf. Ich habe den Eindruck, dein Vater pubertiert gerade. Ein bisschen spät, dafür aber gründlich und mit allem was dazugehört. Größenwahn. Rebellentum. Fixe Ideen. Das ist doch wichtig, auch mal auf die Kacke zu hauen.«

»Dein Wort in Gottes Ohr.«

»Bist du gläubig?«

»Immer, wenn es schwierig wird.«

»Schwierig ist nur, was du dafür hältst. Das ist eine Standardsituation des Erwachsenwerdens. Du erkennst, dass deine Eltern auch nur mit Wasser kochen. Dass die Rollen von Beschützer und Beschütztem nicht dauerhaft verteilt sind. Jetzt bist eben du an der Reihe. Geh mit Walter raus und erzähl, dass du ihm nacheiferst. Nachahmung gilt als die reinste Form der Bewunderung, und Bewunderung tut jedem gut, und deinem Vater ganz besonders. Ihr habt doch beide ein Rad ab. Woran ich da wieder geraten bin?«

Nach dem Telefonat schlüpfte er wieder in seine Jacke, stülpte Walter eine Mütze über den Kopf und legte ihm einen Schal um. Im Zehnten stieg Frau Dombrowski zu ihnen in den Fahrstuhl. Sie war am Morgen mit dem Gefühl aufgestanden, dass die Situation oben auf einen Höhepunkt zusteuerte und hatte schon den ganzen Tag über gelauscht. Weil sie so spät am Abend nicht mehr damit gerechnet hatte, schaute unter ihrem Lodenmantel nun der geblümte Saum eines Nachthemds hervor.

»Moin«, sagte Johannes.

Sie blieb wieder stumm. Johannes wiederholte seinen Gruß, hörbar genervt. Sie presste die schrundigen Lippen aufeinander.

»Entschuldigen Sie, aber meinem Vater geht es nicht so … Der Magen. Könnten Sie uns eventuell mit Cognac oder Magenbitter aushelfen?«, sagte Johannes.

Sie war fest entschlossen, keinen Ton zu sagen, aber bis unten waren es noch sechs Stockwerke und das dauerte.

»Sie hören mich schon. Sie sind nicht taub, oder?«, sagte Johannes.

Walter sagte: »Wir haben uns schon unterhalten. Frau Dombrowski, gell?«, und tauchte sofort wieder in seiner Apathie unter.

Johannes bewegte eine Hand vor ihren Augen auf und ab. Sie hob die Mundwinkel und schaute ihn an.

»Nein, mein Jung, Cognac habe ich leider keinen im Haus.«

Die Fahrstuhltür öffnete. Sie manövrierte ihren Rollator in den Flur und schlurfte an die Briefkästen.

»Na dann. Schade. Trotzdem einen schönen Abend«, sagte Johannes.

Sie wünschte dasselbe und mimte Enttäuschung angesichts der Leere in ihrem Briefkasten. Wenig später bereute sie ihre Zurückhaltung und fasste den Entschluss, den beiden bei der nächsten Gelegenheit einen Cognac anzubieten. Sie verzichtete auf ihren sonst zu dieser Zeit fälligen Absacker, setzte einen kräftigen Kaffee auf und wartete, bis der Laminatboden über ihr die Rückkehr der Terrorfamilie verriet.

Walter und Johannes landeten wieder im Innocentiapark. Dichter Nebel schichtete die Geräusche übereinander, als wäre das Viertel in sich zusammengesackt. Geigenmusik war zu hören, Husten, Verkehrsgeräusche, das Picken und Springen eines Vogels im Unterholz. Walter setzte sich und stützte die Ellbogen auf die Schenkel.

»Du warst nicht auf der Straße, oder?«, sagte Johannes.

»Auf der Straße?«

»Du hast heute nicht mehr gearbeitet?«

»Habe ich nicht.«

»Du hast den ganzen Tag diese Schaubilder gezeichnet?«

Walter nickte.

»Du bist müde, oder?«

»Warum meinst du?«

»Du hast einiges durchgemacht in den letzten Wochen.«

»Ich habe mir Gedanken gemacht.«

»Gedanken worüber?«

»Dass es besser wäre, wenn man wüsste, was kommt.«

»Wegen Emilie? Du zermarterst dir immer noch das Hirn darüber, ob du vor Urzeiten eine falsche Entscheidung getroffen hast?«

»Entscheidungen. In deinem Job.«

»In meinem Job?«

»Wenn du immer vorher wüsstest, was kommt, würdest du besser verdienen ...«

»Alles klar! Kann es sein, dass du dich ein bisschen verstiegen hast, Walter?«

»Wenn du wüsstest, was kommt, würdest du oft anders entscheiden.«

»Das kann schon sein. Das Problem ist aber, man weiß es nicht. Die Zeit existiert eben. Manche Sachen passieren gleichzeitig, andere nacheinander. Was als Nächstes kommt, weiß man nie so genau. Man muss schauen, dass man in Bewegung bleibt. Der Rest kommt dann von allein. Im besten Fall purzeln einem die Touren vor die Füße, werden die Ampeln grün, bevor man bremst, ist die Polizei da, wo man gerade nicht ist. Aber am Ende des Tages ist man müde, so oder so. Irgendwie muss man über die Runden kommen. Egal, ob als Kurier oder als Postler, wahrscheinlich auch als Vater oder Sohn, man muss einfach in Bewegung bleiben, glaube ich.«

»Du meinst, ein rollender Stein setzt kein Moos an?«

»Wenn du so willst, ja. Entscheidungen wollen aus dem Weg geräumt sein. Ob links oder rechts ist meistens ziemlich egal. Hauptsache irgendeine Entscheidung für irgendeine Richtung. Sonst kommt man nicht von der Stelle. Sonst bleibt man stehen. Und das ist nicht gut. Man sollte einfach nicht stehen bleiben. Auf keinen Fall stehen bleiben.«

»Auf keinen Fall stehen bleiben ...«

Nachdenklich richtete Walter den Oberkörper auf.

»Auf keinen Fall stehen bleiben«, sagte Johannes gefühlsduselig.

Das Laternenlicht zeichnete die Falten in Walters Gesicht nach. Johannes hoffte, dass er noch etwas sagen würde. Das war ihr Thema. Sie fürchteten die Konsequenzen von Entscheidungen mehr als die Konsequenzen gemiedener Entscheidungen, die das Leben aber genauso in eine Richtung drückten. Es war der Autopilot und es war die Angst, nicht zu bekommen, was man wollte. Sie spielten permanent auf Remis. Stehe ich früh auf oder später? Warte ich in der City oder fahre ich raus? Mag ich sie wirklich oder finde ich sie ganz nett? Eine ganze Batterie gemiedener, geflohener, totgeschwiegener Entscheidungen, die meisten für sich genommen unbedeutend, aber sie hatten Walters Leben seine Richtung gegeben, und er war drauf und dran, dieselbe Abzweigung zu nehmen, beziehungsweise an derselben Abzweigung kleben zu bleiben.

Walter klatschte mit den flachen Händen auf das feuchte Holz der Sitzbank.

»Wie auch immer … Ich muss ins Bett.«

Also gingen sie zurück.

Während Walter im Badezimmer die Zähne putzte, stemmte Johannes das zerschossene Türblatt nach oben. Die Scharnierbuchsen rutschten über die Achsen und ein scharfer Schmerz schoss in seine Schulter. Er rief um Hilfe. Dieses Mal kam Walter rechtzeitig, komplett in Feinripp. Mit vereinten Kräften stabilisierten sie die Tür und legten sie zur Seite. Einer der letzten Glaszähne krachte dabei auf den Boden.

»Was hast du vor?«, sagte Walter.

»Ich weiß auch nicht so recht.«

Ächzend beugte sich Johannes über die Bögen auf dem Couchtisch. Er konnte nachvollziehen, warum Walter seinen Tag damit verkloppt hatte. Er fand es ebenfalls beruhigend, sich mit Dingen zu beschäftigen, um die sich sonst keiner kümmerte. »Sieht schön aus«, sagte er.

Walter gähnte. Die Türglocke schrillte. Ahnungslos schauten sie einander an. Johannes ging an die Sprechanlage. Jemand klopfte direkt gegen das Türblatt.

»Ich bin es. Frau Dombrowski. Ich hatte doch noch ein Fläschchen Cognac im Schrank. Falls Sie noch wollen«, sagte sie in einem beschwingten Singsang.

Johannes öffnete. Obwohl Frau Dombrowski ihren Rollator unten gelassen hatte, bewegte sie sich sicher. In einer Hand trug sie eine Flasche, in der anderen drei Cognacschwenker. Johannes wollte den Weg ins Wohnzimmer weisen, aber sie war längst über die Scherben gestiegen und stand am Esstisch.

»Ich kenn' mich hier aus. Ist ja derselbe Grundriss wie bei mir.«

Walter zerrte die Schlafdecke über die Beine.

»Keine Sorge, mein Jung. Du bist nicht der erste Mann, den ich in Unterhosen zu Gesicht bekomme.«

Sie goss die Gläser voll und reichte sie Walter und Johannes.

»Hoch die Tassen!«, sagte sie und sah sich um.

Die Glasscheibe in der Tür musste sozusagen ein Scherbenbruch sein, aus dem die Splitterbomben bestückt wurden. Sie beobachtete eiskalt, als würde sie schon ihr ganzes Leben Terroristen nachjagen. Dann entdeckte sie den Stadtplan mit der geschwärzten Mitte und die Kärtchen mit der Aufschrift: *Beutekampf Deluxe – Altonaer Balkon – 1.11.08* samt dem Kerl, der die Faust zum Himmel reckte. Sie war überzeugt, dass ihre große Stunde gekommen war, sofern sie es lebend aus dieser Wohnung schaffte. Mit diesem Ziel vor Augen wurde sie von panischer Angst ergriffen.

»Meine Herren, wie ich sehe, sind Sie auf dem Weg in die Federn. Das mache ich dann auch mal. Den Cognac lasse ich Ihnen da. Nur für den Fall«, sagte sie mit zitternder Stimme, und einen Moment später knallte sie schon die Wohnungstür zu.

»Die spinnt«, sagte Walter und zog sich die Decke zum Hals.

»Da könntest du recht haben«, sagte Johannes.

Der Morgen puderte Raureif über die Dächer und Grünflächen der Stadt. Eingemummelt trafen Walter und Johannes am Altonaer Balkon ein. Oli, Leyla und Gerhard hatten schon einen Pavillon und Bierbänke aufgestellt und waren dabei, Getränke aus dem am Elbberg geparkten Transporter heranzuschaffen. Olis Kameraassistent stand mit einer Kompaktkamera bereit und wartete auf Regieanweisungen. Nach und nach fanden sich die Rennteilnehmer ein und je mehr es waren, desto mehr Schaulustige gesellten sich dazu.

Johannes instruierte den Kameramann, begann das Startgeld zu kassieren und die Spokecards auszuhändigen. Walter stand etwas abseits und beobachtete die Szenerie. Er war wieder bei sich. Lediglich ein Brummen im Kopf erinnerte ihn an den Vortag.

»Tut mir leid, dass mein Artikel damals an der Realität vorbeiging. Aber eigentlich habe ich mich nur an das gehalten, was Herr Paulsen gesagt hat«, sagte Weill von den *Abendnachrichten*.

»Verzapft heißt das«, sagte Walter und schmunzelte Weills Verunsicherung beiseite.

Weill befragte ihn zu den vergangenen Wochen, da stieg Paulsen aus einem Taxi und kam zielstrebig auf die beiden zu.

»Herr Weill, schön, Sie hier zu sehen. Schauen Sie sich nur um. Das sind die Krisenkrieger. Von Fehde keine Spur, oder? Hier wäscht eine Hand die andere. Hier geht es um ein Leben nach den eigenen Vorstellungen, und nicht um die größtmögliche Rendite … Schreiben Sie das ruhig so.«

Er posierte an Walters Seite für ein Foto.

»Der Kapitän ist Teil der Mannschaft. Können Sie gerne als Bildunterschrift nehmen. Machen Sie sich keine Sorgen wegen Urheberrechten und so weiter. Ich mache garantiert keine Scherereien. Kurierehrenwort – darauf ist Verlass. Das wissen Sie ja jetzt.«

Kurz darauf tauchte das Team vom NDR auf. Fründt bat seinen Kameramann, die Bierkistentürme, die mit mehr als hundert Rädern dekorierte Wiese und die Fahrer zu filmen und einen Schwenk über das Hafenpanorama zu machen. Er stellte Walter ein paar Fragen, und wieder war es Paulsen, der die Antworten gab.

»Paulsen, mein Name. Ich bin der Chef der Pedalpiloten. Diese Veranstaltung geht auf meine Kappe. In erster Linie. Aber ich halte mich gerne im Hintergrund. Es ist wichtig für die jungen Leute, dass man ihnen auch mal freie Hand lässt. Er dort zum Beispiel, Johannes, der Sohn von unserem Medienstar«, er tippte Walter an, »der kümmert sich heute um die Logistik und so weiter. Vollkommen eigenverantwortlich …«

Vor Johannes hatte sich eine Schlange gebildet. Leyla half beim Kassieren. Fründt bat seinen Kameramann um eine Nahaufnahme von den beiden. Zwanzig Minuten später war abzusehen, dass die 150 Manifeste und Spokecards nicht ausreichen würden. Leyla verteilte die letzten Reste. Johannes stellte sich mit einem Megaphon auf eine Parkbank und bat die Fahrer, ihre Räder in Reihen entlang der Parkbänke zu legen. Bent und sein Gefolge trudelten ein. Maniok als einziger ohne Kater, zur Feier des Tages neu eingekleidet, in Bents Radklamotten aus den Neunzigern, die ihm drei Nummern zu groß und ausnahmslos neonfarben waren.

»Wo geht das hier zum Rave und so?«, sagte er.

»Jo, Alter. Das ist krass. Der Laden ist voll. Wir Biker sind ja so was von solidarisch. So was von!«, sagte Bent.

Paulsen wies Maniok an, beim nächstbesten Copyshop Manifeste nachdrucken zu lassen. Er hatte die Geldbörse gezückt. Aber Johannes hielt ihn zurück. Er wollte das Rennen starten. Er befürchtete, dass Walter, für den er ein ganz spezielles Manifest geschrieben hatte, in Zeitnot kommen würde, wenn es noch später wurde. Die Räder lagen nun über eine Strecke von 50 Metern aufgereiht. Oli legte die Manifeste auf die Speichen. Johannes nahm Walter zur Seite, gab ihm sein Manifest, und empfahl, dass er sich ein Stück abseits setzte und in Ruhe seine Route plante. Dann griff er wieder zum Megafon.

»Leute. Es sind ein paar Teilnehmer mehr als erwartet. Manifeste und Spokies sind quasi alle. Seid fair und tut euch zusammen. Gebt Stoff und passt auf euch auf. Ab etwa vier geht die Party im Hafenklang weiter. Und einen Preis gibt es auch. Hat Paulsen gestiftet, oder?«

Das war eine Lüge, aber Johannes ging davon aus, dass Paulsen eitel genug war, all die Presseleute und Biker nicht enttäuschen zu wollen.

»Was soll das denn für ein Preis sein?«, flüsterte er ihm ins Ohr.

»Ein schönes Fahrrad vielleicht?«

»Wo soll ich denn jetzt ein Fahrrad herzaubern?«

Johannes winkte Axel herbei.

»Für welchen Preis und bis wann könntest du einen hübschen Singlespeeder zusammenschrauben?«

»Ich habe die Tage einen aufgebaut …«

»Dachte ich mir doch. Wie viel? Sei nicht zu bescheiden, Paulsen zahlt?«

»Fünfhundert vielleicht?«

»Hast du gehört, Paulsen, sechshundert?«

»Hat er nicht fünfhundert gesagt?«

»Nein. Da musst du dich verhört haben.«

»Das ist schon eine Stange Geld. Aber gut, von mir aus.«

Johannes zwinkerte Axel zu.

»Was winkt denn jetzt dem Gewinner?«, rief Bent.

Paulsen verlangte nach dem Megaphon.

»Ein Fahrrad. Von unserem Spitzenschrauber«, er fragte Johannes nach dessen Namen, »unserem Spitzenschrauber Axel gebaut, und von den Pedalpiloten, also von mir, gesponsert!«

Dafür bekam er Beifall und etliche Kameras nahmen ihn ins Visier. Eine davon gehörte Tabel. Nach dem Cognac-Intermezzo hatte Frau Dombrowski mit der Infonummer aus dem Impressum und ein-, zwei- und dreistelligen Durchwahlen experimentiert, bis ein genervter Redakteur im Nachtdienst das Gespräch annahm und in buntesten Farben geschildert bekam, dass am Morgen um elf am Altonaer Balkon mit höchster Wahrscheinlichkeit eine Splitterbombe explodieren würde. Daraufhin hatte der Chef des Lokalressorts Tabel ausgesandt, obwohl der die Story längst abgehakt hatte.

Johannes übernahm wieder das Megaphon.

»Ihr habt gehört. Dem Gewinner winkt unermessliche Ehre und ein Fahrrad. Wer die Räder von Axel kennt, wird sich wohl ins Zeug legen. Allen anderen sei gesagt, dass es sich lohnt. Damit kann es losgehen. Ich sage: Fünf ... Vier ... Drei ... Zwo ... Eins ... auf die Plätze ... Fertig ... Los!«

Und dann setzte sich die ganze Bande in Bewegung. Einige stürmten voller Ehrgeiz vorneweg, andere tranken in Ruhe ihr Bier leer und warteten, bis das gröbste Chaos vorüber war, bevor sie sich ins Rennen begaben. Maniok wollte sich hinter einem Zypressenstrauch erleichtern. Dort traf er auf Frau Dombrowski, die am Boden kauerte und bei seinem Anblick in Schockstarre verfiel.

»Ich wollte nur …«, sagte Maniok und ließ von seinem Hosenstall ab.

»Ach, verstehe«, sagte Frau Dombrowski, und fädelte einen Arm durch die Haltegriffe eines Jutebeutels, der an ihrer Seite lag. Sie drückte sich auf der mit Nadeln übersäten Erde ab, ihre Hände schwollen an, aber sie kam keinen Zentimeter hoch. Sie langte nach einem Ast der Zypresse und zog, bis sich die Zypresse ihr entgegen beugte, dann seufzte sie, ließ die Zypresse zurückschnellen, und ergriff die Hand, die Maniok ihr reichte. Sie war in einer Situation, in der sie sich Misstrauen schlichtweg nicht leisten konnte, da mochte der junge Mann noch so unseriös wirken in seinem Hampelmannkostüm.

Nun war Maniok kein Mann wie ein Baum und Frau Dombrowski kein Federgewicht. Er benötigte beide Hände und viel Schwung, um sie endlich auf die Beine zu bekommen, und als er sie losließ, torkelte sie zur Seite.

»Aufgepasst«, sagte er und stützte sie.

»Lach nich, mein Jung. Da ist mir in der Hockhaltung doch glatt der Fuß eingeschlafen.« Sie bewegte den rechten Fuß und schaute nachdenklich. »Das bitzelt aber auch«, sagte sie.

Maniok wartete eine Weile, dann bat er sie, ihn einen Moment allein zu lassen. »Der Kaffee will raus und so«, sagte er.

»Mein vollstes Verständnis, Jung. Blasenschwäche kenn ich auch nicht nur vom Hörensagen«, sagte sie.

Als er hinter dem Strauch hervortrat, wartete sie im Schatten einer Tanne und reichte ihm ein Cleenex. Er dankte und rieb die Hände ab. Sie rieb sich die Mundwinkel und beobachtete, wie sich die letzten Rennteilnehmer in Bewegung setzten.

»Ich muss jetzt dann eigentlich auch los. Aber falls Sie Hilfe brauchen, bring ich Sie auch über die Straße und so«, sagte Maniok.

»Nein, nein. Das ist nicht notwendig. Ich helf mir schon selber«, sagte sie und schraubte den Verschluss ihres Flachmanns auf. »Auch ein Schlückchen?«

Er schüttelte den Kopf.

»Aber falls Sie das wissen, verraten Sie mir vielleicht, was hier eigentlich vor sich geht?«

Maniok erzählte ihr vom Alleycat und bot an, dass sie mit ihm kam und sich noch ein Bier oder eine heiße Tasse Kaffee genehmigte. Sie wagte sich einen Schritt aus ihrer Deckung.

»Ja, gut«, sagte sie, nachdem sie sich die Sache gründlich angesehen hatte und hakte sich bei Maniok unter.

Der Jutebeutel rutschte alle paar Schritte von ihrer Schulter.

»Geben Sie her, den nehm ich Ihnen ab«, sagte Maniok.

Er ließ ihr keine Zeit zu widersprechen. Überrascht vom Gewicht des Beutels, warf er einen Blick hinein. Er erkannte den Handfeuerlöscher als solchen und zog den Erste-Hilfe-Koffer heraus.

»Was wollen Sie denn damit?«, sagte er.

Sie bekannte sich zu ihrem Verdacht. Er lachte.

»Und das wollten Sie sich nicht entgehen lassen und so?«

»Ich habe ja die zuständigen Behörden verständigt. Aber auf mich hört ja keiner. Dann wollte ich mit den bescheidenen Mitteln, die mir zur Verfügung stehen, wenigstens helfen …«

»Da dachten Sie, Sie warten hier, bis die Bombe hochgeht und dann sind Sie als Erste zur Stelle und so?«

»Genau das!«, platzte es aus ihr heraus und sie konnte nicht verbergen, dass sie bei dieser Vorstellung ein erwartungsfrohes Schaudern ergriff.

»Da dachten Sie, Sie werden heute zur Heldin? Von wegen jedem seine fünf Minuten Ruhm und so?«

Betroffen sah sie ihn an und nickte.

»Das war wohl nichts. Aber das ist jetzt auch kein Grund, unglücklich zu sein. Jetzt kommen Sie mit da rüber und feiern ein bisschen mit uns. Letztendlich geht es Ihnen ja auch nur darum, etwas zu fühlen«, sagte er. »Das ist doch umso besser, wenn dabei keiner zu Schaden kommen muss.«

Walter hatte ein Plätzchen gefunden, an dem er seine Ruhe hatte und vor dem scharfen Ostwind geschützt war.

»Was für ein Blödsinn«, sagte er, nachdem er das Manifest gelesen hatte. Die meisten Checkpoints waren Orte, die er kannte. Manche konnte er nur in einem bestimmten Zeitraum anfahren. Die Aufgaben klangen nach Schnitzeljagd beim Kindergeburtstag. Er hätte sich am liebsten ausgeklinkt und wieder ins warme Bett gelegt, aber Johannes schien auf seine Teilnahme Wert zu legen, also biss er auf die Zähne. Das Zusammentüfteln der Route war nichts anderes als die Arbeit, die er bei der Paketpost jeden Morgen erledigt hatte und fiel ihm entsprechend leicht. Der letzte der zehn Checkpoints war von Hand ans Ende der Liste geschrieben. Er sollte sich im Leinpfad nach Spiegelglasscherben umsehen und davon gegebenenfalls eine einpacken. Dass die Kollegen anscheinend von seinem Tritt gegen den Spiegel erzählt hatten, war ihm zuerst peinlich, dann erfüllte es ihn mit einem bescheidenen Stolz. Da war er hier oben doch tatsächlich ein bisschen berühmt geworden. Wer hätte das gedacht? Aber warum tauchte die Sache mit dem Spiegel nun im Rennparcours auf? Wie sollten die anderen Fahrer die Scherben finden? So kurz war der Leinpfad nicht. Außerdem glaubte er nicht, dass es überhaupt so viele Scherben gab. Das waren ja über hundert Leute gewesen.

Die erste Station war der Fischmarkt, der wegen Allerheiligen ausnahmsweise am Samstag stattgefunden hatte. Dort sollte er Reste aufsammeln: 100 Punkte für Obst oder Gemüse, 200 für Fisch und 300, wenn er stank.

»So ein Riesenblödsinn«, sagte er, so laut, dass eine Joggerin ängstlich über die Schulter blickte und einen Zahn zulegte. Als er am Fischmarkt eintraf, waren die meisten Verkaufsbuden bereits abtransportiert, und die, die noch da waren, hatten die Läden geschlossen. Der Promenadenweg, auf dem das Spektakel stattfand, war fast leer. Da ging ein Pärchen in Trauer, ein betrunkener Jugendlicher, ein Vater mit zwei Kindern. Eine angefaulte Paprika hatte die Putzkolonne tatsächlich liegen gelassen. Er hob sie auf und warf sie in die Elbe. Bei aller Liebe, aber faules Gemüse durch die Gegend zu fahren, war ihm zu blöd.

Die zweite Station war der Alte Elbtunnel. Dort sollte er in die Tunnelwände eingelassene Reliefs zählen. Das ließ er sich gefallen. Den Tunnel hatte er ja ohnehin noch sehen wollen.

Er schob sein Rad durch einen Torbogen an der Westfront der Landungsbrücken-Empfangshalle. Im selben Moment verschwand ein PKW in einem Fahrstuhlkorb. Dass diese Technik zu irgendeiner Zeit rentabel gewesen sein sollte, wunderte ihn. Er machte sich oft solche Gedanken und war sich bewusst, dass die Menschheit wahrscheinlich noch vor Höhleneingängen versammelt wäre, wenn nicht manche Individuen eine fordernde und forschende Mentalität gehabt hätten.

Er nahm den Personenfahrstuhl. Weil er bislang keinen einzigen von den anderen Rennteilnehmern zu Gesicht bekommen hatte, zweifelte er an, die richtige Route gewählt zu haben. Er nahm noch einmal das Manifest heraus, aber die Streckenwahl erschien ihm alternativlos. Hatte Johannes ihm womöglich ein besonderes Manifest gegeben? War das sein persönliches Rennen? Konnte das sein?

Im Tunnel lag die Temperatur gut zehn Grad über der Außentemperatur, als hätte der Sommer ein Päckchen Wärme gebunkert. »Warm ist das«, sagte Walter vor sich hin und setzte sich in Bewegung, ohne den Wachmann zu bemerken, der zwischen den Toren der Autofahrstühle in einem Häuschen saß und lauschte, was der ältere Herr da von sich gab. Auf den Reliefs war allerhand Wassergetier abgebildet, auf einem Ratten und ein durchgelaufener Stiefel. »Dass der eine oder andere Stiefel da am Grund liegt, glaube ich gerne«, sagte er. Den Tunnelwächter am südlichen Ende hätte er wohl ebenfalls übersehen, wenn der ihn nicht angesprochen hätte.

»Bitte?«, sagte Walter.

»Majolika, sage ich. Sie scheinen sich für die Reliefs zu interessieren. Das sind Majolikareliefs. Ich bin Mitglied im Geschichtsverein St. Pauli. Mittwochs um neun treffen wir uns in der Rudolf-Roß-Schule. Falls Sie Interesse haben, sind Sie herzlich eingeladen«, sagte er.

Walter hüstelte. »Daraus wird nichts. Ich bin nur zu Besuch hier. Ich reise morgen ab ...«

»Na dann, merken Sie sich, Majolika ...«

Walter hätte sich gerne am Südufer der Elbe umgeschaut, aber dafür hatte er wohl keine Zeit. Er wünschte einen schönen Tag und verschwand in der zweiten Röhre. Er kümmerte sich nicht weiter um die Reliefs und zählte nur im Vorbeifahren mit. Wieder am anderen Ende entdeckte er den anderen Wachmann. Er grüßte, blickte in die kathedralenartige, lichte Nordkuppel, schnippte mit den Fingern und lauschte dem Hall, schulterte sein Rad und stieg über das in seinem Reiseführer als sehr sehenswert bezeichnete Treppenhaus wieder nach oben.

Die frostige Luft griff ihn brutal an. Er band seinen Schal enger und zog die Mütze tiefer. Der nächste Checkpoint war vor der Wohnung von Oli und Leyla. Allerdings sollte er dort nicht vor 12.30 Uhr ankommen. Das war noch ein bisschen hin, aber alle anderen Checkpoints befanden sich in ganz anderen Stadtteilen, also fuhr er gemächlich wieder Richtung Altona hinauf. Als er in die Alte Königstraße bog, parkte Oli gerade seinen Bus auf dem Gehsteig.

»Du bist zwar zu früh dran, aber wir wollen mal nicht so sein«, sagte er und drückte ihm seine Autoschlüssel in die Hand. »Du nimmst meinen Bus und drehst eine Runde ums Karree. Dafür bekommst du von mir dann einen Haken auf deinen Schrieb und später wohl Punkte.«

»Was soll denn das?«, sagte Walter.

»Das ist ein Spiel, Walter. Du musst dich darauf einlassen, dann bringt das Spaß … Los jetzt. Auf geht's.«

Im Anschluss an die Runde im Auto radelte er in den Innocentiapark. Dort war seine Aufgabe, eine persönliche Botschaft zu finden, die in eine Sitzbank geschnitzt war. Er begann an der Bank, auf der er immer gesessen hatte, und umrundete das Grün. In der letzten Bank klafften helle Kerben im verwetterten Holz. DER HELDEN SÖHNE stand da in Großbuchstaben. Um den zweiten Teil der Botschaft zu erfahren, sollte er Richtung Osten aus einem Fenster im obersten Stockwerk des Bezirksamtes Eimsbüttel schauen. Und auf dem Weg dahin sollte er herausfinden, was geschah, wenn er beim Richtungswechsel im Paternoster stehen blieb. Das Bezirksamt war anscheinend wegen diverser Trauungen bis 14.30 Uhr geöffnet. Falls er aufgehalten wurde, sollte er die Namen der Eheleute Albrecht Andres und Evi Viets nennen. Tatsächlich stellte sich ihm ein Mann in einem schlecht sitzenden Anzug in den Weg, nachdem er sich durch die träge Drehtür gekämpft hatte.

»Hier ist heute kein Zutritt. Geschlossene Gesellschaft. Tut mir leid.«

»Ich komme doch wegen der Hochzeit.«

»Ach ja? In dem Aufzug? Wessen Hochzeit soll das denn sein, bitteschön?«

Wahrscheinlich würde in diesem Aufzug wirklich kein Mensch zu einer Hochzeit gehen, dachte er, nicht einmal in Hamburg. Aber egal. Das war ein Spiel und nun spielte er mit. Hatte nicht auch Johannes am Vorabend etwas in der Richtung von sich gegeben? Dass man dabei sein sollte, in Bewegung bleiben, bloß nicht stillstehen. Natürlich hatte er das im übertragenen Sinne gemeint, auf das Leben an sich bezogen, aber fing das Leben nicht bei solchen Kleinigkeiten wie diesem albernen Spiel an?

»Andres und Viets«, sagte er.

Der Pfortenwächter ging eine Liste durch.

»Na dann, gehen Sie eben. Elfter Stock«, sagte er und schickte ihm einen misstrauischen Blick hinterher.

Unsicher stieg Walter in den Paternoster. Dass das überhaupt zulässig war und dann noch in einem öffentlichen Gebäude. Er sah Füße und Beine des Mannes verschwinden, den Rumpf und den Rest, er stand einen Augenblick im Dunkeln, ein erster Amtsflur zog vorüber, er stand wieder im Dunkeln, der zweite Flur, und so weiter. Das war doch ein Erlebnis. Das hatte er dem durchschnittlichen Hamburg-Touristen voraus. Das Warnschild, das vor der Kehre zum Aussteigen aufforderte, übersah er. Es stand wieder im Dunkeln, der Paternoster ruckelte zur Seite, und dann ging es abwärts. Eigentlich unspektakulär.

Bei der nächsten Gelegenheit setzte er den Fuß auf einen grau marmorierten Kunststoffboden. In dem Flur gab es eine Formularauslage, einen Wartenummernautomaten, eine Sicherheitsglasscheibe in der Tür vor einem schmalen Gang und nach beiden Seiten Fenster, die sich nur mit einem Spezialschlüssel öffnen ließen. Er trat ans Fenster Richtung Osten. »Der Helden Söhne«, sagte er. »Was soll das für eine Botschaft sein?«

Ihm war zuerst nicht bewusst, dass er auf den Block schaute, in dem er die letzten Wochen verbracht hatte. Er hätte wieder auf 100 Punkte verzichtet, wenn das Transparent, das Johannes im Morgengrauen mit Kabelbindern an der Balkonbrüstung befestigt hatte, nicht in diesem Moment aufgeflattert wäre. Es dauerte, bis er die bunten Buchstaben entziffert hatte.

W-E-R-DEN TA-U-GE-NICH-TSE. A-UF P-P-EDALPI-LOT DOPP-E-L-Z-WO

Ein paar Stockwerke tiefer knallten Sektkorken.

»Der Helden Söhne werden Taugenichtse … Als ob ich ein Held wäre«, sagte er. »Weil ich ihm geholfen habe, oder warum? In so einer Situation würde doch jeder helfen. Und warum Taugenichts? Dafür taugt er doch für viel zu viel, mein Herr Sohnemann …«

Tränen rannen seine Wangen hinab. Er wischte mit einem Jackenärmel darüber. Johannes hatte diesen Parcours tatsächlich nur für ihn ausgetüftelt. Das war wirklich kindisch, ein maßloses Tohuwabohu obendrein, aber dabei ausgesprochen nett und kreativ, darauf musste man kommen.

Danach holte er sich an der Hoheluftstation einen Stempel des Fahrkartenentwerters und radelte in den Leinpfad. Die Scherben lagen tatsächlich noch an Ort und Stelle. Er hatte Angst, dass ihn jemand beobachtete und Verdacht schöpfte, aber er erledigte die Aufgabe trotzdem, oder erst recht, obwohl er zitterte, als er die größte Scherbe in sein kariertes Taschentuch wickelte und in die Tasche schob.

Im Pinneberger Weg in Eimsbüttel sollte er bei *Pagel* klingeln. Zufall, dass ihn der Straßenname an die peinliche Situation mit *Einsatz* erinnerte. *Pagel* sagte ihm nichts, aber dann klingelte er eben an fremder Leute Türen. Das war ja ein Spiel, und bisher hatte noch alles irgendwie Sinn ergeben.

Die Frauenstimme, die ihn in den vierten Stock bat, wirkte vertraut, aber er erkannte Maga erst, als sie ihn in ihre Wohnung bat. Sie wollte ihm die Jacke abnehmen. Er wollte sie anbehalten, weil er dachte, er müsste gleich weiter, aber sie hatten Zeit, also legte er ab und zog sogar die Schuhe aus, weil ihm das angenehmer war. Da saß er am Esstisch bei Maga, die nun tatsächlich ein Kind von seinem Sohn bekam. Ihre Wohnung roch nicht cremig, sondern fruchtig. Sie wollte wissen, auf was er Lust hatte – Tee, Wasser oder Saft? Er sagte »Tee vielleicht«, und auf die Frage, was für Tee, »Schwarz vielleicht«. Die Frage, ob pur oder mit Sahne, überhörte er. Er war ganz damit beschäftigt, sich umzusehen. Also brachte sie ein Tablett mit Tee, Kandis, Zucker und Sahne, alles in hübschen Kännchen und Döschen und mit Löffelchen, Tellerchen und Servietten. Sie fragte, wie es ihm ging und was er davon hielt, dass sie ein Kind von seinem Sohn erwartete. Er plauderte vor sich hin, ohne wirklich etwas zu sagen, aber sie fragte nach, was und wie genau, trug ihn von einer Teilantwort zur nächsten und half ihm locker zu werden. Er redete dann von sich, von Johannes, seinem Leben, und seinen Tee trank er pur und schenkte sich einfach nach, als er leer war, und als sie ihn eine halbe Stunde später zum Bahnhof schickte und ihm einen Umschlag reichte, wunderte er sich, wie schnell die Zeit vergangen war. Sie drückte ihn zum Abschied, und er erwiderte den Druck.

»Tschüss, Opa«, sagte sie.

»Wir sehen uns«, sagte er.

»Hoffentlich.«

Danach blies ihm der Wind in den Rücken. Die Ampeln wurden grün, bevor er bremste. Alle Radwege und Straßen, über die er rollte, waren trocken und frei. Das Wochenendchaos im Bahnhof erinnerte ihn an das Chaos bei seiner Ankunft. Wie lange war das her? Konnten das nur vier Wochen gewesen sein? Wie lange hatte dann der Rest seines Lebens gedauert? Wie viele Welten hatte er in diesen vier Wochen gesehen? War das nicht ein Privileg des Kuriers und des Paketpostlers? Nicht in einer Welt festzustecken, sondern zwischen ihnen hin und her zu springen, als wäre alles nur ein Spiel? Johannes erwartete ihn schon.

»Da bist du! Und, wie war es?«

»Am Anfang fand ich das alles ja albern …«

»Albern? Alles klar.«

«Dann war es aber doch ganz schön.«

»Wenigstens das! Dann zeig mal dein Mainfest her, und was du eingesammelt hast.«

Johannes wollte wissen, wie ihm der Elbtunnel gefiel, ob er die Botschaft entziffert hatte, was er vom Paternoster hielt? »Und das Kuvert, das Maga dir gegeben hat? Mach das mal auf …«

In dem Kuvert steckten ein paar Fünf-Euro-Scheine und zwei Schreiben. Walter überkam ein Gefühl, das er seit Jahrzehnten nicht mehr empfunden hatte. Das Gefühl von jemandem, der ein Geschenk unter den Augen des Schenkenden auspackt, und wenig Vertrauen in dessen Geschmack hat, ihn aber auch nicht verletzen will. Das erste Schreiben war die Auftragsbestätigung für einen Strauß rostfarbener Chrysanthemen, den Blumen Banat demnach am Morgen um zehn bei Frau Madeleine Fall ausgeliefert hatte. Entgeistert starrte er Johannes ins Gesicht.

»Was muss, das muss. Ich kenne die Dame zwar noch nicht, aber ich habe ein gutes Gefühl, was sie betrifft. Und wenn sie dich abblitzen lässt, c'est la vie. Die Entscheidung mit den Blumen habe ich dir abgenommen. Das ist gelaufen. Darum brauchst du dir keine Sorgen mehr machen. Was ist noch in der Wundertüte?«

Für ein paar Sekunden war Walter wieder drauf und dran die Nerven zu verlieren, aber Johannes drängelte einfach weiter. Das zweite Schreiben war die Zugfahrkarte nach Hof, Abfahrt in einer halben Stunde, und das Geld war für ein Taxi vom Bahnhof in den Panoramaweg, weil keine Öffentlichen mehr fahren würden, wenn sein Zug am Ziel war.

Johannes brachte ihn zum Gleis. Sein Zug stand schon bereit. Der reservierte Sitzplatz befand sich in einem Wagen im letzten Viertel des Bahnsteigs, und dort warteten eine Menge bekannter Gesichter.

»Wer ist das?«, sagte Walter.

»Deine Kollegen und Freunde von hier«, sagte Johannes. »Checkpoint Doppel-Zwo war nicht obligatorisch. Hier sind nur diejenigen, die sich von dir verabschieden wollen.«

Sechs-Null löste sich als Erster aus der Menge und hob Walter an den Oberarmen in die Luft. Wie Walter nachgiebig lächelte und teilnahmslos die Beine baumeln ließ, hatte einen gewissen Symbolcharakter für die kommenden Minuten. Dieses eine Mal hielt er noch aus, stand die Sache durch, ohne Einwände zu erheben oder Ansprüche geltend zu machen. Die Presseleute und alle Kollegen, die mehr als zwei Sätze mit ihm gewechselt hatten, waren da, redeten auf ihn ein, und machten Anspielungen auf die letzten Wochen. Nhan hatte ein Actionporträt gemalt, auf dem Walter auf einem Rad saß und ein Bein über einen Autoaußenspiegel gehoben hatte, und das drückte er ihm in die Hand, und Sechs-Null hängte sich eine Gitarre um und stimmte *Nehmt Abschied Brüder* an, und Maniok sang inbrünstig mit, und ein paar andere versuchten es ebenfalls, ein schiefer Chor, bis der ganze Trupp Walter an seinen Platz in Waggon 22 begleitete, wo Oli Walters Trolley in die Gepäckablage stemmte und einige Mitpassagiere ordentlich die Augen rollten und ächzten, weil sie befürchteten, mit dieser lauten, miefigen Meute unterwegs sein zu müssen. Dann wurde auf dem Bahnsteig eine Trillerpfeife geblasen. Sie stiegen aus, winkten vor den Fenstern, und Walter grüßte mechanisch zurück. Er sah nach draußen, sah die Stadt an sich vorübergleiten, bis sie in ein feierliches Abendrot überblendete und seine Augäpfel aufhörten, von rechts nach links zu wandern und zurückzuschnappen, wenn sie den Rand des Fensters erreichten.

Zwischen Amtspost, Rechnungen und Werbung fand Walter eine Postkarte mit einem von Monets Seerosenbildern. Die Rückseite war gefüllt mit einer engmaschigen Handschrift. Er konnte kein Wort entziffern, aber der Duft verriet ihm, wer die Karte in den Händen gehalten hatte. Früh am Morgen spazierte er nach Autringen. Die ländliche Stille wirkte fast unwirklich auf ihn. Die ersten Worte tröpfelten noch aus ihm heraus, aber es wurden mehr und mehr und das Tröpfeln verwandelte sich in einen Redeschwall, er packte alles in Worte, was er in Hamburg erlebt hatte, und erst als er Madeleines Schritte hinter ihrer Tür hörte, verstummte er wieder, folgte ihrer freudigen Bitte hereinzukommen, und trat hüstelnd auf den Schuhabstreifer.

»Herr Schmeck. Wie schön. Trinken Sie ein Tässchen Tee mit mir?«

»Gerne.«

Sie nahm ihm die Jacke ab und er schlüpfte aus seinen Schuhen. Sie reichte ihm ein Paar Filzpantoffeln, die unter dem Heizkörper gestanden hatten und mollig warm waren.

»Unfassbar, Herr Schmeck. Da kennen wir uns so lange, und ich habe Sie noch nie ohne Arbeitskleidung gesehen. Gut sehen Sie aus. Und so erholt und frisch. Ich war gestern ja bei Ihnen. Ich wollte mich für den Strauß bedanken. Ich habe mich so gefreut. Ach, was plappere ich. Sie haben die Karte ja offenbar gelesen ...«

Sie führte ihn ins Wohnzimmer. Ein breites Fenster schaute auf einen wilden Garten. Davor stand eine Sitzgarnitur, dazwischen ein runder Holztisch, rechts eine Bücherwand bis unter die Decke, links eine gerahmte Fotografie.

»Setzen Sie sich. Ich mache uns Tee. Haben Sie einen Wunsch?«

»Schwarz. Am liebsten pur«, sagte er.

»Sie trinken Ihren Tee ebenfalls pur? Sie wissen, was gut ist, Herr Schmeck. Ich habe einen wunderbaren Darjeeling von der Teekampagne ...«

Sie verschwand durch eine Schiebetür. Walter nahm auf einem Sessel Platz. Die Fotografie zeigte einen Winterhimmel, eine Wiese mit einigen Schneeschollen und darüber verteilt ein paar Rehe, die leicht zu übersehen waren. Friedvoll sah das aus. Das gefiel ihm gut.

Sie stellte ein Tablett auf den Tisch. »Sie äußern sich überhaupt nicht, zu – wie soll ich sagen – zu meiner Bitte, meiner Einladung?« Sie sah ihn erwartungsfroh an.

»Bitte?«, sagte er.

»Nun, auf der Postkarte habe ich doch gefragt – jetzt wird mir ganz blümerant – ob Sie mich nicht begleiten möchten?«

»Ehrlich gesagt hatte ich Probleme mit Ihrer Handschrift ...«

»Och nein, Herr Schmeck ... Sie konnten meine Handschrift nicht lesen? Wie peinlich!«

»Nicht ein Wort ...«

Er schmunzelte. Sie lachte und goss Tee ein.

»Nun, dann bitte ich um Entschuldigung. Meine Handschrift ist, ja, ich denke schon, ein wenig gewöhnungsbedürftig. Oder unleserlich. Dann muss ich wohl erklären, was ich von Ihnen wollte, ob mir das nun leicht fällt, oder nicht ... Die Sache ist die, ich begebe mich übermorgen auf eine kleine Reise. Ich fahre zu meiner Tochter. Wie eigentlich jedes Jahr um diese Zeit. Und da habe ich gestern Ihren Strauß bekommen ...« Er stand in einer schmalen Vase auf dem Esstisch um die Ecke. »Und da habe ich mir gedacht, dass es vielleicht eine hübsche Idee wäre – auch weil meine Tochter doch sehr viel beschäftigt ist – dass es doch fabelhaft wäre, wenn Sie mich begleiten würden ... Wenn Sie mögen, natürlich nur ... Meine Tochter wohnt wunderbar. Direkt am Wasser, mit Garten ... Sie hätten natürlich ein Gästezimmer ... für sich allein.«

Sie sah ihn fragend an.

»Was meinen Sie, Herr Schmeck? Kennen Sie Hamburg? Eine tolle Stadt. Ganz anders als hier. Rau und urban. Die Elbe, der Hafen, die Alster, die Museen ... Ich könnte mir vorstellen, Ihnen würde es dort gefallen ...«

Ende

Zu Inspirationsquellen

»Der Helden Söhne werden Taugenichtse« stammt aus »Wilhelm Meisters Lehrjahre« von Johann Wolfgang von Goethe. Das Wort »Herzscheiße« aus Funny van Dannens gleichnamigem Lied. »Hamburgs tapfere GrillsoldatInnen« ist inspiriert von Lydia Dahers Lied »Tapferer deutscher Grillsoldat«. Sonstige Referenzen sind entweder ausgewiesen oder haben sich unbewusst in den Text geschlichen.

Literarisches Glossar

Die Zahlen entsprechen den Markierungen auf der Hamburg-Karte im Umschlag.

1 Alsterfleet S. 138

Maniok sprang in seiner aktiven Zeit als BMX-Kurier auch Treppen auf und ab. Entsprechend hielt er den Weg entlang des Alsterfleets für die schnellste Strecke von der ▸▸Binnenalster Richtung Baumwall und ▸▸Hafen-City. Seit Maniok nicht mehr unterwegs ist, taugt der Weg wieder als sichere, außergewöhnliche Spazierstrecke.

2 Alstervorland S. 110, 114 ff., 138, 210, 273

Dass Walters Blutdruck ausgerechnet auf dem Steg der Bootsanlegestelle »Fährdamm« zum ersten Mal nach seiner Ankunft in Hamburg auf Ruheniveau sinkt, ist ein kleines Wunder. Ruhig ist es im Alstervorland fast nie. Wer Kontakt sucht, hat in lauen Sommernächten gute Chancen, einem tapferen Grillsoldaten näherzukommen. Wer torkelt, läuft Gefahr, sich an einem der zahlreichen Kugelgrills Brandverletzungen zuzuziehen. An kühleren, regenarmen Tagen sind die Wiesen abseits der Hundewiese entvölkert, aber auf den Schotterwegen findet eine richtungslose Völkerwanderung statt, bei der alles unterwegs ist, was Nordic-Walking-Stöcke, Steuermarke oder einen Bugaboo hat.

3 Alter Elbtunnel S. 85, 262 f.

Walter wird Madeleine später erzählen, dass man sich da ja etwas Ungemütliches, Dunkles vorstellt, was aber »überhaupt nicht« der Fall ist. »Das ist schön da«, wird er sagen. »Zwei blitzsaubere Tunnelröhren mit weißen Kacheln ausgekleidet. Und das mehr als zehn Meter unter der Wasseroberfläche, wenn ich mich richtig erinnere. Das muss man sich mal vorstellen!«

4 Altona S. 20 ff., 96, 104 ff., 140 ff., 145 ff., 255 ff., 262 ff.

Axel ist in Altona aufgewachsen und will nie woanders wohnen, außer vielleicht im ▸▸Bunker auf dem ▸▸Heiligengeistfeld. Auch wenn Altona sich stellenweise anfühlt wie Bullerbü für Besserverdienende und alles getan wird, dass die ehemals schrullige Einkaufsmeile Große Bergstraße der ▸▸Mönckebergstraße in Sachen Durchschnittlichkeit und Langeweile Konkurrenz macht. Für den Ernstfall hat Axel sich im Altonaer Volkspark eine Basisplattform für ein Baumhaus errichtet.

5 Altonaer Balkon S. 20, 104 ff., 255 ff., 262 ff.

Obwohl er die zweifelsohne schönste Aussicht über den Hafen bietet, schafft der ▸▸Park es nicht in die Top 5 von Johannes' liebsten Rastplätzen. Das liegt daran, dass sich beim Ein- oder Auslaufen größerer Kreuzfahrtschiffe die halbe Welt hier versammelt, um das sich (außerhalb der Wintermonate) im Zweiwochentakt wiederholende Jahrhundertereignis filmisch oder fotografisch festzuhalten.

6 Außenalster S. 110, 123 f., 138, 210, 243

Als Paulsen die Pedalpiloten gründete, ging er davon aus, dass er spätestens nach einem Geschäftsjahr eine Segeljolle finanzieren könnte, von der aus er bei gutem Wetter seinen am Ufer entlang radelnden Mitarbeitern zuwinkt. Daraus ist nichts geworden. Vielleicht ist das der Grund, warum er das Gewässer heute oft als Kloake bezeichnet.

7 Bezirksamt Eimsbüttel S. 36, 70 f., 87 f., 265 ff.

Wer sich für die ▸▸Grindelhochhäuser oder nahezu ausgestorbene Fortbewegungsmittel interessiert, sollte es Walter gleichtun, im Bezirksamt in den Paternoster steigen, die Ausblicke Richtung Alster und Elbe aus dem zwölften Stock genießen und sich in der *Cafeteria 66* eine Erfrischung oder einen Snack gönnen.

8 Binnenalster S. 13 ff., 99, 224 f.

Nhan hat in seinen Zeiten als aktiver Maler so ziemlich jeden windarmen Tag vor dem *Wartesaal der Dampfschiffe* unterhalb der *Lombardsbrücke* mit Blick auf die Binnenalster verbracht und die Alsterfontäne studiert. Insbesondere der Moment am Morgen, wenn die Wasserpumpe angeworfen wird und sich die Fontäne emporhebt, und der Moment um Mitternacht, wenn sie verschwindet, hatten es ihm angetan. Zahlreiche Gemälde zeugen von dieser Werkphase. Einige davon hängen an den Wänden namhafter Kunstsammler. Ein großer Ankauf der über die Straße gelegenen *Hamburger Kunsthalle* ist im letzten Moment geplatzt. Laut Nhan war dies der schwerelose Augenblick, bevor es mit seiner Karriere abwärts ging, – in Analogie zum Verhalten des Wassers am Scheitelpunkt der Fontäne.

9 Bunker S. 141, 242 ff.

Im Funksystem der Pedalpiloten ist die Stadt in Bezirke eingeteilt, die sich grob an den Stadtvierteln orientieren, jedoch nicht unbedingt danach benannt sind. ▸▸St. Pauli wäre bei schlechter Funkverbindung zu leicht mit ▸▸St. Georg zu verwechseln, weshalb das Viertel nach dem Bunker auf dem ▸▸Heiligengeistfeld benannt wurde. Axel weiß, dass der Bunker in den Jahren 1940–42 auf Befehl des Führers errichtet wurde und mit einer Wandstärke von 3,5 Metern vermutlich gut isoliert ist. Könnte er dort eine Wohnung bekommen, was angesichts der Wohnraumnot nach dem Krieg möglich war, würde er ▸▸Altona den Rücken kehren. »Das Ding kriegt keiner klein. Die wollten den Bunker auch mal sprengen, aber die entsprechende Druckwelle hätte vermutlich halb

Hamburg entglast.« Dass der Bunker mittlerweile den Liveclub *Übel & Ge-fährlich* beheimatet und sich auf der ▸▸Feldstraße 66 befindet, deutet er als Hinweise auf den nahenden Weltuntergang.

10 Donners Park
Die Nummer 3 in Johannes' Rastplatz-Top-5. Genau genommen schließt der ▸▸Park an den ▸▸Altonaer Balkon an. Johannes mag ihn wegen seines alpinen Bergwiesenflairs, das er im flachen Norden Deutschlands manchmal vermisst.

11 Eimsbüttel
Hamburgs größter und bevölkerungsreichster Bezirk ist die Heimat der Pedalpiloten und die von Maga, seit sie mit ihrer Mutter die ▸▸Hafenstraße in ▸▸St. Pauli verlassen hat. (siehe ▸▸Bezirksamt Eimsbüttel)

12 Elbberg
siehe ▸▸Altona, ▸▸Donners Park, ▸▸Große Elbstraße

13 Elbstrand
Mitte der Neunziger wurde Per erwischt, als er den am Elbstrand liegenden, auf den Namen »Alter Schwede« getauften Findling, der aus dem Flussbett ragte, mit dem Schriftzug »Kamikaze deluxe« besprühte. Der Jugendrichter verurteilte ihn zu 150 Stunden Sozialarbeit, die der notorische Kiffer ausgerechnet in einer Therapieeinrichtung für drogenabhängige Jugendliche absolvierte. Es war sein erster und letzter Versuch als Graffiti-Künstler, aber wenn er den gleichlautenden Schriftzug an den Kacheln der Pedalpiloten-Teeküche sieht, überkommt ihn bis heute ein Gefühl diebischen Stolzes. (siehe ▸▸Alsterufer, ▸▸Museumshafen Övelgönne)

14 Eppendorf
Maga schwört auf die Hinterhofflohmärkte, die während der Sommermonate in den betuchteren Vierteln stattfinden. In Eppendorf hat sie den Gameboy für Johannes, einen großen Teil ihrer Wohnungseinrichtung und sieben Monate nach Ende der erzählten Zeit einen Kinderwagen erstanden.

15 Feldstraße
siehe ▸▸Bunker, ▸▸Heiligengeistfeld, ▸▸Karoviertel

16 Finkenwerder
Das schönste daran ist die Fährfahrt dahin (ab ▸▸Landungsbrücken), findet jeder, der im Roman eine Rolle spielt. Nur nicht Luise, die Busenfreundin von Frau Dombrowski. Sie unterhielt in Finkenwerder lange eine leidenschaftliche

Affäre mit einem Marineoffizier und bis heute bekommt ihr Blick etwas Lüsternes, wenn sie den Namen des Stadtteils südlich der Unterelbe hört.

17 Fischmarkt

Carlo deckt hier seine Familie mit nicht marktkonformem Obst und Gemüse ein, das kistenweise zum Schnäppchenpreis versteigert wird. Bent geht immer vorbei, wenn die Samstagnacht sich bis in den Morgen zieht und viel Alkohol fließt. Es ist eine Tradition seiner Familie, Kater mit Rum und Räucheraal zu bekämpfen.

18 Gertrudenkirchhof

Musiknerd Jochen weiß, wenn es bei *Michelle-Records* am Gertrudenkirchhof Schaufensterkonzerte gibt und schaut vorbei, wenn er es einrichten kann.

19 Grindel

Johannes schätzt das Programm des Abaton-Kinos und außerdem wird ihm das Viertel um die Universität Hamburg auf ewig als der Ort in Erinnerung bleiben, an dem er von seiner Vaterschaft erfuhr. Darüber hinaus war der Grindel immer die Heimat von Hamburgs Juden, auf deren traurige Geschichte während des Zweiten Weltkriegs die in die Gehwege eingelassenen, messingfarbenen Pflastersteine hinweisen. Es waren so viele, dass die Gehwege teilweise fast ausschließlich mit den sogenannten *Stolpersteinen* bepflastert sind.

20 Grindelhochhäuser

Johannes fühlt sich wohl in der ältesten Wohnhochhausanlage Deutschlands und erzählt seinen Besuchern gerne, dass in den 50er Jahren der Vergleich mit Manhattan bemüht wurde. Er kennt auch die Details, durch die sich die zwölf auf den ersten Blick identischen Blocks unterscheiden. Wer neugierig auf Hamburgs heimlichen architektonischen Höhepunkt ist, sollte sich die Anregungen unter ▸▸Bezirksamt Eimsbüttel zu Herzen nehmen.

21 Große Elbstraße

Sechs-Null hat wiederkehrende Albträume, in denen nasses Straßenpflaster wie ein Fließband unter seinen Rädern läuft, ohne dass sich die Klinkerfassaden rechts und links verändern. Er geht davon aus, dass sie auf winterliche Fahrten Richtung Westen auf der Großen Elbstraße zurückzuführen sind, wo der Gegenwind manchmal bestialisch wird. Allerdings gibt es kurz vor dem ▸▸Elbberg auch urige Fischläden, die Backfisch zu fairen Preisen verkaufen. Und wie es der Zufall will, ist Backfisch Sechs-Nulls Lieblingsgericht und schmeckt ihm dort fast so gut wie bei seiner Mutti.

22 Hafen-City
Per will sich mit dem Geld, das er bei Wetten auf den FC St. Pauli gewinnt, eine Wohnung in der Hafen-City kaufen und sich einen angenehmen Lebensabend finanzieren, indem er Zimmer mit Elbblick an Touristen untervermietet.

23 Hafengeburtstag
Axel sagt, dass während der Sommermonate der eine Stadtmarketing-Event die Nase im Arsch des nächsten stecken hat. Aber weil der Hafengeburtstag am Ende des Hamburger Winters gefeiert wird und Raum für Fensterbierverkäufe, Straßenkonzerte und Balkonstrips lässt, mögen ihn bis auf die an Klaustrophobie leidende Frauke alle Pedalpiloten.

24 Hafenklang
Ein legendärer Club, in dem vor allem extreme musikalische Spielarten eine Bühne bekommen. Bent hat hier mehrere, zumindest für ihn denkwürdige Auftritte mit seiner Grindcoreband *Wurzelbehandlung Unbetäubt* hingelegt, etliche Alleycats sind hier vollends zum Fest geworden und Walters Heimschuss macht in dieser Beziehung keine Ausnahme.

25 Hafenstraße
Maga hat die ersten Jahre ihres Lebens in einer umkämpften Hausbesetzerkommune in der Hafenstraße verbracht und arbeitet mittlerweile nur ein paar Meter weiter in einer Werbeagentur, obwohl sie nach ihrem Wegzug nach ▸▸Eimsbüttel den ewig kläffenden Hunden der Hausbesetzer nie wieder zu nahekommen wollte. Mit der Hafenstraße hat sie sich mittlerweile ausgesöhnt, ihre Hundephobie ist geblieben.

26 Hamburger Berg
Bent wurde auf einer Toilette im Kneipenviertel nördlich der ▸▸Reeperbahn gezeugt. (siehe ▸▸St. Pauli)

27 Hamburger Hochbahn
Die Hamburger U-Bahn wird von der Hamburger Hochbahn-AG betrieben, was nur auf den ersten Blick ein Kuriosum ist. Die Gleise der U3 laufen weitestgehend über Tage und an der Strecke zwischen Endstation Barmbek und Rödlingsmarkt liegen einige von Hamburgs reizvollsten Ausblicken. Wer allerdings den Eindruck bekommt, Hamburg wäre die Hauptstadt von Eden, bleibt einfach sitzen bis nach Billstedt oder Mümmelmannsberg. Dort ist Ende mit der wohligen Putzigkeit. Dort fühlt sich Hamburg wirklich wie eine Großstadt an.

28 Hammerbrook

Bent hat lange im ▸▸Karoviertel mit Blick auf den Fernsehturm gelebt. Dann wurde seine Wohnung saniert und er konnte sie trotz seines verhältnismäßig königlichen Funkergehalts nicht mehr bezahlen. Daraufhin ist er nach Hammerbrook gezogen. Eines der vom Feuersturm (▸▸Wandsbek) zerstörten Viertel, das aber dank der Kanäle und Industriebrachen einen sehr eigenen Charme versprüht.

29 Harvestehude .

Der Stadtteil im Nordwesten der ▸▸Außenalster ist frisch geweißelt, wohlhabend und vornehm. Das Hamburg, das Walter aus den Krimis kannte, die Emilie sich immer anschaute und in ihrer Kreatives-Schreiben-Phase quasi 1-zu-1 abkupferte. (siehe ▸▸Grindelhochhäuser, ▸▸Innocentiapark)

30 Heiligengeistfeld

Dreimal im Jahr findet hier der *Hamburger Dom* statt. Bei den Kurieren ist dieser Touristen- und Provinzler-Rummel nicht sehr beliebt, weil eine praktische Abkürzung ungangbar wird und in der Umgebung vermehrt Glasscherben und damit Plattfüße auftauchen. Sonst taugt das Heiligengeistfeld als Übungsstrecke für Bremstechniken der traditionell bremsenfreien Fixed-Gear-Räder.

31 Herbertstraße

Die Seitenstraße der ▸▸Reeperbahn ist durch eine Trennwand vom Rest der Stadt abgegrenzt. Minderjährigen und Frauen ist der Zutritt per Anschlag untersagt, was Frauke nicht davon abhält, bei jeder Gelegenheit durch die Herbertstraße zu fahren, selbst wenn sie dabei Zeit verliert und von Prostituierten, Zuhältern und Freiern als »Schlampe« oder Ähnliches beschimpft wird.

32 Hoheluft

Im Alter von 13 bis 17 Jahren hat Bent mit den Rockern von der Hoheluftbrücke im Mansteinpark am Isebekkanal abgehangen. Hier hat er sich zum ersten Mal betrunken, zum ersten Mal mit Zunge geküsst und im Alter von 19 Jahren will er dort von einer Freundin seiner Mutter entjungfert worden sein – eine mechanischer Akt von drei Minuten, der ihn fünfzig D-Mark gekostet haben soll.

33 Innocentiapark

Seine Lage zwischen ▸▸Grindelhochhäusern und dem villenlastigen ▸▸Harvestehude macht ihn außergewöhnlich. Dass Walter eine Frau beobachtet, die sich auf der Suche nach Essbarem die Hacken wund läuft, während sich ein distinguierter Herr beim Nordic-Walking-Einzeltraining die Wohlstandsringe abschwitzt, ist bezeichnend für die Schizophrenie der Gegend.

34 Karoviertel S. 166 ff., 242 f.
Bents alte Heimat ist mittlerweile einer der Großstadtkieze, die den Beweis anführen, dass Subversion über reichlich kommerzielles Potenzial verfügt. (siehe ▸▸Feldstraße, ▸▸Marktstraße)

35 Kehrwieder S. 44 f.
Thorben behauptet, in Vollmondnächten könnte man am Kehrwieder Mutter Lotte hören, wie sie jämmerlich weint und die Seemänner anfleht, zu ihr zurückzukehren und die dreizehn Kinder herauszufischen, die sie in der Elbe ersäuft hat. Thorben behauptet auch, dass die Probleme beim Bau der Elbphilharmonie auf einen Fluch zurückzuführen sind, den sie über die ganze Gegend verhängt hat. (siehe ▸▸Hafen City, ▸▸Speicherstadt)

36 Kuhmühlenteich S. 232 f.
Die Nr. 2 in Johannes' Top 5 der ▸▸Parks. Er mag die Ruhe am Ufer des malerischen Gewässers im ansonsten geschäftsbetonten Hamburg östlich der Alster.

37 Landungsbrücken S. 134 ff., 228, 262 ff.
Man sollte nicht nach Stille suchen, wenn man sich die Landungsbrücken anschaut. Die Möglichkeit, allein zu sein, ist klein. Aber man kann hier auf eine Elbfähre Richtung ▸▸Finkenwerder steigen und sich die Stadt vom Wasser aus anschauen, im ▸▸Alten Elbtunnel verschwinden oder die paar Schritte in die Ditmar-Koehl-Straße gehen, wo es einige portugiesische Restaurants und Cafés gibt, weshalb die Gegend auch »Klein-Lissabon« genannt wird. Café und Cerveja sind so gut wie in Lissabon, was man von den Pastéis de Nata und den gegrillten Sardinen nicht behaupten kann.

38 Lange Reihe S. 117 ff., 174 f.
siehe ▸▸St. Georg

39 Mönckebergstraße S. 228
Hier kann man alles kaufen, was man in jeder anderen europäischen Fußgängerzone auch kaufen kann, darüber hinaus noch Hamburg-Souvenirs. Wen das nicht reizt, der zieht sich am besten Richtung ▸▸Gertrudenkirchhof oder ▸▸Alsterfleet zurück. (siehe ▸▸Rathausmarkt)

40 Museumshafen Övelgönne
»Alte Boote und so«, sagt Carlo. »Kann man anschauen, sind schön.« Hier beginnt auch der ▸▸Elbstrand.

41 Neuer Wall S. 33 f., 109
Ausgerechnet bei einem Wirtschaftsanwalt in Hamburgs protzigster Geschäftsstraße hat Maniok vor den Empfangstresen uriniert. Nachdem er daraufhin gefeuert wurde, hat er versucht, einen Flashmob zu starten, der den Neuen Wall mit Urin fluten sollte. Übereinstimmende Aussagen darüber, was aus diesem Vorhaben geworden ist, gibt es nicht.

42 Osdorf S. 23
Die Heimat von Sechs-Null liegt weit im Westen der Stadt. Der Stadtteil kann Billstedt und Mümmelmannsberg in Bezug auf Tristesse locker das Wasser reichen. Sechs-Null schätzt an Osdorf die Tatsache, dass er seine Gelenke während der allmorgendlichen Anfahrt bis mindestens Bahrenfeld oder ▸▸Altona auf Betriebstemperatur bringt. Außerdem bedauert er beim Anblick der glücklichen Kinder, die aus dem *KL!CK Kindermuseum* kommen, bisweilen, dass er alle Frauen außer seiner Mutti aus seinem Leben verbannt hat.

43 Parks
Johannes schiebt es auf seine Dorfgene, dass er sich in Leerzeiten am liebsten in die Parks der Stadt zurückzieht. Das Hauptkriterium für deren Auswahl ist natürlich die Nähe zu seinem jeweiligen Standort. Aber unabhängig davon hat er seine Favoriten. Dies ist seine Top 5: 1. ▸▸Wohlerspark 2. ▸▸Kuhmühlenteich 3. ▸▸Donners Park 4. ▸▸Stadtpark 5. ▸▸Schaarmarkt.

44 Park Fiction S. 142 ff.
Wenn die Sonne scheint, liegt Maga in ihren Mittagspausen hier auf einem fliegenden Teppich. Bei schlechtem Wetter hockt sie im *Golden Pudel Club*. Der um eine mit künstlichen Palmen bestückte Grasinsel angelegte ▸▸Park ist keine von oben geplante Landschaftsarchitektur, sondern ein Abenteuerland, das sich im spielerischen Miteinander von Anwohnern und Künstlern aus ▸▸Altona und ▸▸St. Pauli entwickelt hat und stets weiterentwickelt.

45 Rathausmarkt S. 14 f., 228 f., 232 f.
Der Hangout der Hamburger Kuriere. Nur Maniok bevorzugt die Bank vor der Zentrale in ▸▸Eimsbüttel, weil ein Rikschafahrer gedroht hat, ihn totzutreten, falls er noch einmal auf Hamburger Stein rotzt.

46 Reeperbahn S. 52, 79, 144, 146, 194
Maniok hat sich in seiner aktiven Zeit so hart mit einem zwielichtigen, muskelbepackten Ferrarifahrer angelegt, dass der ihm einen gutbezahlten Job als Assistent anbot, was Maniok aus moralischen Gründen abgelehnt hat. (siehe ▸▸Herbertstraße, ▸▸Park Fiction, ▸▸St. Pauli)

47 Schaarmarkt

Nr. 5 in Johannes' Top 5 der ▸▸Parks. Eine bescheidene Grünfläche hinter dem Großkunden *Gruner & Jahr*, unterhalb des *Michel*, attraktiv vermutlich deshalb, weil es in der von viel befahrenen Straßen zerschnittenen Gegend kaum andere Ruhepunkte gibt.

48 Schanzenviertel

Maniok hat ein doppelt leidenschaftliches Verhältnis zur S-Bahn-Haltestelle *Sternschanze*. Zum einen haben dort *Studio Braun* ein Video zu seinem Lieblingslied *Mariacron* gedreht. Zum anderen hat er bei einem Straßenkonzert von *Uschis Haarmoden* das Banner »Weltpunk mit Herz« abgestaubt. Das hängt nun an einem Ehrenplatz über seinem aus einer Europalette und einer durchgelegenen Matratze gefertigten Bett.

49 Schlachthof

Wenn Johannes in der Gegend freisteht und nicht allzu verschwitzt ist, geht er fast immer bei *Cohen & Dobernigg* Bücher schauen und meistens kauft er mehr, als sein Saldo zulässt. (siehe ▸▸Karoviertel, ▸▸Schanzenviertel)

50 Schlepperballett

Ein Spektakel, das im Rahmen des ▸▸Hafengeburtstags stattfindet und die Pedalpiloten zum *Bierballett* inspiriert hat. Auf der Elbe versammeln sich ein paar Schiffe, tröten vor sich hin und bewegen sich entlang einer behäbigen Choreografie.

51 Speicherstadt

Pacman fühlt sich hier wohl wie nirgendwo sonst in der Stadt. Er behauptet, es läge an der Geschichte, von der er so viel weiß, wie sein digitaler Namensgeber vom Leben seines Programmierers. Alle Kollegen sind sich einig, dass sich die schachbrettartige Anordnung der alten Warenspeicher einfach gut mit Pacmans Autismus verträgt.

52 Stadtpark

An warmen Tagen lässt sich Jochen zum Feierabend nach Möglichkeit immer in den Stadtpark schicken und krault ein paar Runden im *Naturbad Stadtparksee*. (siehe ▸▸Parks, ▸▸Winterhude)

53 St. Georg

Es ist nicht dem Zufall, sondern ihrer christlichen Tradition geschuldet, dass die nach den Heiligen benannten Stadtteile als Sammelbecken für gesellschaftliche Außenseiter bekannt sind. Lepra-Krankenhaus, Armenfriedhof, Schnapsbrenner und Schweinezüchter fanden einst in St. Georg ihre Heimat, später kamen Drogendealer, Prostituierte und Gastarbeiter. (siehe ▸▸Lange Reihe)

54 St. Pauli   S. 44 f., 52, 79, 140 ff., 194, 264 ff.
Der Stadtteil um die ▸▸Reeperbahn repräsentiert Hamburg, wie das Oktoberfest München. Nirgendwo sonst ist Hamburg so maritim, so offen, so bunt. Allerdings ist auch nirgends die Gefahr so groß, dass die formgebende Substanz verschwindet und lediglich eine kulissenartige, dreidimensionale Fototapete bleibt. (siehe ▸▸Bunker)

55 Wandsbek
Bent referiert gerne auf die »Operation Gomorrha« genannten Luftangriffe im Sommer 1943 und den dadurch entfachten »Feuersturm«, der vor allem dem Hamburger Osten zugesetzt hat. Die Tragödie hat Raum für eine Architektur geschaffen, die deutsche Nachkriegsspießigkeit regelrecht transpiriert. Entsprechend gehören Wandsbek, Eilbek, ▸▸Hammerbrook, Barmbek und Billstedt nicht zu den potenziellen Höhepunkten eines Hamburg-Besuchs, was nicht heißen soll, dass es dort nicht auch schöne Ecken und nette Leute gibt.

56 Weinberg   S. 19, 85, 228
Der Zustand von Deutschlands nördlichstem Weinberg (über den ▸▸Landungsbrücken gelegen) hat Walter ernsthaft traurig gemacht. Auch weil es sich um eine Schenkung des *Stuttgarter Weindorfs* handelt, dessen Ableger jedes Jahr Ende Juni auf dem ▸▸Rathausmarkt veranstaltet wird. Normalerweise hegt Walter als Vollblutbadenser keine brüderlichen Gefühle für die schwäbischen Besatzer, unter fremder Flagge deutet er die Annexion rasch zur brüderlichen Vereinigung um.

57 Winterhude   S. 44, 115 ff., 230 ff.
Frauke ist in Winterhude groß geworden und behauptet, es wäre nicht so schnöselig wie ▸▸Eppendorf oder ▸▸Harvestehude. Wenn sie dienstags oder donnerstags in der Gegend ist und Appetit hat, findet sie auf dem Markt am Goldbekufer immer vegane und politisch korrekte Leckerbissen.

58 Wohlerspark
Versteckt zwischen ungemütlichen Transitstraßen befindet sich ein zum ▸▸Park umgewidmeter Friedhof, die Nummer 1 in Johannes' Top 5. Im Frühling duftet er nach Bärlauch, im Sommer schluckt der Schatten unter den alten Bäumen die Schwüle, in Herbst und Winter wandeln Edgar Allan Poe und Hugo von Hofmannsthal zwischen den verwitterten Grabsteinen umher. (siehe ▸▸Altona, ▸▸Parks)

Der Verlag

Pedalpilot Doppel-Zwo ist nicht nur das Debüt des in Lissabon lebenden Schriftstellers und Lebenskünstlers Wolf Schmid, sondern auch der Erstling des neuen Leipziger Liesmich Verlags. Dieser wurde nicht vorrangig mit dem Ziel gegründet, Gewinn zu erwirtschaften. Wir haben es uns insbesondere zur Aufgabe gemacht, unbekannte AutorInnen zu verlegen. Ihnen wollen wir mit professionellem Lektorat zur Seite stehen, um deren belletristische Texte zu vervollkommnen und unter die LeserInnen zu bringen.

In Zeiten des E- und Selfpublishing kann heute prinzipiell jeder sein Buch elektronisch oder mittels preiswerten Digitaldrucks veröffentlichen. Demgegenüber stehen die großen Etablierten, deren Strategie es ist, über die Masse Gewinn zu erwirtschaften, sowie die Zuschussverlage.

Alle MitstreiterInnen des Liesmich Verlages bringen aus Liebe zur Literatur unglaublich viel Enthusiasmus ein. Ihr Lohn ist es, gemeinsam mit begabten Autorinnen und Autoren wunderbare Bücher zu schaffen und zu veredeln. Die Idee dahinter ist die, dass einerseits ohne Zeitdruck so lange gefeilt werden kann, bis die Qualität den Ansprüchen unserer LeserInnen genügt. Andererseits sollen eventuell erwirtschaftete Überschüsse in neue Projekte investiert werden. Statt sich mit Herstellung, Cover-Design, Werbung, Vertrieb und Bürokratie herumzuschlagen, können die AutorInnen ihre Energie in neue Geschichten einfließen lassen.

Der Liesmich Verlag ist immer auf der Suche nach unkonventionellen, innovativen Manuskripten. Für die Vorauswahl spielen Faktoren wie Alter oder Erfahrung der VerfasserInnen keine Rolle. Jede Anfrage oder Einreichung wird durch unsere LektorInnen sorgfältig geprüft und persönlich beantwortet. Dafür steht

Ihr

Karsten Möckel
Verleger Liesmich Verlag UG
(haftungsbeschränkt)
www.liesmich-verlag.de